U0887185

目录

刺　青

这个故事发生在“愚钝”被认为是高贵品德的时代，那时人们没有像现在这样互相敌视。茶坊的司茶人、帮闲们为了让老爷和少爷的面庞不显阴霾，为了让宫中女官人和风月场的花魁们笑声连绵，都拿出看家本事要着嘴皮子。而这可是颇为体面的职业，足见得当时的社会悠闲。如“女定九郎”①、“女自来也”②、“女鸣神”③，不管在戏剧里还是在绘图小说里，

① 出自歌舞伎、净琉璃剧《女定九郎》，原名《忠臣藏后日建前》，庆应一年（1865）初演于江户中村座。

② 出自6卷本绘图小说《女自来也》，文政三年（1820）出版，东里山人著，胜山春扇绘。

③ 出自歌舞伎狂言《女鸣神》，元禄九年（1696）初演于江户中村座。

无不以美好者为强，丑陋者为弱。所有的人对美趋之若鹜，甚至在上天给予的身体上刺入颜料。伴随着浓烈的芳香，鲜明的线条与绚烂的色彩在人们的肌肤上舞动。

前往风流场所的客人乘坐轿子时，总爱选有着美丽刺青的轿夫。吉原、辰巳的风月场所的女人也迷恋有文身的男子。赌徒、消防员自不必说，町人，甚至武士中也有人刺上了文身。偶尔举行刺青大会，参会者会拍打着肌肤炫耀着奇特、巧妙的图案构思，进行互评。

清吉是一位手艺出色的年轻的文身师，技艺绝不逊色于浅草的查理文、松岛的奴平和根根次郎等名家，几十个人的肌肤成了他的画布。刺青会上博取好评的文身大多出自清吉之手。达摩金擅长晕染，唐草权太以朱刺文身著称，清吉则因奇特的构图及妖艳的线条而闻名。

清吉非常仰慕丰国国贞①的画风，曾以画浮世绘为生，所以即使堕落为文身师，也依然保持着作为画家的良心及敏锐的审美。若不是肌肤和骨骼足够吸引他的眼球，他绝对不会为这个人文身。即便勉为其难地答应，一切构图和费用必须按照他的意愿随性而定，而且客人还要忍受长达一个月或两个月之久针尖一针一针扎入肌肤的刺痛。

---

① 歌川国贞（1786—1865），日本江户时期浮世绘画家，又称三代歌川丰国。

这位年轻的文身师心里埋藏着不为人知的快乐和夙愿。当他在为人们文身时，一针扎下去，渗出鲜血且肌肤肿胀，疼痛使大多男人发出痛苦的呻吟声。这呻吟声越大越是让清吉感到不可思议、无以言表的快感。刺青中朱刺和晕染最痛，清吉尤其喜欢使用这两种手法。一天平均刺上五六百针，最后为了使文身色泽鲜亮，通常会让他们泡个澡，等他们出浴，皆是半生不死地趴在清吉的脚下一动都不能动。清吉冷眼看着他们凄凄惨惨的身影，心情愉悦地笑着，说道："想必很疼吧？"

若有一个不争气的男人，像临死之人那样痛苦地歪着嘴咬紧牙关，发出嘶嘶悲鸣，他就会讽刺："好歹也是江户男儿。忍着点……我清吉的针啊，尤其疼着呢。"然后，斜眼看着满含泪水的男子，毫不顾忌地继续一针一针刺下去。若有坚强的、极富忍耐力的男子，文身时连眉毛都不皱一下，他就会露出皓齿，笑言："嗯，看不出还挺能忍的……不过，一会儿就会疼起来的，会疼得找不着北的。"

多年来他心中有一个夙愿，就是寻找一个有光泽的美女的肌肤，刺入自己的灵魂。对这女子的天资和容貌，他还有诸多要求。只是单纯的漂亮脸蛋、光洁肌肤，已经不能满足他的愿望。他寻遍了江户风月场所中有名气的女子，但都未找到韵味和风格契合他心意的。他在心中勾勒出从未谋面的女子的身影，怀揣憧憬。三四年虚晃而过，夙愿依旧在心不曾舍弃。

那是第四年某个夏日的傍晚，清吉在经过深川一家名叫平清的料理屋时，无意间瞥见门口停放着的轿子，在其帘子后面露出来一只白皙的玉足。对敏锐的清吉而言，人的脚如同人的脸一般也拥有着复杂的表情。该女子的玉足，对他而言如同宝玉般珍贵。纤细的五根脚趾整齐排列，趾甲的色泽不逊色于绘之岛①海边粉嫩的贝壳，脚踵像珍珠般圆润，肌肤像是用清冽的山泉水不断洗涤滋养出的那般光滑、润泽。如此一双玉足，不久就会由着男人鲜血的滋养，而终将会把男人踩在脚下。清吉觉得，这双脚的主人才是他梦寐以求的女子中的佼佼者。清吉压抑着心中的悸动，追赶轿子以一睹芳颜，但追了两三条街道，轿子便消失得无影无踪。

当清吉的憧憬之心逐渐演变为激烈的恋慕之情时，第四个年头已经过去，第五年的春天已近尾声。某日早晨，他在深川佐贺町的家中，嘴里叼着个牙签，站在斑竹外廊里望着一盆万年青发呆，忽闻院子后面的木门打开，从隔断的后边进来了一位陌生的小姑娘。

那是清吉常光顾的辰巳的艺伎派来的丫头。

“我家姐姐吩咐我，把这件和服外褂亲手交给您，请您在外褂衬布上画个图案。”

---

① 绘之岛，位于日本广岛县江田岛市。现已变成无人岛。

说着，小姑娘就打开姜黄色的包袱，从中取出了用绘有歌舞伎演员岩井杜若①画像的纸包裹的女式和服外褂和一封信。

信中写有拜托为和服外褂作画之事，并说自己把派来的小姑娘视若妹妹，她以后也会参加宴会服侍客人，还望多多提携、关照，云云。

“我说怎么是没有见过的面孔嘛。你是最近才到这里的吧？”

清吉一边说着，一边认真端详着小姑娘。小姑娘十六七岁光景，但不可思议的是，她的容貌渗透着成熟女人之风韵，就像长期生活在风月场所，已然将无数男子玩弄于股掌之间一般。在这各地的罪恶及财富涌入的京城，她却显示着绝色男女们梦寐以求的风韵。

“去年六月左右，你有没有从平清坐轿子回去？”清吉一边询问，一边请她坐在窄走廊上，端详着她放在榻榻米上的纤细精巧的脚。

“有，那时父亲还健在，所以经常去平清的呢。”

对于这奇特的问题，姑娘笑着回答道。

“算上今年，我等你正好是五年了。虽然没有见过面，但我记得你这双脚……来，进屋，有样东西想给你看看。”

---

① 岩井杜若（1776—1847）是歌舞伎名演员岩井半四郎的第五代传人。

说着，清吉拉住告辞要走的姑娘的手，把她带到了面向大川河的二楼房间。然后，清吉取出了两幅画卷，在姑娘面前将其中一幅展了开来。

画中是古时的暴君纣王的宠妃末喜①。她头上戴着镶嵌着琉璃珊瑚的金冠，身体貌似承受不住金冠的重量般无力地倚靠在栏杆上，绫罗裙摆拖拽至阶梯的中间，右手举着酒杯望着庭前即将被处刑的男子。而那男子的四肢被铁链绑在铜柱上，他在妃子面前低垂着头，双目紧闭，等待着最后瞬间的到来。女人的神态、男子的绝望之神色被描绘得淋漓尽致，可谓神来之笔。

刚开始，姑娘全神贯注地盯着这奇怪的画面看着，不一会儿工夫，不知不觉中姑娘的眼神放着光芒，嘴唇颤抖，其面部越来越像画中之人末喜。姑娘在这幅画中发现了隐藏着的“自己”。

“这幅画可是绘出了你的真心呢！”

清吉盯着姑娘的眼睛，愉快地笑着。

“为什么给我看如此惊悚的一幅画？”

姑娘抬起苍白的面孔问道。

“这幅画中的女子就是你。此女子的血流淌在你的体内。”

---

① 末喜，亦称妹喜，夏朝末代君主夏桀之妃。此处原文疑误。

说着，清吉又打开了另一幅画卷。这是一幅以《肥料》为题的画作。画作中央有一年轻女子倚着樱花树望着脚下的累累男尸。女子身边飞舞着一群唱着凯歌的小鸟，女子眼眸中流露出难以抑制的夸耀和欢愉的神色。此情此景，是战争后的景象还是春天花园的景象？面对这幅画卷，姑娘好像从中找到了自我。

“这幅画就是你将来的写照。倒在这里的人们，都将为了你舍去生命。”

说着，清吉用手指着与姑娘分毫不差的画作中的女子。

“您还是饶了我吧，请师傅赶紧把画作收起来吧。”

姑娘像是在躲避诱惑一般，背向画作匍匐在榻榻米上。一会儿颤抖着嘴唇说道：

“师傅，我和您坦白。我确实如您所猜想的那样，拥有着画中女子的性格……所以请饶恕我吧，把画收起来吧。”

“别说那懦弱的话了，你再好好看看这幅画。你感到害怕也就是这会儿吧。”

清吉的脸上露出了狡黠的微笑。

但是姑娘还是低着头。姑娘用汗衫的袖子遮住了自己的脸，反复说道：

“师傅，请让我回去吧。在你身边，我觉得很害怕。”

“姑娘等着，我会把你变成气质非凡的世间尤物！”

说着，清吉靠近了姑娘。他的怀中揣着向荷兰医生要来的装有麻醉剂的瓶子。

阳光和煦地照射在河面上，八叠①大的房间被映照得火红一片。河面反射的光线在安静睡着的姑娘的脸上以及拉门的和纸上画出了金色的波纹。清吉关上了房间的隔扇，手上握着文身用的工具，出神地坐在那里。这时他才静静地用心体会姑娘的美貌。若是面对这张面孔，即便是在一个房间里一起待上十年或一百年也不会厌倦。就像古埃及人用金字塔和狮身人面像装点庄严的埃及一般，清吉想用自己的爱慕之情点缀那洁白光滑的人的肌肤。

终于，他将左手小指、无名指和拇指夹着的画笔的笔穗横放在姑娘的后背上，用右手握针在其上面一针一针刺了上去。年轻文身师的灵魂融进了墨汁里，渗进了肌肤。混合着烧酒的朱红颜料，一滴一滴皆是他用生命酿造的，那是他灵魂的颜色。

不知不觉中悠闲的春日已近黄昏，清吉的手不曾停歇，姑娘也没有醒来。担心姑娘迟归，艺伎派身边管三弦琴的人来接她回去。结果被清吉打发走了。

“那个小姑娘啊，早就回去了呀。”

---

① 叠，日本房间面积的计量单位，一叠约为 1.62 平方米。

明月正挂在河对岸土佐藩主家的上空，朦胧的月光照射在河沿岸各家的房间时，文身还未完成一半，清吉心无杂念，挑亮烛心。

即便是刺入一滴颜色，对他来讲也绝非易事。每次扎针、拔针他都要深深吸口气，感觉那针仿佛扎在自己的心脏上一般。针走过的痕迹逐渐呈现出巨大的“女郎蜘蛛”的图案。天色将白之际，这只具有不可思议魔性的动物，已经伸展着它的八条腿，盘踞在姑娘的后背上了。

春宵已随河上的船桨声逝去，朝霞映照着鼓满晨风的船帆，中洲、箱崎、灵岸岛家家户户房顶上的瓦片在霞光中闪耀。清吉终于放下了手中的画笔，凝视着姑娘背部的蜘蛛。这只蜘蛛是他生命的全部，他的心已经完全被掏空了。

房间里两个人一动不动。过了一会儿，响起低沉而又沙哑的声音。

“为了把你打造成真正美丽的女子，我把我的灵魂都注入到了文身中。从现在开始，全日本不会有人超过你。你的心将不再胆怯、懦弱。所有的男人都将会是滋养你的肥料……”

好像是领会了清吉所言，姑娘发出了微弱的呻吟声。她慢慢地恢复了知觉。她沉重地呼吸着。随着她的呼吸，后背上的蜘蛛宛如有生命般蠕动了起来。

“很痛苦吧？毕竟被蜘蛛抱住身体了嘛。”

姑娘微微睁开了双眼。幽幽月色般的眼眸逐渐放着光芒看向了男子。

“师傅，快点给我看看我后背的文身吧。既然你给了我你的生命，我该是变得很漂亮了吧？”

姑娘的语言如同呓语，但语调中有种不可忤逆的力量。

“好了，这会儿要去泡个澡，让文身颜色鲜亮。会很痛，不过要坚持住哟。”

清吉把嘴靠近姑娘的耳边就像安慰她一般耳语道。

“只要能变漂亮，再怎么痛，我也会忍着的。”

姑娘强忍着疼痛，故意露出了微笑。

“嗯，热水渗进皮肤里好痛啊……师傅，拜托打我一顿吧。然后您就到二楼等我吧。我不希望有男人看到这样狼狈的我。”

出浴后，姑娘推开想要替她擦身的清吉的手。因为剧烈的疼痛，她倒在了水池的木地板上，发出痛苦的呻吟。头发披散在她的脸上。女子的背后放着一面镜子，正映照出一双白皙的玉足的脚掌。

和昨日截然不同的态度使清吉吓了一跳，但还是一个人跑到二楼等着她。过了半小时左右，女子便上楼来了。肩上披散着刚洗过的黑发，已经穿戴整齐。脸上已不见一丝痛苦的痕迹，她舒展眉毛，表情愉悦地靠在栏杆上仰望着朦胧的天空。

“这幅画卷和文身都送给你，拿着画回去吧。”

说着，清吉把画卷推到了她面前。

“师傅，我已经丢掉了胆怯的自己……你可是最先成了滋养我的肥料了呢。”

女子闪耀着利剑般锐利的眼眸。耳边响起了凯歌。

“回去之前再给我看一眼你那文身吧。”清吉说。

女子沉默着点了一下头，褪下了衣服。朝阳正好照射在文身上，女子后背在朝阳下耀眼夺目。

春琴抄

一

春琴，真名是鵙屋琴。她出生于大阪道修町一个药商家里，1886 年 10 月 14 日去世，葬在大阪市内下寺町净土宗的一座寺院中。

前些天，我路过此处突然很想去看看，遂向寺主提起，寺主带我到正殿的后面，说："这里就是鵙屋家的墓地了。"一眼望去，一丛山茶树的树荫下排列着鵙屋家世世代代的几座墓，但是找不见琴女的墓。"从前鵙屋家有一个弹琴的女儿吧，那个人的墓呢？"寺主沉思了一会儿说："哦，那头有一座墓，或许就是它吧。”说着，把我带到了东侧台阶比较陡的坡路上。下寺町东侧的背后有一处小山丘，小山丘上有一座生国魂神社①。我们走的上坡路，就是连接着寺和小山丘的一面斜坡。斜坡上树木繁茂，是些在大阪颇为罕见的树种。春琴的墓就在这个山坡的半山腰，一块被铲平的小小的空地上。墓碑的正面记录着她的法名——“光誉春琴惠照禅定尼”，背面则写着“俗名鵙屋琴，号春琴，明治十九年（1886）十月十四日歿，享年五十八岁”，侧面刻着“门生温井佐助建之”。春琴一生使用鵙屋这个姓，但事实上与其门生温井检校②是夫妻。或许也正因为此，她的墓与鵙屋家的墓地才隔着一段距离吧。据寺主讲，鵙屋家族早就没落，近年偶有族人来祭扫，但也不会到这座坟墓来，所以根本没有想到它也是鵙屋家的。“那，这座墓无人来祭扫吗？”“也不是，住在萩之茶屋的七十岁左右的老妇人，一年来一两次进行祭扫。然后，您瞧，那儿还有一座小坟墓，是吧？”他指着坟墓左侧的另外一座坟接着说，“总是在这座坟上也供上香花。诵经费也是她给我们的。”走到寺主刚才说的小墓碑前一看，墓碑的大小是春琴墓的一半左右。正面刻着“真誉琴台正道信士”，背面刻着“俗名温井佐助，

---

① 生国魂神社，日本著名景点，神武天皇祭祀生岛大神的大阪最古老的神社。

② 日本古代盲人官阶制度的最高级官名，依次为检校、别当、勾当、座头。

号琴台，鵙屋春琴门生，明治四十年（1907）十月十四日殁，享年八十三岁”。原来这就是温井检校的墓。萩之茶屋的老妇人，我们在后面会提到，暂且不论。只是，这温井的坟墓比春琴墓小，又明确记载着门生字眼，足见检校死后也想恪守师徒之礼。

正值夕阳红彤彤地照射在墓碑正面，我伫立在山丘上，俯瞰着眼前的大阪市。被称作难波津的远古时期，这一带就是丘陵地带，朝西的丘陵从这里一直延伸向天王寺方向。现在，因为煤烟，草木满是灰尘，毫无生气。枯萎的大树煞风景地站立着。不过，当初这些墓建造时，这里肯定是郁郁苍苍的。即使现在，在市内寻找墓地，这一带应该也还算是最安静，最适合眺望的地方了吧。奇妙姻缘缠身的师徒二人，俯瞰着笼罩在夕阳下的、大厦林立的亚洲第一工业城市，在此长眠。今天的大阪，已无检校在世时的面貌，只有这两块墓碑宛如还在交谈着匪浅的师徒情缘。温井检校一家，原本属日莲宗，除检校之外，温井一家的墓均在检校老家江州日野町的一座寺院里。然而检校之所以舍弃祖先代代相传的宗派转向净土宗，是为了死后也能留在春琴的身边。据说春琴生前就已经决定好了师徒二人的法名，及墓碑的位置、大小等。目测春琴的墓碑高约六尺，而检校的不足四尺吧。两座坟墓并排在石堆的坛上，春琴的坟墓右侧种着一棵松树，绿色的树枝在墓碑上如屋顶般笼罩着，在坟墓左侧，树枝够不到的、两三尺远的地方，温井检校的墓宛如鞠躬致敬般地坐落着。看此情景，眼前浮现出检校生前毕恭毕敬、如影相随地在师傅身边伺候的身影。仿佛石头有灵，今天仍在享受其幸福一般。我恭恭敬敬地跪在春琴的墓前进行了祭拜，然后，伸手抚摸着检校墓碑石的顶端。我在丘陵上徘徊，直到夕阳沉到了城市街道的彼端。

二

最近，我得到一本小册子《鵙屋春琴传》，从中了解到了春琴的故事。这本书有三十页左右，用四号字印刷在和纸上。貌似是在春琴去世三周年的时候，弟子检校拜托人撰写的师傅春琴的传记。内容用书面语写的，文中提及检校都用了第三人称，不过其素材是检校提供的无疑。因此，这本书的真正作者说是检校也不为过。《传记》称："春琴家代代称鵙屋安左卫门，住在大阪道修町经营药铺。春琴的父亲是第七代。母亲繁生于京都麸屋町跡部氏，嫁与安左卫门，两人育有二男四女。春琴是其二女，生于文政十二年（1829）五月二十四日。"又曰："春琴自幼聪颖，端庄美丽、优雅无与伦比。四岁习舞，举止进退一点就透，举手投足之间尽显优雅艳丽娇媚，舞伎也难以匹敌。就连她师傅也常常赞不绝口，这小妮，以她的身材、素质，定会举世闻名。生在富家，是幸或不幸而不可知。另外，早早就读书习字，进步之快，甚而凌驾于两位兄长之上。”

这些记载若真是出自将春琴视如神明的检校之手，其可信度不免大打折扣。可是她与生俱来的“端庄美丽”却着实有事实依据。当时妇女的身高普遍较低，她身高不足五尺（约150厘米），脸和手脚非常娇小玲珑、细腻雕琢。我有一张流传至今的春琴三十七岁时的照片。轮廓工整的瓜子脸上长着仿佛用可爱手指摘来的鼻子、眼睛，那般娇嫩，看上去仿佛稍纵即逝。毕竟是明治初年或庆应年间的照片，照片上有多处斑点，如遥远的记忆一般模糊不清。不过，在这模模糊糊的照片上，仍可看出俨然大阪富裕商家女子的气韵。虽然美丽，却无个性可言，令人印象不深。就说年龄，说有三十七岁也像，说是二十七八岁也说得过去。此时的春琴已经失明二十余载，而照片里的她像是闭着眼睛，一点都看不出她已失明。佐藤春夫①曾经说过，耳聋之人看起来像愚人，盲人则看起来像贤者。因为聋子会为了听清别人讲的话，时而皱眉，时而瞪大眼睛、张大嘴巴，时而歪着脖子仰起头，给人以傻傻的感觉。再看静静端坐的盲人，略微低着头，闭着眼睛宛如沉思一般。我们知道菩萨的眼睛，即慈眼视众生的慈眼是半睁着的。因此比起睁着的眼睛，我们觉得半睁的眼睛更具有慈悲心，也更为难

① 佐藤春夫（1892—1964），日本诗人，小说家，评论家。

得，有时甚至会对半睁的眼睛抱有敬畏之心。如此说来，春琴闭着的眼睛，加上她是一个善良的女人，看着她仿佛像祭拜了观世音的旧画像一样，能感觉到淡淡的慈悲。据说春琴的照片仅此一张。她小时候摄影技术还没有传到日本，照这张照片的那一年偶然发生了灾难，此后她再也没有拍照片，所以我们只能通过这张模模糊糊的影像来想象她的风采。

读者读了上述的说明勾勒出了怎样的春琴呢？恐怕心中所有也只是朦胧的、差强人意的面貌吧。即使真的看到照片也不会有更清晰的认知吧。说实在的，照片比读者猜想的模糊多了。想想她在拍这张照片的那一年，即春琴三十七岁时，检校也已经是盲人了。我想检校最后一眼看到的她的身影和照片上的影像应该很相近。晚年检校记忆中，她的身影也是这般模糊的吗？还是说，在填补逐渐淡去的记忆时，重构了一个截然不同的尊贵的女人像？

三

《春琴传》接着写道："父母将她视若掌中宝，宠爱她的程度超过了其余五兄妹。然，春琴九岁时不幸患上眼疾，不久便双目失明。父母悲痛欲绝，母亲更是可怜幼儿，怨天尤人，一时发疯。春琴自此放弃习舞，专心学习三弦琴，走上音乐之路。"

春琴的眼疾具体是什么，传记中并没有明确记载。结合之后检校的言论，“所谓树大招风吧”，师傅因为长得漂亮、才艺突出，一生中曾有两次因遭人嫉妒而陷入不幸之中，总觉得事出有因。检校也曾说过师傅患的是淋菌性结膜炎。春琴因娇生惯养而有些傲慢，但动作妩媚可爱、对仆人、随从关怀备至、性格明媚开朗、待人和善，兄弟姊妹和睦融洽，很受大家喜爱。唯有小妹妹的乳母，因愤慨其父母感情偏向而暗暗憎恨春琴。众所周知，淋菌性结膜炎是因为眼睛的黏膜感染了花柳病的霉菌而引发的。检校好像意有所指，暗示乳母耍了手段使师傅失明了。这是基于确凿的证据，还是他一个人的猜想，并不清楚。若干年后，春琴变得脾气暴躁，猜想这些事情或许对她的性格产生了影响。但是，当然不止这件事，检校出于慨叹春琴的不幸，不知不觉中会诅咒、伤害别人，所以他的言论不足为信。乳母这件事恐怕也只是揣摩臆测的吧。总之，不管出于何因，我们只要明白春琴九岁时失明这件事就足够了。

“自此放弃习舞，专心学习三弦琴，走上音乐之路。”也就是说，春琴钻研音乐是失明的结果。她自己也经常向检校表明，自己真正的天分在舞蹈上，夸奖她的琴和三弦琴的人都是不了解她的人。若不是因为失明，她绝不会走上音乐之路。乍听起来有些傲慢，自己不擅长的音乐也能做到如此水平。但是，这些话多少也有检校粉饰的成分吧？将春琴一时感性的发言，铭记在心，为了构筑她伟大的形象，给这些话赋予了重大意义。

前面提到的住在萩之茶屋的老妇人名字叫鴫泽照，是古筝生田流①的勾当（盲人官位，见前注），在晚年的春琴和温井检校身边侍奉他们的人。据她讲，都说师傅（指春琴）跳舞好，但事实上师傅五六岁起就师从检校春松先生开始练习琴和三弦琴，并非是失明之后。当时富裕家庭的小姐们都会从幼年起学习技艺。据说师傅十岁时就记住并用三弦琴弹奏了公认的难曲《残月》②。可见师傅在音乐方面也具有天赋，凡人无从模仿。只是双目失明之后，又无其他娱乐，所以才全身心投入到音乐当中精益求精。我觉得她说的应该是真的。我想春琴的才华其实一开始就表现在音乐上，舞蹈究竟如何不得而知。

四

虽说在音乐的道路上倾注了心血，但她并不用担心生计，所以刚开始她并没有考虑以此为职业。后来她开设音乐教室教授乐器，是因为其他缘由。而且她并没有靠音乐教室维持生活，每个月道修町的本家都会送来比教琴多很多的生活费。但是由于她生活骄纵、奢侈，钱怎么也不够。虽然开始只是任凭喜欢而努力钻研并锤炼技能，但天赋加上倾情投入，传记中所

① 生田流，筝曲流派名，由生田检校（1656—1715）创立，主要在关西地方流行。

② 《残月》，地方曲名，大阪的峰崎勾当为纪念弟子之死而作。

载“十五岁左右时，春琴的技艺大幅提升，在同辈中脱颖而出，同门子弟中无人与之比肩”，恐怕是不争的事实。鴫泽勾当说，师傅常常自夸：春松检校非常严苛，但我从来没有被痛批过，反而被表扬的次数很多。我去的话，老师一定是亲自指导我练习。那真是亲切又和善地教导我，我真不明白惧怕师傅的人们的心理。我觉得春琴未曾体验修行的痛苦，就能达到登峰造极的水平，想来还真是天赋使然。她毕竟是鵙屋家的千金小姐，所以即便是再严格的师傅也不可能像培养其他艺人一样训练她，多少斟酌了一番。加之，春松检校心中可能还有对生为富贵人家的千金却很不幸地双目失明，平添了一种庇护之情吧。春松检校更是爱她的才能，倾心于她的才能。比起自家孩子，他更记挂春琴。春琴偶尔因微恙不能来练习，他会立即派个人到道修町或者亲自拄着拐杖前去探望。常常以春琴是其弟子而骄傲，并在人前炫耀。对聚在一起的将要以此为生计的众多弟子说，你们要学学鵙屋家的小妹妹①。将来要靠一门手艺养家糊口的人，要是不如外行的小妹妹，那多叫人担心啊。有人责难他对春琴过于照顾，他回答说：“你说什么呢！练习时严格是为师者的亲切。我不责备那孩子是我的关切不足。那孩

① 在大阪“千金小姐”也称为“小可爱”或者“小姐”。相较于姐姐称其妹妹为“小小姐”或者“小可爱”。这种称呼现在也是如此。春松检校也曾教过春琴的姐姐，两家也比较亲近，所以才这么称呼春琴的吧。——原注

子天性聪慧，悟性又高，所以即便放任不管也能无师自通，抵达一定的高度。认真训练她的话，终将成为后生可畏的弟子，反而让以此为业的你们这些弟子觉得困扰。我想春琴生在家境不错的人家，生活并非不自由，没必要那么强化训练。应该倾尽全力将你们这些迟钝的弟子培养成能独当一面的人才才行。而你们怎会歪曲了师傅的本意呢？”

五

春松检校的家在靭町，离道修町的鵙屋的店铺也就一千多米，春琴每天由店里的小伙计牵着手去练琴。而这小伙计就是少年佐助，即后来的温井检校。佐助与春琴的缘分就如此结下了。如前所述，佐助的老家在江州日野，也经营药材。佐助的父亲、祖父在学徒期间到大阪鵙屋学习过。鵙屋可算是佐助家族代代的主公。佐助比春琴年长四岁，十三岁出来做学徒时，正是春琴九岁即失明的那一年。他到的时候，春琴那美丽的眼瞳已经完全失去了光辉。佐助一次也没有见过春琴明亮的眼睛，直至晚年他都不觉得这是遗憾，反而以此为幸福。如果失明以前就认识的话，失明之后的脸就难免显得不完美。从一开始他就觉得她很美，没有任何不完美之处。如今，大阪的上流家庭争先恐后将宅邸搬到郊外，千金小姐们热爱体育运动，走向户外享受空气和阳光，藏在深闺深居简出的千金已不复存在。但即便如此，住在城市的孩子们一般都体格纤弱，脸上的肤色苍白，与乡下长大的少年和少女完全不同。说得好听是脱俗洋气，其实就是有点病态。这种情况不仅限于大阪，可以说是城市人的共性。当然也有例外，在江户即便是女人也都喜欢黝黑的肤色，甚至以此为骄傲。单从肤色来讲，京都人、大阪人那白皙的肤色无人匹敌。在大阪世家出生长大的公子哥就如同戏剧里出场的少爷一般风度翩翩、玉树临风，他们体格纤细，就像妇女一般皮肤白皙，也喜柔美的服装。直到三十岁左右才开始脸色红润、体态发福，呈现绅士气派。出生于旧幕府时代富裕的町人家里、成长在不甚健康的深宅中的少女们，那几近透明的苍白肤色，以及纤细的身材映入乡巴佬佐助少年的眼睛里，那是何等的妖艳！此时春琴的姐姐十二岁，妹妹六岁，在乡下来的佐助看来，均是僻壤罕见的美少女。他尤其被双目失明的春琴身上那不可思议的气韵所打动。他觉得春琴紧闭的眼睑，比姐妹们睁开的眼睛更明媚、更美丽，这张脸必须是这样的，原本就是这样的。都说四姐妹中春琴最俊俏，即使那是事实，也多少有着对于她失明的惋惜、怜悯之心起到了作用。但对于佐助来讲绝非如此。后来，佐助最讨厌有人说他对春琴的爱是因为同情和怜悯，对于这种认知感到非常愤慨。“我从来就没想过师傅不幸或者可怜。和师傅相比能看得见的人更惨。师傅那品格、那美貌，凭什么要被同情呢？有人怜悯我，说佐助那家伙真可怜。我就反驳说，你们只不过是眼睛鼻子等五官齐全而已，其他的，哪一项也没法与师傅相比。你们才是残疾人呢！”当然这都是后话。开始时，佐助把烈火般燃烧的崇拜之情深藏在心底，勤勤恳恳地侍奉在春琴身边。一来没有恋爱的自觉，二来即便有，但对方是天真无邪的女孩，又是历代主公家的千金。对佐助来讲，能够奉命每天陪着一起走路也算是一种安慰吧。不过，怎么会把牵小姐的手这等重要的事情给新来的少年做呢？看似很奇怪，但其实刚开始的时候，并不是只有佐助一人。有时是女佣，有时是其他少年或者青年。某一天，春琴说了句，“让佐助来带我吧”。此后就一直都是佐助牵她的手，那一年佐助十四岁。他感激涕零，觉得这是至高无上的光荣。他总是把春琴小小的手掌抓在自己的掌心里，走一千多米送春琴到春松检校家练琴，等结束后再带领春琴回家。途中，春琴很少开口讲话，只要春琴不开口佐助也沉默无语，只是默默地走路，用心伺候以免疏忽犯错。有人问春琴：“你为什么说佐助好呢？”她回答说：“佐助他呀，比谁都老实，不说没用的话啊。”上面也提到过，原本她很会撒娇，对人和善，可是失明以后变得挑剔、忧郁，很少欢快地说话，也不怎么笑，变得沉默寡言。佐助不说多余的话，只是认真地工作，尽量不妨碍她，这一点可能得到认可了吧。（佐助说很讨厌看见她笑。因为盲人在笑的时候，看起来傻傻的，很可怜。这在喜欢春琴的佐助心里可能怎么也没有办法接受吧。）

六

不说话、不妨碍自己，这理由果真是春琴的真心流露吗?虽然还只是个孩子，难道不是朦朦胧胧地感受到了佐助的心意，心中欣喜的缘故吗?年仅十岁的女孩或许不可能有这种心思，但考虑到春琴聪慧、早熟，再加上因为双目失明，她的第六感特别敏锐，这种猜测也并非突兀。后来，当自尊心极强的春琴意识到自己的爱慕之心，也没有轻易吐露心声，很长一段时间没有接受佐助的心意。事实的真相虽然无法考证，总之春琴的心里好像根本就没有佐助。至少佐助是这么觉得的。牵手时，佐助总是把左手掌心向上举到春琴肩膀的高度，而春琴把右手掌放到他的手掌中。春琴觉得佐助似乎就只有一只手掌而已，偶尔叫他做些什么，春琴都是用动作来表现，或者皱一下眉头，又或者打谜语一样自言自语，从不明确表示。但如果佐助没有捕捉到其意图，春琴就会生气，所以佐助为了不错过春琴的任何表情和动作，总是特别紧张，不能有丝毫懈怠，也像是考验佐助到底细不细心。作为千金大小姐本来就任性，加上盲人所特有的挑剔的性格，佐助一刻也不得清闲。有一次，在春松检校家里按顺序等待练琴时，佐助突然发现不见了春琴的身影，吓得他赶紧在四周寻找，原来春琴在佐助不察之际去了茅厕。之前春琴上厕所时，佐助总是看到春琴出去就跟在后面，带她到门口，然后等在那里给她倒洗手的水，伺候她洗手。可那天佐助发呆，所以春琴就一个人摸索着去了。“小的失职了。”佐助的声音都颤抖了，跑到正要伸手拿起舀水瓢的春琴身旁。“算了。”说着春琴摇了摇头。但是这种情况下，若是听到“算了”回应一声“是吗？”就退下的话，事情就会变得更加糟糕。这时就是硬抢也要把瓢抢过来，伺候她洗手才是正道。还有一次，是一个夏天的下午，也是排队等着练琴，佐助恭敬地候在春琴的身后。春琴自言自语道：“好热！”佐助附和道：“是好热啊。”春琴未做任何回应。一会儿又自言自语道：“好热！”佐助这才明白，拿起身边的团扇，在其身后朝她的背扇了起来，春琴这才心满意足。但扇子扇得稍有不如意，她就又说“好热！”春琴这般傲气又随心所欲，好像只针对佐助，对待其他学徒时并不如此。春琴原本就有这种性格特点，加上佐助的努力迎合，所以对他的态度愈加苛刻了。这也是春琴觉得佐助方便的原因，而佐助不但没有把它当作苦差，反而喜欢她这样。佐助把春琴的特别的坏心眼当作是一种撒娇，理解为一种恩宠。

七

春松检校给弟子练琴的房间在二楼的最里间，所以轮到春琴练琴时，佐助就扶着春琴爬楼梯，带她坐到检校对面的座位上，并把古筝或者三弦琴放到她的前面，然后退到休息室等待，结束后再去接她。等待时也不能马虎大意，他竖起耳朵听着练琴房间里的动静，练琴一结束，还不等里面的人叫他，就马上迎了上去。一来二去，春琴所学的曲子佐助也自然而然地耳熟能详了。他的音乐爱好就这样培养了起来。后来他能成为一流的大师，与生俱来的天赋自不必说，但是如果没有侍奉在春琴身边的机会，没有想要与她合为一体的热烈的爱情，恐怕佐助也就只能分得鵙屋商号，一辈子作为一个再平凡不过的药材商而碌碌为生吧。后来他双目失明，升到了检校之位，也经常表示自己的技艺远远不及春琴，是有了师傅的启发教诲才有了自己如今的成绩。佐助总是把春琴捧到九重天，而自己总是谦卑地退到其身后百步、二百步之处，所以他的话不能全信。技艺的优劣暂且不论，总之春琴属于天才，佐助是刻苦勤奋、努力上进的一个人。他下决心买一把三弦琴，开始偷偷攒钱是在十四岁的年末。他把主公家偶尔发的补贴以及出去办事时对方给的小费都存了起来。第二年夏天，终于购买了一把工艺粗糙的练习用三弦琴。又怕被大掌柜发现责备，就把琴杆和琴身拆开来分别带进阁楼上自己的住处。每天晚上等伙计们都睡下了才开始练琴。

他自知是为了继承家业才到这里当学徒，所以刚开始时没有想过以此为业，也没有自信，只因忠于春琴，所以爱她所爱而已。也没想过要通过音乐获取她的爱情，这一点可以从他向春琴隐瞒了自己学琴这件事了解到。佐助和二掌柜、学徒等五六人一起住在站起来头能顶到天棚的又低又狭窄的房间里。他保证不影响他们的睡眠，也请他们替他保密。年轻人嘛，怎么睡也睡不够，一钻进被窝就酣然入睡，所以无人抱怨。佐助等他们熟睡，就起身钻进原先放被子的壁橱中开始练他的琴。阁楼本来就很闷热，壁橱里更是热得难耐。但在壁橱里练琴就可以避免琴弦声吵到他们，也可以阻断他们的呼噜声、梦呓声。他不能用拨子只能用指甲弹。在没有灯光的壁橱里摸黑练习，但佐助并没有觉得一片漆黑有什么不方便。想想，盲人总是处在这样的黑暗中，小姐也在漆黑的世界里弹琴，他深感置身于同样的黑暗世界是一件无比开心的事情。后来得到允许可以公开练琴时，他也要和小姐一样，每次拿上乐器练琴时都闭上双眼。明明看得见，却要体会和失明的春琴相同的苦难，体验盲人的不便之处，有时甚至觉得他是不是在羡慕盲人啊。后来，他真成了盲人，少年时代的这种心理也是原因之一，想来也非偶然。

八

无论是何种乐器，通往最高境界需要付出的艰辛是相同的。小提琴和三弦琴，琴杆上没有任何标记，而且每次弹奏之前都需调琴，所以练到能弹一曲非常不容易，不适合独自一人自学。何况在没有乐谱的时代，即便有师傅教你也是“古筝三个月，三弦琴三年”。佐助买不起古筝这样高价的乐器，再说古筝体积太大无法带到阁楼房间里，所以才选择了三弦琴。据说一开始就会调琴了。这一方面表示他辨听声音的能力至少在一般水平之上，一方面又足以证明平时他在随春琴到检校家里练琴时，是何等仔细地听他人练习的。曲调、音高、旋律等他都只能借助于一双耳朵来记忆。于是十五岁的夏天开始一直到冬天的半年时间，除了同一个房间的伙伴们之外，没有人知道他练琴的事情。而这一年的冬天发生了一件意想不到的事情。黎明时分，冬季的凌晨四点左右还是漆黑一片。鵙屋家的太太，即春琴的母亲阿繁起夜时听到了不知从何处传来的《雪》① 的曲调。古有冬练三九一说，在寒冬天际发白之时，迎着寒风进行训练。但是道修町是药铺较多的区域，住着的都是正经商户，并非是曲艺类的师傅、艺人等居住的地方，更没有一家是与色艺有关的人家。

万籁寂静的半夜，即便冬练三九，时间也太早，要说练琴应该是拨子拨弹的高昂的琴声，但入耳的却是指甲弹奏的微弱的琴声。而且像是要练到满意为止一样，不厌其烦地反反复复练习着，其热心程度可想而知。鵙屋家的太太虽觉奇怪，但也没有放在心上，接着入寝。这样两三次下来都听到了琴声，又听到有人说：我也好像听到了，是在哪儿弹的呢？也不像是狸

① 《雪》，地方歌谣，由大阪的峰崎勾当所作。

子月夜拍腹自乐的声音呀。一来二去店员之间传了开来，一时闹得沸沸扬扬。佐助刚开始一直是在壁橱里练琴，后来他觉得谁也没有察觉到，所以胆子也大了起来。再加上在辛苦工作之余利用睡眠时间练琴，使得他睡眠严重不足，如果还在暖和的地方练琴很容易犯困，所以晚秋以来，一到晚上他就会跑到晾衣台练琴。总是晚上二更，即晚上十时与店员们一起就寝，凌晨三点左右醒来抱着三弦琴跑到晾衣台，在寒风中独自练琴，直到东方泛白才回到自己的被窝里。春琴的母亲所听到的就是这段时间佐助练琴的声音。

佐助偷偷练琴的晾衣台在店铺的屋顶，所以住在隔着花木庭院的内宅的人只要一打开走廊上的防雨窗，就会比睡在晾衣台下面的店员们更容易地听到琴声。按内宅的要求，店员们进行了调查，发现是佐助所为。被叫到账房先生处狠狠挨训自不用说，三弦琴也被没收，要求决不允许再犯同样的错误。此时，有人出人意料地伸出了援手。内宅里有人提议，想听听佐助到底弹得如何？而这人竟然就是春琴。佐助非常恐惧，生怕这件事情惹春琴生气，也害怕被春琴怜悯或嘲笑：做好带路人角色就好，只是个小学徒练什么琴？听说让他弹给她“听”，吓得直打退堂鼓。若是自己的诚意打动了小姐的芳心，会让他感恩戴德，但是怎么想都觉得她是想恶作剧，想让他成为笑柄。而且在大家面前弹琴，一点信心也没有。但是一旦提出要求，春琴决不允许佐助推辞，加上母亲和姐妹们也非常好奇，所以佐助终于被传唤到内宅表演自学的成果，对佐助来讲绝对是一场隆重的表演。当时佐助好不容易已经练好了五六首曲子，所以当大家让他把会的都弹一弹时，佐助只好鼓足勇气竭尽全力弹奏了起来。包括比较简单的《黑发》①，比较难的《茶音头》②，这些都是他平时杂乱无序地听取的一点皮毛，记忆也毫无规律可言。鵙屋店的家人原本打算取笑他，但听了他的弹奏，发现虽然独自练琴时日不长，但指法准确，能弹奏出旋律，所以大家都非常感动。

九

《春琴传》云：

> 春琴怜悯佐助的志向，曰："你的热心可嘉，以后由小女来教你。如有闲暇，可常与小女学习，望你勤学励进。"春琴的父亲安左卫门也同意了。佐助欣喜若狂，此后完成学徒的工作之外，每日抽出一定时间跟春琴学习。如此，十一岁的少女与十五岁的少年除了主从关系之外，又添了师徒之契，可喜可贺。

① 《黑发》，长歌谣，由初代樱田治助作词，初代杵屋佐吉作曲。
② 《茶音头》，地方歌谣，由菊冈检校作曲，八重崎检校改编为筝曲。

喜怒无常的春琴，为何突然表现出如此温情呢？据说此非春琴率先提出，而是周围的人促成的。双目失明的少女虽然生在幸福的家庭，但很容易陷于孤独、忧郁之中，所以父母当然不用说，就连女佣们也觉得她难以伺候，不知有什么办法能使她心情舒畅，正在束手无策而苦恼的时候，偶然发现佐助和小姐情趣相投。由于春琴小姐的任性脾气而大伤脑筋的内宅的人们想趁此机会将这份棘手的差事推给佐助，以减轻自己身上的担子，怂恿小姐道：佐助他多么特别啊，如果小姐您去教他怎么样？想必他本人一定会喜出望外，觉得自己三生有幸吧。不过，怂恿若显得过了头，难免造成春琴逆反，事实未必是周围的人使然。或许这时春琴已经觉得佐助并不讨厌，说不定心底已是春情萌动呢。不管怎样，她提出收佐助为徒，这对于父母兄弟以及用人来说，是一件大好事。虽说是天才少女，一个十一岁的女师傅，究竟能否教授他人呢？这一点无人关心，只要可以排遣她的寂寞无聊的心情，她身边的那些用人也就能松一口气了。说白一点，不过是一种“老师和学生”的游戏，命佐助陪着她玩。所以，与其说为了佐助，不如说是为春琴而考虑的。但是，从结果上看，佐助却是获得了远远大得多的好处。《春琴传》中记载：“此后完成学徒之职守外，每日抽出一定时间”，但是实际上之前每天牵手带路，一天之中有好几个小时他是侍奉在小姐身侧的，再加上被叫到春琴房间里学琴，想来无暇承担店里的活。安左卫门觉得将原本为了成为商人而出来做学徒的佐助，变成了女儿的随同，对不起佐助的父母，但小学徒的前途哪有女儿开心重要，加上他本人也愿意，也就默认了。从这时候开始，佐助称春琴为“师傅”。平时可以称为“小姐”，但春琴命他上课时称她为“师傅”。对佐助她也不再称呼“佐助君”，而直呼“佐助”，就像春松检校对待弟子一样，遵循师徒之礼数。于是，就如大人们所期望的那样，“老师和学生”的游戏一直延续着，春琴也忘记了孤独。月转星移，两人看似无意停止这个游戏，二三年后，老师和学生已是超出游戏愈加认真了起来。春琴每天下午两点左右前往靭町的春松检校家，接受三十分钟到一小时的琴技传授，回到家后练琴练到傍晚。晚餐后，偶尔有兴致时就把佐助叫到二楼的卧室进行传授。后来逐渐变成了每天的功课，经常是到了九点、十点也不见结束。“佐助，我是那么教的吗？”“不行，不行，即便是通宵，你给我练到会为止！”严厉斥责的声音听得楼下的伙计们心惊肉跳。有时年幼的女老师一边责骂，“笨蛋！为什么记不住？”一边用拨片敲打佐助的头，弟子则抽抽搭搭哭起来。这样的事已经不足为奇了。

十

众所周知，以前培养艺人，那是烈火金刚般的严酷训练，体罚是家常便饭。今年（昭和八年，1933 年）二月十二日的大阪《朝日新闻》周日版版面上有一则小仓敬二先生写的《人形净琉璃①泣血修行》为题的文章写道：摄津大掾②去世后的第三代越路大夫③眉间有一个月牙形疤痕。那是其师丰泽团七④一边训斥“你到底什么时候才能记住？”一边狠狠地用拨子戳他留下来的。另外，木偶戏剧团文乐座的木偶操作演员吉田玉次郎的后脑上也有同样的伤痕。玉次郎年轻时在演出《阿波鸣门》的过程中，他的师傅、大名人吉田玉造⑤在抓捕犯人这场戏中操作十郎兵卫，脚的操作由玉次郎进行。演出时，脚的动作怎么也不满意，师傅玉造大为恼火，随着一声“傻瓜”，武生用的道具刀“咔嚓”就砍在了他的后脑勺上，就这样疤痕就留了下来。打人的玉造也曾被其师傅殴打，据说，师傅用十郎兵卫的木偶打破了他的头，瞬间血染了木偶。玉造向师傅要来了这一具沾满鲜血，且残破了的十郎兵卫的木偶，用棉布包裹后收藏在白木板箱里，时常取出来，供在慈母的牌位前，顶礼膜拜。他常对人哭诉道：“如果没有那一次这

---

① 人形净琉璃，又称“文乐”，是日本独有的木偶戏，日本四种古典舞台艺术形式之一。

② 摄津大掾（1836—1917），明治时期义太夫节（净琉璃的一种）的知名表演者，第二代越路大夫。

③ 第三代越路大夫（1865—1924），摄津大掾的门弟。

④ 丰泽团七（1840—1923），江户时代末期至大正时期的人形净琉璃三弦琴师。

⑤ 此处指第一代吉田玉造（1829—1905），作为人偶操纵师与三味线的团平、净琉璃的越路大夫齐名，被共同尊称为三名人。

个木偶的惩罚，说不定我只能作为一个末等艺人而碌碌无为地了此一生。”前辈大隅大夫①在修行时期像牛一样笨重，被戏称为“慢鬼”，而他的老师就是近代的三弦琴大师、著名的丰泽团平②，大家叫他“大团平”。在炎热夏天的有个夜晚，大隅在师傅的家里练习《木下荫挟战》的《壬生村》时，台词“护身符是遗物”怎么也说不好，反反复复练习多少遍也不见师傅说好。师傅支个蚊帐，在蚊帐里看他表演。大隅被蚊子叮着，但仍一百遍、二百遍、三百遍地练着，练着练着天已蒙蒙亮，才发觉师傅不知何时睡着了，可能是倦了吧。心想，师傅还没说好，我要继续练。他发挥“慢鬼”的特长，拼命反复练习，终于从蚊帐中传来师傅的声音“好了”。师傅看似睡着了，但其实一直在耐心听着。这种逸闻趣事不胜枚举，当然这些故事不仅限于净琉璃的大夫和玩偶操作人员，生田派的古筝、三弦琴的传授中也经常发生。古筝、三弦琴的师傅基本上是盲人检校，残疾人士常有的偏执使传授更加残酷、苛刻。前面也说过，春琴的师傅春松检校的教授法以严厉而著称，稍有不满就会怒骂，或伸手打人。徒弟和师傅都是盲人的情况较多，徒弟挨训退一步，挨打退一步，有时甚至会抱着三弦琴从二楼的阶梯滚落下来。后来，春琴招收弟子时以严酷闻名，也

① 此处指三世竹本大隅大夫（1854—1913），义太夫节表演者。
② 此处指第二代丰泽团平（1828—1898），以义太夫节的集大成者而闻名。

都是因为继承了师傅的传授方法之故。当然，刚开始教佐助的时候已有了苗头，年幼的女师傅把游戏逐渐演变为真打真骂。男师傅虐待弟子的例子虽是常见，但春琴这样的倒是罕见。或许春琴多少有一些嗜虐倾向？抑或借着传授弹琴的名目享受着某种变态性欲的快乐？事实真相是什么现在很难判断，只是孩子玩过家家游戏时一定会模仿大人。她自己深受春松检校的宠爱，所以身体没有挨过打，但平时了解师傅的传授法，虽然幼小却也认同，游戏时就模仿春松检校做法自是当然，后来也就成了一种习惯。

十一

佐助貌似是爱哭鬼，小姐一打他，他就出声哭，还哭得凄凄惨惨，听得周围的人直皱眉："哎，小姐又开始折磨他了。"原打算给小姐买个玩具什么的大人们也颇为困惑。每天晚上练习古琴和三弦琴的声音已经够心烦了，还偶尔夹杂着春琴严厉的责骂声及佐助的哭泣声。于是，周围的人觉得佐助真可怜，而且这样对小姐也没有好处。其中一个女仆实在看不下去就闯了进去，劝阻道："小姐，怎么回事？千金小姐有失体统。请不要再折磨男孩子了吧。"春琴一听，反而正襟危坐，盛气凌人地说道："不要管我，你们懂什么！我是真的在教他呢，才不是闹着玩儿。正因为是为佐助着想才会拼命教他。发火也罢，欺凌也罢，练琴就是练琴，难道你们不明白？"

《春琴传》这样写道：

> 春琴毅然说道："汝等欺余年幼，竟敢亵渎艺道之神圣乎！余虽年少，然既为人师，师者自有其师道。余授技与佐助，本非一时之儿戏。佐助虽生来喜好音乐，却因学徒之身，未能就教于优秀之检校，只能自学。余甚怜之，故不揣技拙，代为其师，力使之遂愿也。此非汝等所知，宜速退去！"闻者慑其威容，惊其辩舌，常诺诺而退。

不难想象春琴是多么气势汹汹。佐助虽然也哭，但听到她这么讲，心存万分感激。他之所以哭，不仅是因为强忍艰辛，更是因为又是主人又是师傅的少女所给予他的激励。所以无论怎么苦，也没有逃避，流着泪坚持练到师傅说声好为止。春琴的情绪时好时坏，大加斥责算是好的，缄默着、皱着眉拨动三弦琴，或者让佐助一个人练琴也不说好与不好默默地听，这时候佐助最为难受。有一天晚上，练习《茶音头》的曲子，佐助怎么也弹不好，练了几遍也总是出错。春琴非常生气，放下三弦琴，右手激烈地拍打着膝盖，嘴里唱道："咿呀嘁哩嘁哩杠，嘁哩嘁哩杠，嘁哩杠嘁哩杠嘁哩嘎啊嘁咚，图噌图噌隆，咿呀噜噜咚。"终于默然停了下来。佐助也摸不着头脑，也不敢停下来，硬着头皮自己摸索着练着。可是过了许久也听不见师傅说声好。这使得佐助愈加紧张，不知所措，冒出冷汗，弹得更加乱七八糟。春琴紧闭双唇、深锁眉头，仍是一言不发。如此过了两个小时，春琴的母亲穿着睡衣上来劝开了两人："热心也有度，过了头对身体可不好啊。"第二天，春琴被叫到了父母面前。"你教授佐助是好事。但是打骂弟子是人家检校才可以做的啊。你虽然很出色，但毕竟还没有出师，现在就这样模仿师傅教授练琴，肯定会骄傲起来的。凡是艺术之道，一旦有骄傲之情绪就很难精进。再说一个女孩子，对着一个男孩子总是骂他'笨蛋'，真是不堪入耳。劝你不要再这样骂人了。还有，今后定时练习，最好不在深夜时练习。佐助哭泣的声音搅得我们睡不着觉。"面对从来没有严厉批评过自己的父母，春琴无言以对，貌似听从了父母的劝诫。可这只是表面上的，事实上并没有起到多大的作用，她挖苦佐助道："佐助你真是没有出息，一个男人连韧劲都没有，一点点小事就哭哭啼啼的，好像受了多大委屈一般。我挨骂都怪你！想要在艺术之路上有所造就，即便疼痛入髓也要忍着！若是忍受不了，就别叫我教你！"从此之后，佐助无论怎样痛苦再没有出声哭过。

十二

自失明以来，春琴的心眼就开始变得非常坏，教佐助练琴以后行为甚至变得有些粗暴，鵙屋夫妇极其担心，真不知有佐助这么一个学生对春琴来讲是好还是坏。对佐助百般顺从春琴，他们虽然心存感激，但又担心这样一味迁就反而会助长女儿的任性，将来变得性格乖僻。不知是不是出于这个缘故，佐助十八岁时在主人的安排下拜春松检校为师，也就断了春琴教授佐助练琴的念想。在父母看来，春琴模仿师傅所为非常不好，尤其担心对女儿品性产生不良的影响。此举虽为女儿着想，但同时也彻底改变了佐助的命运。自此佐助完全脱离了学徒职务，名副其实地成了春琴的带路人，同时又作为同门弟子到春松检校家练琴。佐助本人自不用说，当然是心甘情愿的。安左卫门为了得到佐助父母的谅解费尽了口舌。想必是说尽了好话，保证将来决不会弃他不管，叫佐助放弃成为商人的目的。猜想安左卫门夫妇可能有意想让佐助成为自家女婿。女儿残疾，找门当户对的可能比较困难，佐助可是求之不得的良人。两年之后，即春琴十六岁、佐助二十岁的时候，双方父母提起了婚事，没承想春琴依然非常冷淡地拒绝了。她不悦地说自己一生无意结婚，佐助更是不可能。婚事也就不了了之。一年之后母亲发觉春琴的身体有点异样。心想“不会是……”，便留心观察，甚是怀疑。若是显怀，家中人多嘴杂，就无法补救。于是母亲瞒着父亲私下悄悄询问了当事人，却被一口否认。虽难以释怀，也不好再深究。就这样又过了一个多月，已经无法隐瞒了。这一次，春琴坦率地承认了怀孕，但怎么也不肯说出孩子的父亲是谁。严加追问，也只是回答说两个人约定不说出对方。问她是不是佐助的，她一口否定道：怎么会和学徒出身的佐助生孩子呢？大家都怀疑到了佐助身上，可是，想起去年说起婚事时春琴那冷淡的态度，父母也觉得不可能是佐助吧。况且，若两个人真是那种关系，肯定瞒不了大家的眼睛。毕竟都是涉世未深的少男少女，再怎么装着若无其事也肯定会露出端倪。可是自从佐助成为她的同门师弟后，就没有像过去那样，两个人对坐练琴到深夜，只是偶尔以师姐身份带他复习一会儿，其他时候她就是一个高傲的千金小姐，只是以带路人待他。所以，家中仆人们也就根本没有猜想两个人之间会有什么，反而觉得两个人之间主仆味太浓，缺了人情味。大家猜测那个人肯定是检校的门生，觉得佐助应该知道是谁，可是佐助坚持说不知道，当然也不是他自己。可是被叫到夫人面前的佐助战战兢兢、形迹可疑，遂严加盘问，说辞显得自相矛盾。“我若是说出来，小姐会责骂我的。”佐助最后哭了起来。“好，好，你想要保护小姐的心情我们理解，可是主人的话你也不听了吗？隐瞒反而对小姐不利，务必说出对方的名字吧。”苦口婆心劝说也没有用。可最终还是知道了就是他本人。毕竟和小姐保证过绝对不说，所以不敢明确地讲出来，可是话里话外好像很想让人觉察出是自己一样。鵙屋夫妇觉得既然有了孩子也没有办法了，心想幸亏孩子的父亲是佐助。既然如此，为什么去年提起婚事的时候说了那些言不由衷的话呢？少女心真是捉摸不透啊。父母虽然发愁，但总算一块石头落了地。事已至此，最好早点让他们结婚，以免别人嚼舌头。但再次问及春琴，她还是说不愿意，正色道：“就像去年讲的一样，佐助之辈我想都不会想。他可怜我残疾之身，我很感谢。可是，我虽是残疾，但并不想嫁给下人。这样也对不住孩子的父亲。”再问孩子的父亲，回答说：“这一点请不要再追问了。我也不打算和他在一起。”如此一来，佐助的话又觉得不可全信，也不知谁说的可信，这下难住了大家。可是，怎么也觉得除了佐助无其他人选，猜想春琴可能比较害羞，所以故意说反话，过些日子会坦白的吧，也就没再揣测。父母决定送她到有马温泉疗养直到生产。那是春琴十七岁那一年五月。佐助留在大阪，两个女仆陪了过去。十月生下一男婴。孩子长得和佐助一模一样，谜底终于解开了，可是，春琴还是不愿结婚，甚至否定佐助是孩子的父亲。无奈之下让两个人对质。春琴神色严厉地责问道：“佐助，你是不是说了什么令人起疑的话？我被你搅得烦死了。没有的事就说没有，请你说清楚。”一番提醒，佐助更加战战兢兢、缩成一团：“我怎敢对主子不敬？自幼深受主子的大恩，怎会有非分的想法？这绝对是冤枉！”附和着春琴，坚决否认。事态愈加不可收拾。“这孩子难道不可爱吗？你再这么固执下去，家里没法养这个没有爸爸的孩子。你实在不愿结婚，宝宝虽可怜，我们也只能送走。”最后用孩子威逼她说出孩子的父亲。春琴冷冰冰地回道："随便你们送他到什么地方。反正我会一个人过一辈子，把他留在身边也是个累赘。"

十三

春琴生的孩子就这样被送走了。弘化二年（1845）生人，现在肯定已不在世了。当时送到何处哪户人家也不清楚，都是其父母一手安排的。春琴固执己见，怀孕生子一事也就这样不了了之了。没过多久，春琴若无其事地又开始让佐助牵着她的手带她去练琴了。此时两个人之间的关系已是公开的秘密，但是一旦要将其正式公开，两个人就死活不承认，深知女儿脾性的父母无奈之下也就默许了这种关系。就这样两个人主仆不是主仆、师兄妹不是师兄妹、恋人不是恋人的，关系非常暧昧地过了两三年。春琴二十岁这年，春松检校去世了。春琴就继承了师傅的衣钵，借此机会她离开了父母，在淀屋桥附近盖了房子自立门户，佐助也跟随前往。在检校生前，春琴的实力已得到了师傅的认可，已达到随时都可以收徒的水平。检校取了自己名字中的"春"字给她起了"春琴"这个名字，还时常带着她到隆重的演奏会合奏，让她唱高音部分。如此提携，当检校去世时，春琴自立门户也是顺理成章。可是从年龄上来看，好像没有必要这么突然地独立出来。这种安排其实是因为考虑到了与佐助的关系。两个人的关系已然成为公开的秘密。父母觉得一直这样暧昧下去，对其他仆人影响也不好，不愿结婚，住在一栋房子里总该可以了吧，而春琴本人好像也接受了这样的安排。当然，到了淀屋桥之后，佐助的待遇也没有什么变化，仍然只是个带路人。又因为检校去世，佐助再一次成了春琴的弟子。这回就再也不用顾忌对方，直接相互称呼“师傅”“佐助”了。春琴她非常讨厌两个人在他人眼里被视作夫妇，因此严格遵守主从、师生之间的礼节，语言的使用上也做了极其严格的规定。若佐助偶尔出错，即使俯身道歉也不会轻易原谅他，一直执拗地苛责他的无礼，所以不了解情况的新门生丝毫也没有怀疑他们之间的关系。仆人们很好奇小姐怎样和佐助相爱，私底下都说想要偷听一下他们之间的对话。春琴为何会如此对待佐助呢？当时在大阪，婚嫁时比东京更加讲究家庭、资产以及规格。大阪原本就是见多识广的商人聚集的地方，封建习俗根深蒂固。所以身为大户人家的千金小姐，高傲的春琴心里非常看不起代代下人出身的佐助。加上因盲人之故性情乖僻，既不想让别人抓住她的弱点，也不想被别人取笑，使得她一点都不愿服输。如此看来，嫁给佐助，让一个下人成为自己的丈夫，对春琴来讲或许就是侮辱。和下人有了肉体关系也许使她感到万分羞愧，所以才待他更加生分的吧。我猜想，春琴只是把佐助当作是生理上的必需品，或许在潜意识上她就是这样想的吧。

十四

《春琴传》云：

> 春琴素有洁癖，微垢之衣不穿，内衣一日一换，命人洗涤。命人早晚打扫房间，特别严格。每当落座，用手指轻拂坐垫、榻榻米等，若有一丝灰尘，就极其嫌弃。曾经有一个门生患有胃病，口腔中臭味本人毫无察觉，坐近到师傅面前练习。春琴照例将三弦琴铿然一拨，便置之不理，颦蹙不语。门生不知为何，惶恐万分，再三询问缘由。春琴曰："余虽盲人，然鼻尚灵，速去漱口。"

或许正因为是盲人，才会有如此洁癖吧。这样的人，其身边伺候的人，可想而知，该需要多么细心周到啊。说是牵手领路的人，实际上并非单纯的牵手带路的工作，春琴的日常生活琐事，如饮食起居、入浴如厕等都必须照料。佐助从春琴幼年时候起就承担了这些事情，完全摸透了她的脾气，所以除了佐助，没有人能够让她满意。从这个意义上说，佐助对于春琴来讲，是个不可或缺的存在。她在道修町老家居住的时候，毕竟父母亲以及姐妹们都在一起，总不免有所顾忌，可是现在成了一家之主，洁癖与任性更加严重，使得佐助要做的事情越来越繁琐。

下面这一段话是鴫泽照老妇人说的，内容不太适合写在传记中。她说，师傅如厕出来后，从来没见过她洗手。为什么呢？因为不论是大便还是小便，她从来都不自己动手，全都是佐助帮她。入浴的时候也都是佐助在身边伺候她。据说身份高贵的妇女对别人给自己洗身子习以为常，并不认为是羞耻之事。师傅对于佐助来讲，无疑也是高贵的妇女。可能也有失明的缘故吧。但是因为从小就养成了这种习惯，所以也没有什么别扭的感觉。春琴她非常讲究穿着打扮，失明以后，虽然不能照镜子，却对自己的姿色十分自信，对衣服、发饰的搭配等都颇费心思，与正常的爱美女性没什么两样。想来，春琴记性好，她一直记得自己九岁时候的容貌，加上周围人的溢美之词和人们的奉承，所以她心里很清楚自己美貌出众。如此，她非常痴迷于化妆。平日里总是饲养黄莺，将黄莺的粪与米糠搅拌在一起当作护肤品使用，同时还喜欢用丝瓜汁进行保养。她最忌讳皮肤粗糙，面部、手脚的皮肤如果不够光滑滋润，心情就会很是糟糕。凡是弹奏弦乐的人，因为要按弦，都非常注意左手指甲的长度，所以每三天就要让人剪指甲、锉指甲。可是到了她这里，不仅左手，双手双脚的指甲统统都要修剪一番。其实指甲长得并不多，肉眼几乎看不出来，不过一两毫米。然而她却非常挑剔，必须叫人修剪得和原来一模一样。剪完以后，她会用手逐个仔细抚摸检查，稍有不齐，就不肯轻易放过。所有这些活，实际上都是由佐助一个人包揽了下来，忙完后他便抽空学习琴艺，有时还要代替师傅教授弟子。

十五

说到肉体关系，其实也分多种。佐助对春琴的身体可谓了如指掌，而且与春琴建立了非常亲密的关系。但他不曾奢望与之拥有一般夫妇或者恋人般的关系。后来在他失明以后，还能在春琴身边事无巨细地照顾她，且无大过，我想并非偶然。佐助一生未娶，从学徒时代到八十三岁去世，他身边只有春琴一个女性。说来他也没有资格谈论其他女性如何如何，但在他晚年鳏居之后，经常对周围的人夸赞春琴的皮肤是多么丝滑，四肢又是多么柔软，这是他唯一经常絮叨的话。时而还伸出手比画，说师傅的脚就是这个巴掌那么大小。又摸摸自己的脸颊，说师傅后脚跟的皮肤都比我的脸颊柔软。以前说过春琴身体娇小，实际上是她穿衣服显瘦而已，身子还是比较丰盈，肤色白皙，不管到了多大年纪还透着细嫩的光泽。这或许与她的饮食相关吧。她平时素爱鱼和鸡肉，尤其喜欢鲷鱼的生鱼片，在当时是少有的女性美食家，晚上她还会小酌一杯。（盲人吃东西看起来不雅，总觉得可怜，更何况是春琴这样的妙龄小姐。也不知春琴她自己知不知道这一点，吃饭时除了佐助之外不让他人在场，偶尔接受邀请时，也只会象征性地拿起筷子。所以大家以为她进餐优雅，其实她是一个对食物非常挑剔、极尽奢侈的人。当然并不是说她的饭量大，一顿饭她会轻松吃掉两碗饭，可是每样菜基本上都只夹一次，菜品自然需要多种多样，下人准备起来非常不容易，好像是为了故意为难佐助似的。佐助练就了一手本领，能够非常熟练地挑鱼刺剥虾壳，一条香鱼都能完整地剔掉鱼刺不会弄散。）春琴头发非常浓密，宛如棉花一样柔软蓬松。手，纤细而又柔韧，弹琴的指尖非常有劲儿，挨上一巴掌真是疼极了。春琴是性情非常急躁的一个人，却又是体寒之人，虽是盛夏也不会流汗，脚像冰一样冷，所以一年四季穿着纯白纺绸布或绉绸窄袖便服当作睡衣，衣服下摆长长的，总是用下摆裹着双脚睡觉，而睡姿从未凌乱过。因为怕上火，尽量避免使用被炉或热水袋。如果脚太冰，佐助就会把她的双脚抱在怀里焐暖。经常是春琴的脚还没有焐暖，佐助的胸却凉透了。洗浴时，为了雾气不笼罩浴室，冬天也会开着窗户，保持洗澡水不会过热，泡也就一两分钟，泡好几次。洗澡时间过长会眩晕，所以要尽量在短时间内泡暖身体急匆匆地洗完澡。越是了解这些生活的细节，越是能够理解佐助的辛劳。而物质上的回馈少得可怜。所谓工资也只是补贴程度，连买点烟抽都不够。衣服，则是在盂兰盆节和年终时发的工作服而已。虽然也代替师傅教课，但并没有特殊的地位。春琴命弟子和女仆们称他为“佐助君”，出门授课时，就让佐助在玄关候着。有一次佐助牙疼，右脸肿得厉害，到了晚上疼痛愈加难忍，但他还是强忍着，偶尔悄悄漱个口，为了不让她察觉而小心翼翼地伺候在侧。春琴叫他揉揉肩、搓搓腰，佐助也就应声按摩了起来。过了一会儿，春琴说，好了，帮我焐焐脚吧，于是佐助就毕恭毕敬地敞开胸怀将她的脚放在胸上。相比冰冷的前胸，由于被褥传来的热气，脸红通通的，滚滚发烫，牙疼得更厉害了。佐助终于忍不住将春琴冰冷的脚贴在了红肿的脸颊上，想要缓解一下疼痛。可春琴竟一下子踢开了他的脸颊，佐助不由得“啊”的一声跳了起来。春琴说道，不用再焐脚了，我叫你用胸焐脚，没叫你用脸颊焐。脚上没有长眼睛，那是正常人也好盲人也好都一样的，为什么做欺骗人的事？你大概患牙痛了吧，从白天你做事的样子我就知道了。左右脸温度也不同，肿得也不一样，即便是脚也能感觉得到。那么疼，如实告诉我不就好了？我也不是不会怜恤下人的人。可是你装作忠诚，却用主人的身体去缓解你的牙痛？真是个狂妄、耍滑头的家伙！真叫人可恨！春琴待佐助大体就是这个样子。她尤其不喜欢佐助对年轻的女弟子亲切一点或带她们练琴。如果偶尔有那样的嫌疑，她也不会露骨地表现出嫉妒之情，而是会愈加刁难、折磨他。这种时候佐助最最痛苦。

十六

一个女人，是盲人又是独身，再怎样奢侈也不会奢侈到哪儿去，再怎样随心所欲地过着锦衣玉食的生活，也不至于太离谱。然而，春琴家里就一个主人，却有五六个仆人伺候，每个月的开销绝非一个小数。为什么需要这么大的花销和人手呢？最大的原因就是春琴喜欢养鸟。她尤其喜欢黄莺。现在一只声音悦耳的黄莺有价值一万日元的，搁在从前，情形也大致差不多。当然，在对黄莺啼声的辨听以及玩赏方法上，今昔似乎略有不同。以今天的辨别法为例，将叫声“可括……可括可括括”的称为“穿越山谷的莺声”，将叫声“呼——嘁——呗咯昆”的称为“高音莺声”，除了能啼叫“呼——呼——可阔”这样的原声外，还能发出上述两种啼鸣声的黄莺才真正值钱。树林子里的野黄莺不鸣啼，偶尔叫一声，也不是发出“呼——嘁——呗咯昆”的声音，只会叫“呼——嘁——呗呛”，粗俗难听。要想让黄莺发出“呗咯昆”中的“昆”声，这种带着金属的美妙余韵的声音，就必须要人为地对它进行训练才行。自然界的黄莺还是雏鸟，尚未长出尾巴的时候，就将其捉来，让它跟随会这样叫的黄莺师傅学习。如果雏莺已经长出了尾巴，就表明它已经习惯了野黄莺父母亲的粗俗的啼鸣声，无法通过训练来加以矫正了。当师傅的黄莺原本也是通过这种人为的方式训练出来的，著名的就会有诸如“凤凰”“千代友”之类的名号。因此，如果谁家有什么样的名鸟，饲养黄莺的人家为了训练自家的黄莺，会不顾路途遥远，找到这户人家，请求让自家的鸟学习它的鸣叫方法。这种学习方法，叫作“跟声”，一般是大清早出发，连续学习几天。有时，当师傅的黄莺也会到某个地方，那些弟子黄莺聚在它的周围进行学习，犹如音乐教室学唱歌一样。当然，每只黄莺的素质不同，其声音也有婉转动听与否之别，同样是“穿越山谷的莺声”“高音莺声”，其啼鸣声的抑扬顿挫、余韵、调子的长短等也是千差万别的。所以要得到一只上等的黄莺，绝不是一件易事。能有一只好黄莺，可以赚取学费，身价高也是在所难免的。

春琴家里饲养的黄莺中最优秀的名叫“天鼓”。她非常喜欢早晚侧耳倾听天鼓的啼鸣。天鼓的啼声婉转动听。其高音的“昆”清澈悦耳，富有余韵，宛如极尽绝妙人工的乐器一般，听不出是鸟的啼鸣声。而且那声音悠长，富有张力，且音色圆润。因此，饲养天鼓也就极其细心细致，像调制鸟食之类的事也要非常谨慎。平时制作黄莺的饲料，首先将大豆和糙米炒后磨成粉，然后混入米糠调和成粉末状。另外准备鲫鱼干或者丁斑鱼干磨成的“鲫鱼粉”。使用时，将这两样粉末一比一混合起来，然后加入萝卜叶汁进行搅拌。这是一件十分烦琐的事情。另外，为了使黄莺声音更加悦耳，还要捉来在一种名叫蘡薁的野葡萄茎上筑巢的昆虫，每天要喂一两只。如此令人劳神费劲的黄莺，春琴家饲养了五六只，需要一两个下人专门照料。而且，黄莺在人前是不肯啼叫的，所以需要将其放进桐木制造的小箱里。这种小箱叫作“饲桶”，装有一扇纸拉门，关得严严实实的，只能从纸拉门透进微弱的光。纸拉门的框子使用紫檀木或者黑檀木制作，还施以精雕细刻，或者镶嵌着白蝶贝壳，或者绘着描金画，情趣盎然，巧夺天工，其中不乏古董，当下价值一百日元、二百日元、五百日元也不足为奇。天鼓的饲桶上镶嵌着从中国进口的珍品，紫檀木制作的框架，箱子的中腰上围绕着一圈琅玕翡翠面板，板上雕刻有精美的山水楼阁，甚为高雅。春琴常常将这鸟箱放在自己起居室壁龛旁边的窗台上，静心聆听。当天鼓的声音美妙悦耳婉转之时，她的心情就会很好，所以仆人们都想尽办法逗天鼓啼叫。天鼓喜欢在天气晴朗的日子婉转鸣啼，所以天气不好的时候，春琴的情绪也会变得很坏。天鼓在冬末至春天啼叫最为频繁，一到夏天，啼叫的次数逐渐减少，春琴也就会郁郁寡欢起来。一般来讲，只要饲养得当，黄莺还是比较长寿的，关键在于精心照料，如果交给没有经验的人饲养，鸟儿很快就会死去。一旦死去，就会另买一只。春琴家的第一代天鼓是在八岁时死去的，后来一直没有找到可以继承为第二代天鼓的合适的黄莺。几年之后，终于训练出了一只与第一代天鼓相比毫不逊色的黄莺，于是将它仍然命名为“天鼓”，并成为春琴的心尖新宠。

传记曰：

第二代天鼓其声灵妙而胜于迦陵频迦。春琴将鸟笼日夜放在触手可及之处，钟爱不已，常让弟子们倾听其啼鸣声，然后训诫道："你们听天鼓的歌，原是无名的雏鸟，但从小磨炼，其声音之美与野生的黄莺截然不同。或许有人讲，那是人工之美，非天然之美，不及走在深谷的山路上，探寻春天之花时，隔着溪流从云霞笼罩的森林深处不经意间传来的野莺的啼鸣声。然而，我不这么认为。野莺的啼鸣，天时地利方能配以雅致一词，如果单论其声音则未必称之为美。相反，听闻天鼓的啼鸣，深邃幽静的山峡风趣、溪流潺潺的叮咚作响、山峦上烟霞般的樱花，悉数浮现在眼前。樱花彩霞尽在天鼓啼鸣声中，令人忘却正置身于红尘万丈的都门。以人工技艺与天然的风景一争高下，音乐的秘诀也在于此。"春琴又羞辱愚笨的弟子，屡屡训斥道："虽说是小鸟，谁能说它不解技艺的奥秘？而生为人类的你们，竟不如小鸟！"

春琴所言固然有理，但是动不动就拿人与黄莺比较，佐助等门人应该是非常难受的吧，恐怕都难以接受。

十七

除却黄莺，春琴还喜欢云雀。云雀喜欢冲天飞翔，即使被关在笼子里，也经常高高地飞起来，所以鸟笼要做成又细又高的形状，达到三尺、四尺，甚至五尺的高度。但是，要真想欣赏云雀的美妙声音，就必须将它从鸟笼中放出来，让它飞向天空，直到看不见它的身影，听着它冲入云霄时传来的鸣叫声，欣赏它冲入云霄的技巧。云雀一般会在空中停留一些时间后再飞回笼子。停留在空中的时间从十分钟到二三十分钟不等，停留的时间越长越被视为上等云雀。所以在举行云雀比赛的时候，鸟笼要排成一排，大家同时打开鸟笼门放飞云雀，最后回来的那一只获胜。劣等云雀有时会误入别人家的鸟笼，有的甚至会飞入离自己的鸟笼相差一二百米远的鸟笼里。不过，云雀一般都能辨别出自己的鸟笼。云雀飞上天空，在空中的某一点停留一段时间，再垂直落下，所以云雀飞回到自己的鸟笼里是理所当然的。所谓“穿云”，其实并不是真正地直穿云层飞翔，之所以看起来像“穿云”，是因为云彩掠过云雀之故。

在春光明媚的日子里，住在淀屋桥一带的春琴家的左邻右舍，经常可以看见这位盲人女师傅来到晾衣台上放飞云雀的情景。她的身边，除了佐助之外，还有一个专门照顾云雀的女佣。春琴一声令下，女佣打开鸟笼门，云雀撒欢儿高声啼叫着飞上天空。春琴仰起头，失明的眼睛似在追寻着越飞越高隐入云霞之中的云雀的身影，侧耳倾听从高高的云层间传来的云雀不停啼鸣的声音。有时，一些同样爱好的朋友会把各自心爱的云雀带来，进行比赛。每当此时，左邻右舍都会到各自的晾衣台上，聆听云雀的啼鸣声。其中有些人与其说是看云雀，不如说是为了一睹春琴的美貌姿容。其实町内的年轻人一年到头应该是看惯了春琴的美貌，但是任何时候都不乏一些贪恋美色的好事之徒。于是每当云雀的叫声响起，人们就急急忙忙地跑到屋顶上去，心想：这下可以看见春琴了。他们如此折腾，大概是觉得盲人具有特殊的魅力和深邃别样的情感，这正激发了他们的好奇心吧。也许平时大家看到的由佐助牵着手出门的春琴，总是默不作声，表情严肃，而放飞云雀的时候，春琴时而灿烂地微笑，时而与旁人说话，其动作表情使她的花容月貌更加灵动。除了黄莺、云雀之外，春琴家里还养过知更鸟、鹦鹉、绣眼鸟、黄道眉等各种小鸟，一般都在五六只，其花费绝非小数。

十八

春琴是一个“家里横”的女人，在外面，她显得格外和蔼可亲，应邀做客的时候言谈举止都异常温柔高雅，且妩媚娇艳，绝对看不出她会在家里苛责佐助、打骂弟子。为了交际，她装饰表面、讲求排场，每到红白喜事、逢年过节，她都以鵙屋家小姐的身份赠送物品，十分慷慨阔绰，即使是赐给男仆、女佣、丫头、轿夫、人力车夫等的赏钱，也慷慨大方。照理讲，她该是一个挥霍无度的人吧，而事实上并非如此。笔者曾在《我眼中的大阪和大阪人》一文中写过大阪人的节俭生活，其中写道：“东京人的奢侈是表里如一的，而大阪人不论表面上如何讲究铺张阔气，必定会在一般人不经意的地方节约不必要的开支。”春琴也是生于道修町的商人家庭，在这个方面怎会疏忽大意？她一方面极尽奢侈之能事，同时又极端吝啬和贪得无厌。攀比排场，原本就是出于与生俱来的好胜之心，所以只要不符合这个目的，就绝不肯随意浪费。从来不会做白白浪费钱的事情，正所谓“把钱花在刀刃上”。她不会随性地到处撒钱，而是会充分考虑用途并追求效果。这一点是非常理性、精于算计的。这样一来，好胜之心有时候会扭曲成贪婪。比如向弟子收取的酬金和孝敬钱，作为一个女人，本应该和其他师傅的酬金相当，但是她妄自尊大，竟然收取与一流的检校同等的酬金，而且不让分毫。如果仅仅如此，倒也罢了，可连弟子们在年中中元节、年末赠送的礼品也横加干涉，暗示他们尽量多送一些，极其固执。春琴有一个盲人弟子，因为家境贫寒，每个月的学费经常拖欠，中元节送不出像样的礼品，只是买了一盒白仙羹表示心意，对佐助诉苦道：“请您怜悯我家的贫穷，代我向师傅求情，请她多多海涵。”佐助也觉其可怜，便诚惶诚恐地向春琴转达了他的心意，并且为他说情。春琴一听，一下子拉下了脸，说道：“我不厌其烦地强调收取酬金和礼品，有人或许以为我贪得无厌，其实并非如此。我并不在乎钱的多少，但必须要有一个大致的标准，不然的话，如何体现师徒之礼仪？这孩子不仅每个月的学费多有拖欠，今天又是只拿这个白仙羹做中元节的礼品，实在是无礼，说他不把师傅当回事，也不为过。既然家境如此贫寒，想来要在艺道上有所成就也不大可能。当然，根据情况和天分，我也不是不可以免费教授，但这一定得是一个前途无量的、万里挑一的天才儿童。一个能够战胜贫困、成为出类拔萃的人才的人，天生就与众不同，而这并非仅凭耐心与热情就能实现。这孩子除了厚脸皮，也没有别的本事。艺道上不见得有什么希望，却要我可怜他的贫穷，这也太狂妄了吧！与其给人添麻烦，又丢人现眼，不如现在索性狠狠心放弃练琴吧。如果他还想学艺，大阪城里有的是好师傅，随便找一个拜师就行了。我这儿就到今天为止吧。”此话一出，再怎么向她道歉，也听不进去，最后真把这个弟子给辞退了。

如果弟子孝敬她的礼物稍好一点，即使是像她这样严厉的人，那一天也会对这个弟子和颜悦色，说一些言不由衷的夸赞的话，让听者很不自在。所以，一提到师傅的恭维话，大家都觉得很可怕。也正因为如此，春琴对每个人送来的礼物都要亲自一一检查核对，甚至还要把点心盒打开进行确认。对于每个月的收支，她也会把佐助叫来，让他在自己面前打算盘明明白白进行结算。她擅长心算，听过一遍的数字，不会轻易忘记。米店的开销多少，酒店的支出多少，两三个月以前的钱数都记得清清楚楚。她的奢侈生活毕竟是为了自己，所以自己极尽奢华挥霍掉的那部分开销，总要想办法补回来，矛头就指向了下人。在她家里，只有春琴一个人过着王公贵族般的生活，佐助等所有的下人都被要求必须厉行节约，因此大家的日子都过得非常拮据。甚至对每天米的消耗情况都斤斤计较，弄得大家连饭也吃不饱。下人们在背地里议论道："师傅不是说黄莺、云雀比你们这些人都忠心耿耿，这还用说吗？比起我们这些人，那些鸟啊，更宝贝着呢。"

十九

父亲安左卫门在世的时候，鵙屋本家每个月都按照春琴要求的数目给她送钱过去。但父亲去世之后，长兄继承家业，就今非昔比了。现在富裕家庭的女子奢靡浪费似乎也不怎么稀奇了，但在过去，连男人都不能奢侈挥霍无度。即使是富裕之家、正统的世家，在衣食住行各方面也是节制不求奢华，以免受到僭越的责难，更不愿与暴富者为伍。父母亲之所以纵容春琴生活奢侈，是因为可怜她一个残疾人，没有其他的乐趣。然而到了哥哥这一代，就时不时要责备她，每个月也给她规定了钱数上限，至于额外的要求，概不应允。她的吝啬似乎与此有关。不过，家里给她的钱，维持生活绰绰有余，所以教授琴曲的收入多与少，对她来讲无关痛痒，对待弟子们盛气凌人也便无所顾及了。其实，拜春琴学艺的门生只有屈指可数的寥寥数人，这也使得她有空去玩鸟。不过，无论是生田流的古琴还是三弦琴，在当时的大阪春琴都是不折不扣的第一流的名家，这绝不仅仅是她个人的自负，而是但凡公正之人都一致承认的事实，即使厌恶春琴的傲慢的人，也暗地里或嫉妒或惧怕她的技艺。

笔者认识一个老艺人，他说他在年轻的时候经常听春琴弹奏三弦琴。老人弹三弦琴是给净琉璃伴奏的，弹法自然不一样，但是他说近年听到的关西地区传统三弦琴曲中，没有一个能够弹奏出春琴那种微妙的琴声。另外，团平在年轻的时候也曾听过春琴的演奏，并发出这样的感慨：“真可惜！此人若生为男子，弹奏粗杆三弦琴，必能成为响当当的名家。”团平认为粗杆三弦才是三弦艺术的最高境界，而且只有男子才能达到登峰造极之境。不知他是惋惜春琴具有天赋却生为女人，还是感觉到春琴所弹奏的三弦琴具有男性的气韵？据刚才提到的那位老艺人说，听春琴弹奏三弦琴，觉得音调清澄明亮，仿佛出自男性之手。音色不仅优美，且富于变化，时而弹奏出深沉如泣如诉般的琴声。想来在女子当中，春琴真的是一位罕见的高手。如果春琴在处世上能够稍微圆滑谦虚一点，想必肯定会功成名就。然而她生于富裕之家，不解生活的艰辛，随心所欲，任意妄为，世人对她可是敬而远之。再加上恃才傲物，四处树敌，其声名被埋没也无可奈何。这固然是自作自受，却又不能不说是她的不幸。

拜春琴为师的门生都是早就敬佩她的实力，心仪的导师也非她莫属。为了学到真本领，他们心甘情愿地接受她严酷苛刻的教授，哪怕挨打挨骂也在所不辞。尽管大家事先已经做好了这种思想准备，但很少有人能够长久地忍受下去，大多数门生都没能坚持住而放弃了。那些业余爱好者就连一个月也坚持不下来。实际上，春琴的教学方法已经超越了“鞭挞”的范畴，往往发展为存心的刁难折磨，甚至带有嗜虐的色彩。这多少有着“自己是名家”这种心理的加持吧。换言之，既然社会允许这样做，弟子们也有心理准备，所以她觉得越这样折磨弟子，越显得自己是个名家，逐渐忘乎所以，以至于到了无法自制的地步了。

二十

鴫泽照说：“她的弟子真的很少，有的还是冲着师傅的美貌才来学琴的，业余爱好三弦琴的那些弟子大抵是这号人。”的确，春琴貌美、未婚，又是有钱人家的千金小姐，难免有这类弟子。据说她对弟子的严厉也是击退这种凑热闹的色鬼们的手段，可是这一做法反而博得了人气。往坏里想，就是在那些一本正经、认真学艺的弟子中，恐怕也不能讲绝对没有从盲人美女的鞭挞中感受到不可思议的快感的人吧，而且这种快感或许比学艺更具有吸引力。大概总有几个人是让·雅克·卢梭那样的矛盾体吧。

下面我将要记述降临在春琴身上的第二次灾难。遗憾的是，因为在传记中也没有明确的记载，所以我无法准确指出这起事件的起因以及加害者。不过，大概可以认为，在如上所述的背景下，春琴可能招致了某一个弟子的愤懑，进而被施以报复。这种解释，似乎最为接近事实。

目前可以猜到的人，是土佐堀河边的杂粮商店美浓屋老板九兵卫的儿子利太郎。这是一个好吃懒做的浪荡公子，向来喜欢吹嘘自己精通艺道，也不知从何时起进入春琴的门下学习三弦琴。此人仗着他老子家财万贯，不论到什么地方，都摆出一副富二代的架势，耀武扬威。他将同辈的师兄弟们都视为自己家里的小伙计，根本不放在眼里。春琴心里也不喜欢这个人，可是因为他送的礼品都十分贵重丰厚，有了这等好处春琴也就不好拒绝他，而是圆滑机敏地处理应对。然而，此人到处扬言说："别看师傅厉害，对我可还是让个三分。"他尤其瞧不起佐助，非常讨厌由佐助代课，非要师傅亲自上课。骄横之势肆无忌惮，春琴也感到十分不满。正在这时，他的父亲九兵卫为了安度晚年，选择天下茶屋一处幽静地点修建了隐居草堂，庭院里种植着十几株古梅。在某一年的农历二月，在此处举行赏梅酒宴，也邀请了春琴参加。这次酒宴的主管就是这个利太郎，另外还有一些帮闲、艺伎也来捧场。春琴当然是由佐助陪同前往的。

酒席上，利太郎及其帮闲们不停地给佐助劝酒，使他十分为难。近来他会陪师傅晚上喝上一杯，酒量也有所长进，但也不大，况且出门在外，没有师傅的同意，是绝对不许沾一滴酒的。也担心要是喝醉了，无法完成给师傅牵手带路这个重要的本职工作，便装作喝酒的样子，想糊弄过去。不料利太郎眼尖，一下子就看出来了，说道："师傅，师傅，您要不同意，佐助就不喝酒。今天不是赏梅吗？就让他放松放松吧。佐助若真是醉了，这里有两三个人还真想牵您的手给您带路呢。"利太郎的破锣嗓冲着师傅胡搅蛮缠，春琴见状，只好苦笑着说："好吧，好吧，那就少喝一点吧。你们可不许把他灌醉啊！"她也就敷衍一下，但是利太郎他们俨然是拿到了"师傅同意"的尚方宝剑一样，左一个右一个地过来劝酒。尽管如此，佐助自己还是严加控制，差不多七成酒都喂给了洗杯器。

听说那一日参加酒宴的帮闲、艺伎们亲眼目睹了久闻大名的女师傅的芳容，无不为其艳丽和风韵而惊叹，交口称赞。也许他们揣摩到利太郎的心意，为讨其欢心，才故意如此恭维奉承的。不过，当时三十七岁的春琴，看上去的确要比实际年龄年轻十岁，皮肤白皙如雪，一见她的粉颈，就令人不由自主地震颤。有着亮泽光润指甲的一双小手文雅地放在膝盖上，略微低垂的那一张盲目的面庞如此娇艳，吸引了在座的众人目光，令人心醉神迷。

当大家到庭院里散步的时候，佐助也领着春琴来到梅花林中，一边悠闲自在地漫步一边告诉她："噢，这里也有梅树。"他带着春琴在每一株梅树前都停下来，拉着她的手，让她触摸树干。大凡盲人不通过触觉确认物体的存在，就难以产生某种认知，所以在欣赏花木的时候，也就养成了触摸的习惯。春琴的纤细嫩手抚摸着梅树扭曲粗糙的老干，一个帮闲看到此景，立即怪声怪气地说道："哎呀，真羡慕这棵树啊！"此时，另一个帮闲挡在春琴面前，摆出梅枝疏影横斜的怪样子，说道："俺就是梅树呀！"惹得大家轰的一下，笑得前仰后合。其实，这些都是讨好、表示好感的方式，只有赞美春琴之意，毫无欺侮之心。但是，春琴对这种花街柳巷的低级玩笑很不习惯，心里很不愉快。她希望自己受到与明眼人一样的对待，厌恶受人歧视，因此这样的玩笑使她非常恼怒。

入夜以后，换了间房间，重开酒宴。这时，利太郎对佐助说道："佐助，你也累了吧。师傅就交给俺了。那边酒宴已经摆好了，你去喝一杯吧！"佐助也想趁他们还没有给自己灌酒之前，先填饱肚子，于是退到另外一间屋子里，提前吃晚饭。但是他想吃晚饭时，一个年老的艺伎拿着酒壶过来，缠着他没完没了地劝酒："来，再来一杯！""再来一杯。"这让他意外地耽误了一些时间。吃过饭以后，也不见有人来叫他，于是就在房间里等候。这时，不知道客厅里发生了什么事，只听见春琴说道："把佐助叫来！"但是利太郎挡在她面前，说道："你要去厕所，俺陪你去。"把她带到走廊上，大概还握住了她的手，春琴倔强地甩掉了他的手，说道："不要！不要！还是叫佐助来吧！"站在那里就是不动，正好佐助赶过来，一看春琴的脸色，就知道发生了什么事。春琴心想既然发生了这样的事，今后他不再来就好了。没承想第二天，利太郎竟然恬不知耻又满不在乎地照样前来练琴，或许是不甘心就这么断送了色男之名吧。春琴心想，既然如此，就动真格的吧。就看你受不受得了严酷的修业了。春琴突然改变了以往的态度，对他毫不留情地严格执教，弄得利太郎仓皇失措，每天都要汗流浃背，练琴练得喘不过气来。原本就是自学的技艺，人们奉承他时还好，存心挑剔，则是破绽百出。对此春琴是毫不留情地加以责骂。他来练琴，是抱着找个时机接近她的心态，无法忍受如此严厉的教授，逐渐偷懒耍滑起来。不论春琴怎么教习，他都故意弹得无精打采。气得春琴骂他"笨蛋"，拿起手中的拨子打了过去。拨子不巧划破了利太郎眉宇间的皮，他尖叫一声"啊，好痛！"抹去从额头滴下来的鲜血，扔下一句"你等着瞧！"就怒气冲冲地离席而去，此后再也没有登门。

二十一

另外还有一种说法，加害春琴的是家住北新地一带的一个少女的父亲。这个少女想成为艺伎，打算接受严格的训练，所以忍受着学习的艰辛和痛苦，跟着春琴练琴。有一天，春琴用拨子打她的脑袋，她哭哭啼啼地跑回了家。因为伤痕留在额头的发际上，她的父亲大发雷霆，跑来抗议。大概这父亲不是她的养父，而是亲生的父亲吧。他说："虽说是修行，但毕竟是未成年的女孩儿，打骂也得有个分寸。这丫头将来就是靠脸蛋来吃饭的，如今在脸上留下这么个疤痕，我和你没完！你说怎么办！"因为他说了很多情绪激烈的话，也就激起了春琴不服输的脾气，反唇相讥道："我这地方的管教就是这么严厉，连这么点委屈都受不了，送她来上什么课？"那父亲一听，也不肯示弱，说道："打也可以，骂也可以，但是你眼睛看不见，这样做很危险的，不知道会打在什么地方，会造成多大的伤害。盲人就应该像个盲人的样子！"瞧他那气势汹汹的样子，说不定真会动武。佐助急忙从中调解，好不容易才平息事端，把他劝回去了。春琴脸色铁青，浑身颤抖，沉默不语。最终也没说一句道歉的话。所以，有人怀疑这个女孩的父亲因为自己孩子的容貌被春琴损伤，就对她进行报复，毁了她的容。不过，所谓的"发际"，其实不过是在额头正中间或者耳后或者别的什么地方留下一点点疤痕而已。这个父亲如果因此怀恨在心，残酷加害春琴，使她终生破相，即使出于爱女心切的气愤，但这样的复仇也过于残忍了。首先，对方是盲人，即使毁了她的美貌，变成一个丑女，对于本人来讲，并不会是巨大的打击。何况如果只是针对春琴一个人，还有其他更加痛快的办法。看来，复仇者并不想让春琴一个人痛苦，恐怕是想让佐助遭受比春琴更大的悲痛吧。这样的结果，最终又会使春琴遭受更大的折磨。如此想来，迫害春琴的人，比起那个少女的父亲，利太郎的嫌疑更大，似乎这样解释更加合乎情理。此番推测，诸位以为如何？利太郎作为第三者对春琴的爱慕究竟有多少真情，不得而知。不过，男人年轻的时候，无论是谁，比起较自己年少的姑娘，更迷恋年纪较大的成熟女性。大概利太郎是在放荡不羁的生活之后，觉得这个也不行，那个也不行，最后竟然觉得盲人美女最具诱惑力。也许起初只是出于一时的好奇而出手，没承想不仅遭到春琴的严厉拒绝，而且自己的眉宇间还被她划破，所以才会恶毒地进行了报复。但是，春琴实在是树敌太多，不清楚此外还有什么人出于什么原因对她怀恨在心，所以也无法断定绝对就是利太郎。而且，这起事件也未必就是迷恋女色引起的。要说金钱上的不愉快，如前所述的贫穷人家的盲人弟子一样，受她虐待的也不止一两个。另外，还有几个人，虽然没有像利太郎那样厚颜无耻，却也对佐助十分嫉妒。佐助所处的是一种微妙的“牵手人”的地位。时间一长，无法隐瞒，弟子们无人不晓，所以暗恋春琴的那些人暗地里羡慕佐助的幸福，有时对佐助勤勤恳恳服侍的态度特别反感。如果他是堂堂正正的丈夫，或者至少受到了情夫的待遇，或许就没有闲言碎语了。然而他表面上充其量不过是一个牵手人、仆人，从按摩到搓澡，春琴的生活琐事都包揽了下来。看着他忠心耿耿吃苦耐劳地伺候的样子，那些知情人恐怕会觉得非常滑稽可笑。还有不少人嘲笑道："如果是那种牵手人，哪怕吃一点苦头，我也可以干啊。没什么了不起的。"于是，他们憎恨佐助，不禁想看看春琴的美丽芳容一旦发生可怕的变化，佐助会有什么反应？他依然还会这样服服帖帖地伺候春琴吗？出于这种用心，让春琴代佐助遭罪，也不是没有可能。总之，对于这起事件，众说纷纭，难辨真相。另外，还有一种人们意料之外的说法，似乎也很有说服力。说加害者不是弟子，恐怕是春琴的同行冤家，大概是某某检校或某某女师傅。虽然并没有什么真凭实据，但通过透彻的分析让人觉得也颇为可信。春琴平时恃才傲物，在艺道上自视天下第一，世人也多有认可，这就大大伤害了同行师傅们的自尊心，甚至让他们感受到了一种威胁。说起"检校"，是古代由京都下赐给男盲人的一种显赫的身份，允许穿戴特殊的衣服和乘坐轿车，其社会待遇与寻常艺人也完全不一样。如果世间传说"检校"的技艺都不如春琴，作为盲人的检校，肯定会对她怀有刻骨仇恨，说不定真会使用阴险毒辣的手段，抹杀春琴的技艺和声誉。经常听说有起因于同行的嫉妒而给对方喝水银的故事。就春琴而言，声乐和器乐俱佳，因此利用她爱慕虚荣和以美貌为荣的心理，毁掉她的容颜，使她再也无法出现在公众面前。如果加害者不是某某检校，而是某某女师傅，那么她厌恶的，可能只是春琴以美貌为傲的一面，毁掉她的美貌恐怕更感快哉。如此将各种令人质疑的原因细数下来，就不难察觉春琴已经处在早晚要遭人暗算的危险处境之中，而祸根却是她在不知不觉中到处埋下的。

二十二

在上述的天下茶屋赏梅宴后大约过了一个半月，三月三十日凌晨三点左右，灾难发生了。

《春琴传》记载道：

> 佐助被春琴痛苦的呻吟声惊醒，从隔壁赶来，急忙点上灯火。不知何人撬开防雨窗，闯入春琴卧室。可能是觉察到佐助赶来，未抢一物，匆忙逃跑，此时四周已是连个人影也没有。惊慌之余，盗贼随手抄起铁壶向春琴头上扔去。热水余沫四溅，雪花般粉嫩脸颊上留下一点烫伤。虽然不过是白璧微瑕，昔日的花颜玉容依旧不变，但自此春琴羞于脸颊上细小的伤痕，常以绸巾遮面，终日闷居一室，不曾出现在人前。即便是亲密的亲属和门生，也难以窥见其相貌，因而产生了种种流言蜚语。

传记继续写道：

受伤极其轻微，天禀的美貌几乎没有受到损伤。之所以不愿见人，正是她洁癖所致，把无足轻重的伤痕视为耻辱，真是盲人的过虑。

又云：

然而，不知是何种因缘，数十天后，佐助也患白内障，转眼间双目失明。佐助觉得眼前朦胧模糊，看不清事物的形状时，以突然失明者的怪异步伐走到春琴面前，狂喜地叫道："师傅！佐助已经失明，今后一辈子都看不到师傅脸上的瑕疵了。此时失明，真是时候。绝对是天意啊！"春琴听闻，面露失望之色良久。

考虑到佐助的真情实意，事情的真相实在难以启齿。但看传记的前后叙述，像是故意掩盖真相。不仅佐助突然患白内障的说法令人难以理解，另外，无论春琴的洁癖也好，作为盲人的过虑也罢，如果只是不会损害天禀美貌程度的一般烫伤的话，那就不至于用头巾遮面且不和任何人接触的吧。事实上，花颜玉容已经变得惨不忍睹了。

据鴫泽照老妇人，还有其他两三人讲，盗贼是先躲进厨房，生火烧了开水后，提着滚烫的铁壶闯入卧室，把铁壶的嘴对准春琴的脸浇下去的。而这才是闯入者的真正目的，他并非一般的盗贼，也不是惊慌之余所造成的烫伤。那一夜，春琴完全失去了意识，直到第二天早上才清醒过来，而被灼伤溃烂的皮肤需要两个多月的治疗才得以愈合，可见伤势非常严重。

关于春琴被毁容一事，流传着种种奇怪的传言。像有人说她头发脱落，甚至“左半边完全没了头发”。这种风闻，恐怕也不是无稽之谈。佐助失明之后，自然是看不见春琴容貌的变化，但是要说“即便是亲密的亲属和门生，也难以窥见其相貌”，也不尽然吧？别说绝对不让任何人看见难以做到，再说鴫泽照，肯定不会没有见过。只是她非常尊重佐助的意愿，绝对不会对人说出春琴容貌的秘密。笔者以前也曾问过她，她说，佐助始终认为师傅是一个美丽的人，所以我也就这么认为的。具体的情况，她没有告诉我。

二十三

在春琴去世十几年后，佐助才把他失明的来龙去脉告诉了亲信们，从而弄清了当时详细的情况。春琴遭到歹徒袭击的那一晚，佐助像往常一样睡在春琴闺房隔壁的房间里。听到响声醒来时，长明灯已经熄灭，漆黑中听见隔壁传来的呻吟声。佐助吓得跳起身来，先点上灯，然后提着那灯来到屏风后面春琴的卧榻前。他借着昏黄的灯光映照在屏风金箔上反射的朦胧光线，环视了一遍室内的情景，没有任何凌乱的痕迹。只是发现春琴的枕边扔着一把铁壶，春琴静静地仰卧在被窝里，不知何故，痛苦地呻吟着。佐助最初以为春琴做了噩梦，唤道："师傅！您怎么啦？师傅！"说着走到师傅枕边，想要晃醒她的时候，他不由自主地"啊"地叫了一声，双手捂住了双眼。"佐助，佐助，我的脸被毁掉了，你别看我！"春琴痛苦地喘息着说道。她一边挣扎着，一边拼命地挥着双手，试图把脸盖住。佐助说道："师傅，您放心吧！我不看您的脸，我已经把眼睛闭上了。"说罢，把纸灯笼移到了远处。春琴听后，许是安下心来了吧，一下子昏了过去。此后，春琴在昏昏沉沉之中，始终梦呓般地不断地说着"不要让别人看见我的脸""此事要保密"。佐助安慰说："您何必如此担心。烫伤治愈后，会恢复到原来的样子的。"但春琴回道："这么严重的烫伤，容貌怎会不变？那种安慰的话，我根本不想听！你千万别看我的脸。"随着意识的恢复，春琴越来越强烈地要求：除了医生，连佐助面前也不想展露伤痕。换药和换绷带的时候，她把所有人都赶出了病房。

如此说来，佐助也只是在当晚跑到枕边时瞥了一眼春琴被烫得溃烂的脸，但无法直视，马上转过脸去。所以在他的印象中，在灯光摇曳的阴影下，似乎看到了不像人类的、奇异的幻影一般。此后他也只是看到了从绷带间露出来的鼻孔和嘴巴。

想来，就如春琴害怕被人看见一样，佐助也害怕看到春琴的脸。他每次来到春琴的病榻前，总是竭力闭上眼睛，或者故意转移视线。所以他实际上也不知道春琴的相貌发生了怎样的变化，也故意放弃了了解的机会。治疗奏效、伤势逐渐好转的某一天，当病房里只有佐助一个人陪着的时候，春琴像是怎么也难以释怀，突然问道："佐助，是不是看到这张脸了？"佐助答道："没有，没有。师傅您不是不让我看吗？我怎么会违背您的意愿呢！"春琴说道："伤口快要愈合了，绷带也要拆下来了。到时医生也不会再来了。这样的话，别人暂且不谈，可是你，我好像没办法避开。"一向要强的春琴，意志消沉，竟潸然泪下。她不断地从绷带上按压双眼以擦拭泪水，佐助见状，黯然神伤，无言以对，默默地一起呜咽。他好像心里有了盘算，说道："明白了，我一定做到不看您的脸。请您放心！"

几天之后，春琴也可以离开病榻起床了。伤得以治愈，绷带随时都可以拆下来了。有一天清晨，佐助从女佣的房间里偷偷地拿来她们用的镜台和缝纫针，一面端坐在睡铺上看着镜子，一面将针刺入了眼中。其实他也不知道用针刺眼睛，眼睛是否会看不见。他只是想尽可能用少些痛苦的简单方法变成盲人，所以试着用针刺入了左眼的黑眼珠。虽然瞄准黑眼珠刺进去有点难度，但是眼白很坚硬，针很难刺进去。黑眼珠很柔软，刺了两三下，扑哧一声，针已刺入两分左右。眼睛一下子变得白浊，他也能感受到自己正在失去视力。既没有出血也没有发热，亦无痛感。这是因为刺破了水晶体组织而引发了外伤性白内障。接着，佐助以同样的方法刺瞎了右眼。他就这样瞬间弄瞎了自己的双眼。刚开始还能模糊地看得见物体的形状，等过了十天左右就完全看不见了。

没过多久春琴不再卧床了。佐助摸索着走到里屋，额头叩在春琴面前，说道："师傅，我也是盲人了，这样一辈子都看不见您的脸了。""佐助，这是真的吗？"春琴应了一声，沉默下来。佐助觉得，在这一生中，从来没有像这沉默的几分钟这样快乐过。据说古代的恶七兵卫景清①就因为赖朝②长得英俊而放弃了复仇的念头，发誓此后不再看他，自己抠掉了双眼。虽然两者动机不同，但其行为同样悲壮。

然而，这难道就是春琴希望佐助做的吗？前几天她流着泪诉说的难道是"既然我遭受到如此灾难，希望你也成为一个盲人"吗？虽然难以揣度，但是"佐助，这是真的吗"这么短短的一句话，听在佐助的耳朵里好像在喜悦中颤抖。而就在默默相对的时间里，只有盲人才具有的第六感在佐助的感官世界里逐渐形成，并清晰地领会到了春琴内心对自己的感谢之意。

---

① 平景清（？—1196），平安末期的武将，曾被源氏以"恶七兵卫"之名通缉。

② 源赖朝（1147—1199），镰仓幕府的第一代将军，武家政治的开创者。

至今虽然与师傅有着肉体关系，但师徒关系阻隔了两颗心。现在他感受到了两颗心紧紧地融合到了一起，汇成了一道热流。少年时代躲在壁橱的黑暗世界里偷偷练习三弦琴时的记忆渐渐苏醒过来，但是此刻的心情与之完全不同。凡是盲人都对光线具有方向感。所以盲人的视野是微明的，不是完全的黑暗世界。佐助现在才知道他虽然失去了看清外界的眼睛，但却打开了内在的眼力。心想，啊，这就是师傅居住的世界啊！这下真的能和师傅待在同一个世界里了。他的视力已经衰退，房间的样子和春琴的身姿都无法分清，只能模糊地感受到缠着绷带的师傅的脸在哪里。他不觉得这是绷带，而是两个月前师傅那圆润白皙、美丽的俏颜，宛如接引佛一般浮现在昏暗的光环中。

二十四

“佐助，不痛吗？”春琴问道。

“不痛，没有觉得痛。跟师傅的大难相比，这点小事算什么呢？那晚歹徒偷偷溜进来让您遭了罪，而我却睡着了完全不知。怎么想也是我的不是。每晚让我在隔壁睡，就是为了以防万一。可是师傅身上发生这么大的事，在遭受痛苦，而我自己却平安无事，我心如何才能平静？心想让上天惩罚我吧，赐灾难于我吧。我于心不安，朝夕叩拜祈愿神灵！感谢神明，终于显灵了。我的心愿终于实现了，今天早晨一醒来，我的眼睛就看不见了。想必是上苍怜悯我，帮我实现了我的愿望。师傅，师傅！我看不到师傅您变化后的样子，我眼中的您是三十年来渗入我眼底的那张令人怀念的面庞。请您无论如何一如既往地、心无芥蒂地让我在您身旁伺候您。我突然失明，做事可能大不如从前利索，但至少您的日常起居，我不想借他人之手。”说着，佐助用失明的双眼望向春琴的脸，感觉那脸宛若白色的光环，发出微弱的光。

“太好了！你有这番决心，我真高兴。我不知道谁这么恨我，让我遭受此厄运。但是说心里话，我这个样子，即便被其他人看到，也不希望被你看到。亏你懂我。”“啊，谢谢。听您这样讲，我真高兴。师傅的一席话真叫我高兴，其珍贵之处，远胜过我失去双眼的代价。让师傅悲叹不已、遭遇不幸的家伙，也不知道是什么人。但是想要以改变师傅的脸这种方式打击我的话，我不看就是了。只要我也是盲人，师傅您所遭受的灾难，就等同于没有发生过。那他的阴谋也就会化为泡影，这出乎他的意料吧。我岂只没有感到不幸，我现在感到无比的幸福。想想我们这样将计就计、抢先下了手，没让他的阴谋得逞，我这心里特别地痛快。”“佐助，什么都不要说了！”盲人师徒二人相拥而泣。

二十五

转祸为福的两人，之后的生活状况，属鴫泽照老妇人最清楚了。她今年七十一岁，在明治七年（1874）十二岁的时候，作为春琴的内弟子住进了她家里。她除了跟佐助学习音乐之外，还在两位盲人之间充当着一种像是牵手人那样的联络员角色。一位是突然失明，另一位虽说是自幼失明，但一直过着饭来张口、衣来伸手的奢侈生活，所以需要有第三者来照料。他们打算找一个可以推心置腹的少女，恰巧鴫泽照此时入门学习，见她忠诚老实，二人对她非常满意。鴫泽照深得他们的信任，被留在身边服侍了他们很久。春琴去世后，也留在佐助身边照顾他，直到明治二十三年（1890）佐助获得检校职位那一年。

明治七年（1874），鴫泽照到春琴家的时候，春琴已经四十六岁，距遭受不幸之时已经过去了九年，她已经是相当老了。鴫泽照被告知，由于某种原因，她的脸不能让别人看见，也不许你看。春琴身穿绒布圆领和服短外衣，跪坐在厚厚的坐垫上，浅黄灰色的绸巾包住了头，只露出一点鼻子，头巾垂到了眼睑上，整个脸颊和嘴巴基本被遮盖起来了。

佐助刺瞎眼睛是在四十一岁的时候，已是一只脚步入老年的时期，失明对于他是何等不方便，自不待言。即便如此，他对春琴依然照顾得无微不至，竭尽所能不让春琴感到丝毫的不便。这种尽心尽力的样子，旁人看在眼里也深受感动。

春琴对其他人的服侍也不满意，说道：“我的日常起居，其他人还干不了。已经是多年的习惯了，佐助最熟悉。”她的穿衣、洗澡、按摩、如厕等琐事，还是一切都叫佐助服侍。如此一来，鴫泽照的工作主要是照顾佐助身边的事情，很少能直接接触到春琴的身子。只有在吃饭的时候，春琴才需要她帮忙。除此之外，鴫泽照只是帮着拿需要的东西给佐助，以便他伺候春琴。比如洗澡的时候，她跟着两个人走到浴室门口就退下来，等到拍手声响了再去接春琴。而此时，春琴已经穿好了浴衣，包好了头巾。其间所有的事情，都由佐助一个人来服侍。

盲人给盲人洗澡会是什么样子？恐怕就如同春琴曾用手抚摸梅花老树的树干那样吧。多么费事，简直不可想象。万事皆如此，旁人看着就费神，很烦躁，实在看不下去。心想这样子怎么能坚持下去。可当事人却好像是享受着这种麻烦，不声不响、默默地交流着细腻的爱情。失去视觉的男女相爱，依靠触觉来感知爱意，其间之感觉，恐怕我们也很难想象。佐助舍身忘我地服侍春琴，春琴也怡然自得地期求他的服侍，两人都乐此不疲，这也是不足为怪的。

而且，佐助在陪伴春琴之外，还要抽空教授许多弟子。当时，春琴只在一个房间里生活，赐给佐助一个叫“琴台”的名号，将教授弟子的工作完全移交给了佐助。她的“音曲指南”的牌子上，不仅写着“鵙屋春琴”的名字，旁边还写有小小的一行字——“温井琴台”。

佐助的忠义和温顺的人品，早就博得了左右近邻们的同情，所以自他任教以后，弟子比起春琴时期多了起来。佐助教弟子期间，春琴独自在里面沉醉于黄莺的啼鸣声，有时候不得不借佐助帮忙的时候，也不管他是否在上课，便“佐助，佐助”地叫起来。而佐助只要一听到她的呼唤，便放下手中的一切，立刻赶到里屋去。如此一来，佐助放不下春琴，所以他不出门讲课，只在家里教授弟子。另外，在这里需要说明一下。当时道修町春琴的本家鵙屋的店铺已逐渐衰落，每个月的生活费也时而中断。若非如此，佐助也不会主动去教授弟子。佐助如同一只在繁忙中抽空跑去春琴身边的雄鹦鹉，在上课的时候恐怕也是心神不定的吧？而春琴大概也同样遭受着相思苦吧？

二十六

佐助继承了师傅春琴的工作，靠微薄的能力支撑了一家的生计。他为什么没有正式与春琴结婚呢？是春琴至今仍然出于自尊心而拒绝了他吗？这是鴫泽照从佐助的口中听到的。春琴已经有点妥协了，但是佐助看到那样的春琴感到十分悲伤。佐助说，他不能把春琴看成是可怜的女人、悲惨的女人。毕竟，佐助现在已经是失明的人，他面对现实闭上了眼睛，飞跃到了永恒不变的观念领域。他的视野里只有记忆中的过去的世界。如果说春琴因为灾难而改变了性格，那么，她已经不是春琴本尊了。他心里永远是那个过去的骄纵傲慢的春琴。如果不是那样的春琴，那么他心中美丽的春琴也就会被破坏，不复存在。如此想来，不愿意结婚的人，比起春琴，应该是佐助的可能性更大。佐助将现实的春琴作为唤起观念的春琴的媒介，所以佐助不仅恪守主从的礼仪，避免发生对等的关系，而且比以前更加谦卑，竭尽了仆人的诚意，希望春琴早一点忘记不幸，恢复以往的自信。他现在也如从前一样心甘情愿地拿着低薪，和仆人们一样吃着粗茶淡饭，全部收入都交公，花在了春琴的用度上。此外，为了削减开支，减少了用人的数量，在各个方面都非常节约。但是，对于春琴的嗜好，他都会无一遗漏地安排得妥妥帖帖，所以他比以前更加辛苦了。

据鴫泽照老妇人讲，当时弟子们因为佐助的穿着打扮过于寒碜，觉得他很可怜，有人还讽刺他，叫他稍微修整一下边幅，但是佐助都当是耳旁风。而且他至今不让弟子们称呼他为“师傅”，而是称呼他“佐助先生”。对这一点大家感到很为难，所以尽量避免使用称呼。而鴫泽照，因为职责关系，不能不用称呼，所以她称呼春琴为“师傅”，称呼佐助为“佐助先生”。春琴去世后，佐助将鴫泽照视为唯一的谈话对象，时不时聊起以往，沉浸在对已故师傅的回忆中。后来，佐助成为检校，不用顾忌他人，被周围人称作“师傅”或者“琴台老师”，但他还是喜欢鴫泽照称他“佐助先生”，不让她使用“老师”的称谓。

佐助曾经对鵙泽照说："谁都会认为眼睛瞎了是件不幸的事情。可我失明之后却没有体会过那种感觉，倒觉得这个世界仿佛变成了极乐净土。觉得和师傅一起，就像两个人生活在莲花座上一样幸福。这般思想，也是因为失明之后反而可以看见以前所看不到的东西。比如师傅的美丽容貌，深刻地感受其美丽，也是在失明之后。此外，更加真切地感受到了手脚的柔软、肌肤的光泽、声音的动听等。自己都觉得不可思议，失明之前为什么没有觉察到。尤其是师傅弹奏三弦琴的音色，失明后才真正品味到了其真谛。虽然嘴上讲师傅是音乐领域的天才，但其真正的价值只有等到失明后才明白，与之相比，自己不成熟的技艺还相差甚远。惊叹之余，想想自己之前都没有领悟，多么可惜啊！自己真是太愚蠢了。所以，现在即使上帝说，让我睁开眼睛，我也会婉拒的。正因为师傅和我都是盲人，所以才体会到了明眼人所不知的幸福。"佐助所谈及的内容，是出于他的主观说明，是否与客观事实一致，不得而知。但是暂且不论其他事情，仅就春琴的技艺而言，以她的灾难为转机，是不是得到了显著的提升呢？不管春琴多么有音乐才能，若未尝到人生的酸甜苦辣，就很难领悟到艺术的真谛。她一向骄慢，苛待他人，不解辛劳、屈辱之苦，没有人纠正她的骄纵傲慢。然而上天却降下了猛烈的考验，使她徘徊在生死边缘，打碎了她的骄傲自负。我想，毁了她容貌的灾祸，在很多意义上都是一味良药，不论在恋爱上还是在艺术上，都教会了她不曾梦想的纯粹忘我的三昧境地。鴫泽照经常能听到春琴为了消遣而独自拨弄琴弦的声音，也看见佐助在其旁边低着头恍惚地倾听琴声的情景。而许多弟子对从里屋流出的精妙的琴声，惊讶不已，嘟哝道：那把三弦琴是不是有什么特别的装置？当时，春琴不仅在弹奏的技巧上，而且在作曲方面也凝神思索，夜里悄悄地用指甲弹奏出各种各样的曲调。鴫泽照记得《春莺啭》和《六之花》两首曲子，前些日子笔者听她弹过，曲子富有独创性，足以窥知春琴作为作曲家的天分。

二十七

明治十九年（1886）六月上旬，春琴患病。在生病的前几天，与佐助两人来到了前院，打开鸟笼，让自己喜爱的云雀飞向天空。鴫泽照见盲人师徒二人手牵手仰望天空，侧耳倾听从遥远的天空传来的云雀的啼鸣声。云雀不停地啼叫着，越飞越高，飞入云层，过了良久也不见它飞回来。两人焦急不安，等了一个多小时，云雀始终没有飞回笼子里来。此后，春琴一直怏怏不乐。不久就得了脚气，入秋后病危，十月十四日因心脏停搏与世长辞。

除了云雀之外，春琴还饲养有第三代的“天鼓”。春琴死后，这只天鼓依然活着。佐助长久伤心不已，每每听到天鼓的鸣叫声，则痛哭流涕。一有空闲，便在春琴灵前焚香，时而弹奏古琴，时而取出三弦琴弹奏《春莺啭》。以“缗蛮黄鸟、止于丘隅”开始的这首曲子是春琴的代表作，她倾尽了心血。歌词虽然短暂，但春琴却配了非常复杂的间奏。春琴是听着天鼓的啼鸣，构思出了这首曲子。那间奏的旋律从“黄莺冻结的泪水今夜眩晕”的深山积雪融化的春天开始，将听众带入水量增加的溪流的潺潺水声、松籁回响、东风吹过、山野披彩、梅花溢香、樱花如霞的各种景色中去，委婉地诉说着从山谷飞向山谷，从树枝飞向树枝，欢乐啼鸣的鸟的心声。

春琴生前弹奏此曲时，天鼓也会兴高采烈地尽情啼鸣，宛如要与三弦琴的音色一决高下。或许天鼓听了这首曲子，会怀念故乡的溪谷，向往广阔的天地中的阳光。而佐助他弹奏《春莺啭》时，灵魂飘向了何处呢？他已经习惯了以触觉为媒介，凝视意象中的春琴。难道现在要用听觉去弥补这个缺陷吗？人只要不失去记忆，就能在梦中与故人相见。但是像佐助那样，一直在梦中与活着的人相见的话，很难明确指出永诀的时刻。

顺带提一下，春琴与佐助之间，除了文中提到的那一个孩子之外，还生有二男一女。女儿生下来就夭折了，两个男孩还在吃奶的时候就被送给了河内的农家。春琴去世后，佐助对那两个孩子似乎没有什么感情，没有打算接回来，而孩子也不愿意回到盲人父亲那里。就这样，佐助到了晚年，身边没有子嗣和妻妾，是在弟子们的照料下生活的，于明治四十年（1907）

十月十四日，“光誉春琴惠照禅定尼”的祥月忌日去世，享年八十三岁。他在二十一年的孤独人生中，心中塑造出了一个与曾经的春琴完全不同的春琴，而且随着时间的推移，其形象越来越鲜明。据说天龙寺的峩山和尚听了佐助自己刺瞎双眼的故事后，称赞他转瞬间断绝内外、化丑为美的禅机，并说道：“庶几达人之所为也！”读者诸贤以为然否？

昭和八年（1933）六月

痴人之爱

一

这是关于我和我妻子的故事，我们夫妻，关系有一点特别。我会尽量诚实地、随性地、真实地写下我们之间发生的事情。对我而言，这些故事是非常难以忘怀的、极其可贵的经历，同时我觉得对于各位读者也会是非常有益的参考。现在这世道，日本也变得国际化了，国人和外国人交流频繁，这个主义那个思想都涌入了日本，男人自不必说，女人也变得越来越时尚了。如此一来，原先不常见的像我们这样的夫妻类型，也不会是稀罕之物了吧。

现在想来，我们夫妻从一开始的邂逅就不同寻常。第一次见我的妻子，大约是在八年之前。当然，现在不记得是几月几日了，只记得她当时在浅草寺雷门附近的一家叫作“钻石咖啡”的酒吧做女服务员，虚岁才十五岁。我认识她的时候，她好像是刚到这家酒吧不久，不是熟练的女招待，只是一个见习生，是准女招待。

当时已经是二十八岁的我怎会相中如此一个小姑娘，我自己也不清楚。可能是她的名字吸引了我的缘故吧。大家都管她叫“小奈绪”，有一天问过后才知道她的真名是“奈绪美”。她这“奈绪美”着实让我好奇，“奈绪美”这名字真美，写成罗马字“NAOMI”真像个西洋人的名字。因为名字我逐渐留意起了她，名字给人感觉很时尚嘛，不可思议的是，这么一想，觉得她的脸蛋也有点西洋人的影子，人看起来也非常乖巧，心想“让她在这里做女服务员简直太可惜了”。

实际上奈绪美（下面请允许我用片假名写出她的名字，不然总觉得没有感觉）长得有点像演员玛丽·碧克馥[①]，这并非是情人眼里出西施，她的确长得像西洋人。成为我的妻子之后也有很多人这么说她，想来这是事实。不仅是长相，她一丝不挂的时候，那身材更像个西洋人，当然这都是后来才知道的，

① 玛丽·碧克馥（1892—1979），加拿大女演员，曾获第二届奥斯卡金像奖最佳女主角。

当时我是全然不知的。只是从她身着和服的样子，朦朦胧胧地觉得她的身材应该不难看吧。

一个十五六岁的少女的心，若不是其母亲或者是姐妹，我想是很难明白的吧。所以你要问我，在酒吧的时候的奈绪美是怎样一个人，我还真是回答不上来。即便是奈绪美本人可能也说不上来，只是努力地做着每一件事而已吧。旁人眼里看起来是一个闷闷不乐、不爱讲话的女孩。脸色微微苍白，就像叠放着几块透明玻璃一样，有点暗，看起来有点病态。她刚出来打工，也并不像其他人施了粉黛，与客人和同事不太熟悉，经常是一个人缩在角落，时而默默地干活，也可能是因为这样才觉得她很乖巧的吧。

我想有必要在这里介绍一下我自己。我是一家电器公司的工程师，当时月收入 150 日元。我出生在枥木县宇都宫市，在老家中学毕业后就到了东京，进入藏前的高等工业技校，毕业之后不久成了工程师。除了礼拜天，每天从芝口的住处到大井町的公司上班。

月收入 150 日元，一个人生活，所以经济上比较宽裕。虽然我是长子，但也无须给老家父母或兄弟姊妹们寄钱，因为家里经营着相当大规模的农场，虽然父亲已经不在，但家里的一切由年迈的母亲和忠厚的叔叔夫妇料理得妥妥当当的。所以说，我真是处于非常自由的状态。但也没有去找女人玩，算来是一个比较模范的工薪阶层，一个朴素、认真、平凡得一点趣味都没有的、任劳任怨地每天上班的上班族。当时的我就是这个样子，在公司里说起“河合让治先生”，都说他是“正人君子”。

要说我的娱乐生活，顶多就是去看场电影啦，在银座大街散散步啦，偶尔豁出钱来到帝国剧场看舞台剧什么的。当然，我还是单身，并不讨厌与年轻女孩接触。不过，原本就是乡下长大的大老粗一个，不善与人交际，所以没有与异性交往的经验，也正因为此公司的人才叫我“正人君子”。虽然表面上看起来是很古板，但是心里一点儿都不正经，在街上走着的时候，或者乘电车时，对女性还是特别留意。奈绪美正是在我这种心境时，进入了我的视野。

不过，当时我并没有觉得奈绪美的美貌无人可比。在电车里、帝国剧场的走廊里，抑或是银座大街上擦肩而过的小姐们之中，比奈绪美漂亮的有很多。奈绪美到底漂不漂亮是将来的问题，对于十五六岁光景的小姑娘来讲，未来既令人期待，也令人担忧。所以，我最初的计划是，先将这孩子带到身边来照顾。如果有点希望的话，就好好教育她，然后娶她做我妻子。一方面是因为同情她，而另一方面也想给自己过于平凡、过于单调的生活加入一些变化。说实话，我已经厌倦了长期的公寓生活，想给这么一种煞风景的生活增添一抹色彩，加入一些温暖的元素。想要一栋独立的房子，不大也行，装饰房间，或者种些花草，或者在采光好的阳台吊个鸟笼什么的。再雇一个女用人，做个饭、打扫个卫生什么的。若是奈绪美能来，她就可以代替女用人，也能代替小鸟陪你说个话。大概也就是这样想的。

那怎么不干脆找一个门当户对的人正式组建个家庭呢？其实当时我还没有勇气结婚。就这一点让我再详细解释一下吧。我是一个非常按部就班的人，讨厌那些离奇的事情，当然也做不出来。但不可思议的是，对婚姻却有一种比较前卫的、时尚的看法。一提起“结婚”，社会上多数人往往拘泥于繁文缛节，过于死板。首先要有介绍人，不留痕迹地了解双方的心思。然后“相亲”，如果双方没有不同意见，就找人做媒人。接着交换订婚礼品，五担、七担、十三担，将新娘家的行李搬到新郎家。然后，择吉日结婚、新婚旅行、回门，等等，要走好多烦琐的程序，而这些我是特别讨厌的。我想如果要结婚的话，我就想采取简单、自由的形式。

当时，我若是想结婚，想必会有很多候选人吧。虽然是乡下人，但是体格健壮、品行端正，说起来虽然有点不好意思，但长得也过得去，再加上公司的信誉，谁都愿意当红娘给我牵线搭桥。事实上，我很讨厌“被牵线搭桥”，但是也没有办法。不管是怎样一个美女，通过相亲见上一两面，怎能了解得到她的心思、性情呢？就凭“嗯，这样的人或许可以”“还挺好看的嘛”这种认识，决定一生的伴侣，这么愚蠢的事我可做不来。这么想来，领一个像奈绪美这样的少女回家，看着她长大，如果喜欢就娶她为妻，这种方法最好了。就这样已经够好了，我又不想娶大财主家的女儿啦，或者是受过教育的厉害的女人。

不仅如此，把一个少女当作朋友，早晚望着女孩成长，愉快地、喜气洋洋地，以玩游戏一样的心情住在一个屋檐下，可比正式组建一个家庭有趣多了。我和奈绪美一起玩一个无聊的过家家游戏，避开麻烦透顶的“组建家庭”，而是过一种悠闲的简单生活，这就是我当时的希望。日本一般的家庭里，衣柜啦、长方形火盆啦、坐垫啦等都要放在它应放的位置上；丈夫、妻子以及女用人的工作分得异常细致；与近邻和亲戚之间纷繁的交往，不仅需要不必要的支出，原本简单的事情也被弄得繁杂、拘谨。对于年轻的上班族，这些绝不是令人愉快的事情，也不是什么好事。这么想来，我的计划确实不失为一个好主意。

大约是认识两个月之后，我把我的想法告诉了奈绪美。其间，一有空我就跑到那家酒吧尽量找机会亲近她。奈绪美非常喜欢看电影，所以一到公休日我就带她去公园里的电影馆。回家的路上有时带她去吃西餐，有时吃荞麦面。寡言少语的她，多半是安安静静的，也不知她是高兴还是无聊。不过，我邀请她时绝不说“不”，总是很率真地回答：“好啊，去也行啊。”不管是哪儿都跟着去。

我也不知道她把我当成了什么人，以怎样的心态跟着我。果真还是个小孩，她一点儿都没有对“男人”投来怀疑的目光。这位“叔叔”带我去看我喜欢的电影，偶尔带我去吃好吃的，所以才跟着他一起去玩而已啦。我猜她的心思就是这样极其单纯、无邪的吧。我也是，完全把她当作小孩，扮演着一个和善亲切的“叔叔”，没有奢望她回报什么，更没有流露出一点那层意思。回忆起当时那淡淡的、梦幻般的岁月，宛如生活在童话世界一样，真想再回到那纯洁无瑕的时光里。

“怎么样？奈绪美，看得清楚吗？”

无声电影场馆没有座位时，我们就站在场馆后方，我经常这样问她。

“不，一点都看不见。”

奈绪美说着拼命踮起脚，想从前面客人的头与头之间的空隙看见银幕。

“你这样也看不见的啦。站在这木头上，抓住我的肩膀试试。”

说着我就把她抱起来，放在了栏杆的横木上。她就晃动着双脚，单手抓着我的肩膀，心满意足地，屏住气息凝视着前方的银幕。

“好看吗？”

“好看。”

她从来不会愉快地拍手、跳跃，而是就像聪明伶俐的狗竖起耳朵听着周边的声音一样，伶俐的眼睛睁得大大的，默默地观赏。看得出来她对电影的喜爱。

“小奈绪美，你肚子饿不饿？”

“没，一点也不饿。”

有时奈绪美回答说不饿，但饿的时候就会不客气地回答“嗯，饿了”。问她想吃什么，不管是西餐还是荞麦面，她都会很爽快地说出自己想吃的东西。

二

“小奈绪美，你长得很像玛丽·碧克馥呢。”

有一次晚上去吃西餐时，我们说到了这个话题，这天刚好看了玛丽·碧克馥演的电影。

“是吗？”

她看起来也没有高兴，只是对我突然的言语感到很奇怪似的。

我又问道：“你不觉得吗？”

“我也不知道像不像，不过大家都说我长得有点像混血儿。”

她淡然地答道。

“你看是吧，首先你的名字就有点特别啊。奈绪美，这名字多时尚啊。谁起的？”

“我也不知道。”

“爸爸还是妈妈？”

“会是谁呢？”

“那，你爸爸做什么工作？”

“爸爸已去世了。”

“妈妈呢？”

“妈妈倒是在……”

“那，兄弟姊妹呢？”

“有好多，哥哥啦，姐姐啦，还有妹妹……”

之后也有几次谈到她的家庭，但她总是不太高兴的样子，每每都是含糊其词。所以我们每次相约的时候，基本上在前一天就约好见面地点，如公园的长椅啦、观音堂前面啦等，在约定的时间各自前往。她从来没有记错过时间，也不曾爽约。因为种种原因和事件，偶尔迟到的时候，我心里就惦记着“等这么长时间，她可能已经回去了吧”，但跑去一看，她还在约好的地点等着我。一看到我，便一下子站起来噌噌朝我走过来。

“不好意思，小奈绪美。等很久了吧？”

“是啊，等半天了呢。”

她就这么一句，也看不出一点儿不满或者生气的样子。有时约好在长椅等，但突然下起雨来，心里担心着匆匆赶过去一看，她在池塘边也不知是哪尊神的小祠堂屋檐下蹲着。那样子真是招人怜爱。

这段时间她的衣服，像是姐姐穿过的旧衣服，是铭仙布料，扎着友禅染毛纱做的和服带子，梳着裂桃式顶髻，淡淡地擦了些粉。一双脚总是穿着虽然有补丁但是正合脚的和服布袜。问她为什么只在休息日时梳日本式发髻，她只回答了一句“家里让我这么梳的”就不再具体解释什么。

“今天比较晚了，送你到你家门口吧。”

我说了不知多少次，但她总是回绝：

“没关系，马上就到了，我自己能回去。”

到了花园拐角处，奈绪美总是抛下一句“再见”，就往千束町小巷子里咚咚跑去了。

是啊，也没有必要絮絮叨叨地说这么多那个时候的事情。不过，好像有那么一次我们毫无拘束地好好聊了一些话。

那是一个春雨淅淅沥沥、转暖的四月底的傍晚。刚巧那一天，酒吧比较清闲，非常安静，我就长时间霸占着一张桌子，一小口一小口地喝着酒。读者们觉得我很会喝酒吧？其实我酒量很小，只是为了消磨时间，点了一杯女孩喝的那种甜甜的鸡尾酒，一小口一小口，像舔一般地抿着而已。

正好这时奈绪美端菜过来，我就借着一些酒劲，邀请道：

“小奈绪美，你也坐下来吧。”

“怎么了？”

说着她就老老实实地在我旁边坐了下来，看到我从口袋里拿出了敷岛牌香烟，立刻帮我擦火柴点了起来。

“来，应该没关系吧，我们在这说会儿话。今晚看起来不怎么忙嘛。”

“好啊，像这样的情况还真少见呢。”

“总是那么忙吗？”

“很忙的，从早到晚。连看书的时间都没有呢。”

“原来你喜欢看书啊？”

“嗯，喜欢。”

“读些什么书啊？”

“看各种各样的杂志，反正能读的都喜欢。”

“了不起嘛。既然那么喜欢，怎么不去女子学校呢？”

我盯着她的脸，故意说道。她好像被惹恼了，紧绷着脸，撇开了视线，眼神里清晰地流露出了看似哀伤的、郁郁不乐的神情。

“怎么样？你真的想去学习吗？你想学的话，我可以帮你啊。”

看她还是沉默不语，这一次我以安慰般的语气说道：

“嗯？小奈绪美。不要不说话嘛。你自己想做什么？或者想学什么呢？”

“我想学英语。”

“哦，英语。还有什么？就一个？”

“还想学学音乐。”

“那这样怎么样？我帮你交学费，你去学？”

“上女子学校已经太晚了，都十五了呢。”

“没有啊。和男孩不同，女孩十五不晚的。要是只学英语和音乐的话，不去女子学校，找位老师学就行了。怎么样，真心想学？”

“当然想了，不过……你真能让我去学？”

说着她就突然认真地盯着我的眼睛。

“啊，当然是真的。但是小奈绪美，若真这样，你就不能在这儿继续干了。你在意吗？如果你愿意辞掉这份工作的话，我可以做你的监护人照顾你……然后，负责任地将你培养成优秀的女子。”

她毫不犹豫地当即回答道：

“嗯，好啊！如果你能那样帮我的话。”

她那干脆利落的回答，反而让我吃惊不小。

“你的意思是辞掉工作？”

“嗯，我会辞的。”

“我说小奈绪美，你这样决定或许没有关系，可是你妈妈、你哥哥他们会怎么说呢？不要去问一下他们吗？”

“家里的意见啊？不问也没有关系。没有人会说什么的。”

虽然嘴上这么讲，但其实她好像还蛮在意的。就像平时一样，因为不想让我知道她家里的情况，所以她才故意摆出那种姿态。她那么不喜欢，我也不是一定要勉强她，但是为了帮她实现她的愿望，无论如何也要与她的家人，妈妈或者哥哥认真谈一下。在持续的会话中，我多次提道：“让我见一下你的家人吧！”但是不知为何她一点儿都不高兴，总是重复着：“没事的啦，不用见他们。我自己会和他们讲的。”

为了现已经成为我妻子的她，也为了“河合夫人”的名誉，没有必要暴露当时她的身份呀出身什么的，招来她的反感，所以在此我就不再细说了。以后自有分晓，不过从她住在千束町、十五岁就出来打工，以及她绝不想让他人知晓她的住处这几点来看，大概是怎样一个家庭也能够猜出个一二来。最终我还是说服了她，见到了她的妈妈和哥哥他们。意外的是，他们根本不在乎自己的女儿或妹妹的贞节。我和他们讲，她很想学习，让她一直在酒吧工作觉得很可惜，所以如果你们同意的话，能否让她住到我的公寓来？虽然我可能做得也不一定很好，但是正巧想要雇一个女用人，让她帮我做个饭打扫卫生什么的，空闲的时间让她去接受教育。我把自己是单身这事当然也讲开了。

“如果是那样，那她本人也应该是很幸福的吧……”

他们的回答很令我泄气，原以为还会有一些阻力呢。早知道是这样，真如当初奈绪美所讲的那样，根本没有必要见他们。

当时我真心感叹，世上还真有这种不负责任的妈妈和哥哥啊。为此愈加觉得奈绪美惹人怜爱，替她感到悲哀。

据她母亲讲，他们不知道拿她怎么办。

“原来打算让她去学做艺伎，可是她本人不愿意。家里也不能让她一直闲着，没办法就把她送到了酒吧打工。”

听她母亲的口气，如果有人能接她过去培养成人，那敢情好啊。哦，原来如此，才明白她为什么不愿意待在家里，公休日时总喜欢跑到外面去玩，去看无声电影什么的。

奈绪美的家里不甚关心她，对奈绪美、对我都是件幸事。事情定下来以后，她就辞去了酒吧的工作，每天和我一起到处找合适的房子。我上班的地方在大井町，所以想找一个方便上班的地方。星期天我们早早地在新桥站会合，平时下班后就在大井町碰头，然后就去看房子，看了蒲田、大森、品川、目黑等区域的郊外的房子，市内就转了高轮、田町、三田等地。回家的路上，随便找一家店一起吃个晚饭，如果还有时间就去看无声电影，或者在银座逛个街。最后她回千束町的家，我回芝口的住处。当时出租的房子稀缺，找合适的房源没有那么简单。我们就这样过了半个多月找房子的生活。

明媚五月的一个星期天早晨，在大森附近满目新绿的郊外马路上，并肩走着上班族一样的一个男子和梳着裂桃式顶髻的、穿着寒酸的小姑娘。如有人注意到此景，也不知会作何感想。男子叫小姑娘“小奈绪美”，女孩称呼男子为“河合先生”，两人看起来不像主仆，也不像兄妹，更不像夫妇、朋友，说话互相客客气气，找着门牌号，偶尔看看附近的景色，看看开在植物篱笆墙上或院子里或路边的花什么的。在晚春长长的一天，好像幸福地这儿看看那儿瞧瞧的两个人，是多么奇怪的组合啊。说到花，我突然想起她特别喜爱西洋的花，她知道很多我不知道的花的名字，而且都是麻烦的英语名字。据说，因为在酒吧工作时负责照料花瓶里的花，所以自然而然就记住了。每当走过的门里面有个温室，她一下子就会发现，停下脚步，高兴地喊：“哇，好漂亮的花！”

有一次问她最喜欢什么花，她回答说：“我呀，最喜欢郁金香了！”

因为在浅草千束町那种杂乱无章的胡同里长大的缘故吧，她非常向往广阔的田园，也很喜欢花。紫花地丁、蒲公英、紫云英、樱花草——在田埂上或者在乡间小路上一旦发现这些花，她就颠颠地跑过去想要摘这些花。走了一天，她手上就有了好几束花，回家的路上她都小心翼翼地捧着。

“这花不都蔫了吗？差不多就丢了吧。”

不过，她怎么也不答应。

“没事，回家浇点水会立刻活过来的。到时放到河合先生的桌子上，多好啊。”

说着，分别时总把花束交给我。

我们跑了很多地方，但是很难找到满意的房子。折腾了半天，最终我们决定租的是，从大森车站要走一千三四百米左右，离铁路很近的一栋非常简陋的西式房屋。所谓“文化住宅”的房子，当时还没有怎么流行，按现下的说法应该可以这样讲吧。非常陡的、占据整个房屋一半以上高度的红色板岩屋顶，像火柴盒一样用白色裹住的外墙上，点缀般地镶嵌着长方形玻璃窗。门廊前面，有一块称不上是院落的不大不小的空地。大概就是这个样子，与住在里面相比，作为绘画的对象应该更有趣。说来也是，这房子本来就是一个画家建的，娶了一个做模特的妻子，两个人住在这里，因此房间的布局特别不方便。空旷的画室、简单朴素的一点点大的玄关和厨房，一楼只有这些。再者就是楼上两个分别占三张和四张半榻榻米的房间，也是阁楼间，不过像个杂物间似的，根本用不起来。到阁楼间，要爬上在画室里搭的一个梯子，爬完梯子就是有栏杆的走廊，就像剧场的看台一样，从栏杆处可以俯瞰画室。

奈绪美一看到这家的“风景”，就甚是满意。

“哇，好时尚的样子！我喜欢这样的家。”

我一看她那么喜欢，也就马上同意了租这个房子。或许奈绪美出于孩子般的心性，虽然房间布局不实用，但像童话故事里的插图一般的、与众不同的式样勾起了她的好奇心吧。

对于尽量不想看起来像一对夫妻、以消遣的心态住在一起的无忧无虑的青年和少女来说，这房子的确是再合适不过了。那画家和模特可能也是以这样的心态在此一起生活的吧。其实，只是两个人的话，日常的起居饮食只需要一间画室就足够了。

三

那是五月下旬左右吧，我终于收养了奈绪美，一起搬到了那个“童话故事的家”。入住后觉得没有像想象的那么不方便，从采光极好的阁楼间能看到大海；朝南的空地很合适造个花坛；瑕疵是偶尔有电车通过，不过中间隔着不大不小的水田，噪声也不是很喧嚣。这样看来，也是无可挑剔的住处。不仅如此，因为不太适合普通家庭居住，所以租金出乎意外得很便宜。虽说当时物价普遍较低，但是一个月 20 日元，而且没有押金，确实很便宜，这一点也是令我满意的。

“小奈绪美，今后你不要叫我‘河合先生’，就叫我‘让治君’吧。我想让我们像朋友一样相处。”

搬家当天我对她交代了一下。当然，也告诉了老家亲人，我退了公寓搬到了独门独户的房子，雇了一个十五岁的少女当住家保姆，但没有告诉他们，我们会“像朋友一样”相处。一是老家很少会有人来，再者觉得必要时再告诉他们也不迟。

接下来的一段时间，我和她忙着购置适合于新家的各种家具，摆放并装饰，过得非常快乐。我为了启发她的爱好，即使是买一个小东西也不自己决定，尽量让她发表意见，并尽可能采纳她的想法。衣柜、长方形火炉等常见的家具，因为没有固定的摆放地，所以选择的自由度比较大，完全可以按照自己的喜好来。我们买到了便宜的印花花布，由奈绪美笨手笨脚地缝制成窗帘挂了起来。在芝口的西洋家具店买来旧的藤椅、沙发，还有安乐椅、桌子等摆在了画室。墙上挂了两三张以玛丽·碧克馥为首的美国无声电影女演员的照片。我原想寝具也按照西式来，但是要买两张床不仅花费大，况且从家里寄来的被褥铺在榻榻米上睡也还方便的，所以最后还是放弃了床。家里给奈绪美寄来的被子是给女用人用的，所以是约定俗成的蔓藤花纹的、粗糙的棉质薄被。我总觉得她怪可怜的，所以和她讲：

“这个被子太不好了，要不和我换一床被子？”

“不，没事。已经够好了。”

说完她就用被子盖住头，一个人孤孤单单地在三张榻榻米的阁楼间睡下了。

我睡在她房间的隔壁，也是阁楼间，另一个四张半榻榻米的房间。每天早晨醒来，我们还躺在各自的房间里，就互相喊话：

“小奈绪美，醒了吗？”

“嗯，醒了。现在几点？”

“六点半了。今早我来做饭？”

“是吗？昨天我做的，今天让治你做也行。”

“嗯，没办法。我给你做。太麻烦了，要不干脆简单吃个面包算了。”

“嗯，好啊。不过，让治君你太狡猾了。”

然后，我们想吃饭就用砂锅煮饭，也不盛到饭桶里，直接把砂锅端到桌子上，就着罐头或小菜吃。嫌麻烦的话，就喝点牛奶，吃点涂上果酱的面包，或者吃点西式饼干凑合一下。晚饭就吃荞麦面、乌冬面什么的，想吃好点的，两个人就到附近的西餐厅。

她经常会对我说：“让治君，今天请我吃牛排吧。”

吃过早饭，我留下奈绪美一个人就去上班了。她上午在家拾掇拾掇花坛里的花草，下午锁上空无一人的房子，去学习英语和音乐。都说英语一开始就跟西洋人学好，所以我们找了一位美国人哈里森小姐。她住在目黑，奈绪美就到她那里学习会话和阅读，不足的地方，由我在家里来辅导她。音乐呢，我完全不懂，据说有位两三年前毕业于上野的音乐学院的妇人在自己家里教钢琴和声乐，所以就到她那里学习，每天到她居住的芝伊皿子学习一个小时。奈绪美穿着铭仙的和服，藏青色的羊绒裙裤，黑色的袜子，穿着可爱的、小小的半靴，活脱脱女学生的装扮，觉得自己的理想终于得以实现，每天雀跃着、满心欢喜地去学习。时而在回家路上碰到她，一点儿也看不出她是千束町长大、在酒吧打过工的女孩。头发也没有再梳成裂桃式顶髻，而是用丝带扎起来之后，编成辫子垂在脑后。

记得我说过，把她领到家里来时，我是“圈养小鸟般的心情”。自从她到我家来以后，脸色逐渐变得健康起来，性格也发生了变化，变成了快活、喜气的小鸟。那一间空旷的画室就是她的鸟笼。五月已近尾声，明媚的初夏已经到来了。花坛里的花一天天长大，色彩斑斓了起来。我从公司回家、她上完课回来的傍晚，太阳透过印度花布做的窗帘把白墙照得像白昼一样。她穿着法兰绒单衣，光脚趿拉着拖鞋，咚咚地踏着地板唱着刚学的歌，或者一起蒙起眼睛玩捉迷藏的游戏。这时候，她在画室里跑来跑去，有时越过桌子，有时钻进沙发底下，有时把椅子踢翻，甚至跑上梯子，在那个像看台一样的通往阁楼间的走廊上，似老鼠一样窜来窜去。有一次，我还装成马，背着她在屋里爬来爬去。

“驾，驾！嘚，嘚！”

奈绪美把手巾当成牵马绳，让我咬在嘴里。

正是这样玩耍的时候发生的事情。有一次，奈绪美咯咯笑着，在梯子上跑上跑下，一下子踩空从最高处滚落了下来，突然抽抽搭搭地哭了起来。

“喂，怎么了？摔到哪儿了？给我瞧瞧。”

说着我把她抱起来。她还是抽抽搭搭地抽吸着鼻子，卷起袖口给我看。可能是落下来的时候刮到了钉子或什么吧，右胳膊肘那一块破了层皮，渗着血。

“什么嘛，就这点伤还哭。来，到我这来，我给你贴橡皮膏。”

我给她涂了膏药，撕了手巾扎了起来。奈绪美眼里噙着眼泪，流着鼻涕抽噎的样子还真是个孩子。很不幸伤口化了脓，五六天也没有好，每天给她换药时没有一次是不哭的。

我自己也不知道当时是不是爱上了她。是的，可能真是爱上她了吧。原来打算把她培养成优秀的妇女，而且挺享受这种过程，觉得这样也挺好的，可是，这一年夏天，公司放了两周假，按惯例我要回老家的。我把奈绪美送回浅草的家里，锁好大森家的门窗回了老家。可是回了老家之后，就觉得这两周太单调、寂寞，方才明白没有她生活这么无聊。这或许就是恋爱的开始吧。于是找了适当的借口，我就提前回到了东京。虽然已经过了十点，但我还是打了辆车直接奔向了她的家。

“小奈绪美，我回来了。我让车等在街口了，我们去大森的家吧。”

“哦，是吗？那我马上来。”

说着她让我在门外等着。过了一会儿，她提着小小的包袱走了出来。那是一个非常闷热的夏天夜晚，可是她穿着有点泛白的、蓬松的、有着淡紫色葡萄纹样的平纹薄毛呢做的单衣，扎着一条比较宽幅的鲜艳的浅粉红色发带。平纹薄毛呢是前一阵的盂兰盆节时给她买的，我不在的时候，她让家里人给她做的吧。

“小奈绪美，你每天都干什么了？”

车子往繁华的大街开了起来。我和她并排坐着，脸稍稍靠近她问道。

“我每天去看无声电影了。”

“那，看来没觉得寂寞。”

“嗯，没什么好寂寞的呀……”

想了想她又说道：

“不过让治君，你比预想的早回来了呢。”

“在乡下很无聊，所以就提前回来了。还是东京最好。”

说着我叹了一口气，以难以言明的怀恋的心情望着车窗外时而闪现的大都会夜色中炫目的灯火。

“可是我觉得，夏天在乡下也挺好的呀。”

“那也要看是什么地方。我家那边可是偏僻的乡下，附近的景色平常得很，又没有名胜古迹，蚊子、苍蝇大白天也嗡嗡飞，又热得不得了。”

“唉，是那样的地方啊？”

“就是那样的地方啊。”

“我好想去海水浴场玩玩啊。”

奈绪美突然冒出这么一句，语气里透着撒娇的孩子般的可爱。

“那，这几天带你去一个凉快的地方玩玩？镰仓，还是箱根？”

“比起温泉我更喜欢大海呢。好想去呀，真的。”

听着她天真无邪的声音，感觉她还是原来的那个她，但是总觉得十天不见，身体突然发育了一些，我不由得偷偷瞄了瞄平纹薄毛呢单衣下有点圆润感的肩膀和胸部。

过了一会儿，我问道：“这身和服，很合身唉。谁给你做的？”

“妈妈给我缝的。”

“你家里怎么说？有没有说料子挑得好？”

“嗯，说了。也不赖，不过说花纹过于时尚了……”

“是你妈那么说的吗？”

“嗯，是啊。我家的人啊，他们啥都不懂。”

说着她的眼睛凝视着远方，接着说道：

“大家都说我，完全变了一个人。”

“他们怎么说的？”

“说我变得特别时尚了。”

“说得也是，在我看来也是呢。”

“是吗？他们让我梳日本发髻，我不喜欢就没有梳。”

“那，这个发带呢？”

“这个？这个是我在商店街的一家店里买的。觉得怎么样？”

说着她扭过头去，给我看被风吹拂着的干爽的头发上飘舞的粉红色发带。

“嗯，很配啊。这样比日本发髻好看不知多少倍呢。”

“哼。”

说着，她扬扬狮子鼻，得意洋洋地笑了。这种笑是她的习惯，说得不好听是有些狂妄，不过在我看来确实很伶俐可爱。

四

奈绪美总缠着我说“带我去镰仓嘛”，终于决定八月初去镰仓玩两三天。

“怎么才去两三天啊？要去的话，去个十天、七天的，不然多没意思啊！”

出门时，她露出了不满的表情。不过，毕竟我和家里讲了公司忙才跑回来的，如果家里知道了是谎言，在母亲面前也太尴尬了。但是，这些话又不能和她讲，怕她脸上无光。

“好了，这次呢就两三天，将就一下。明年找一个特别的地方多待几天。嗯，好不好？”

“不过，就两三天太少了。”

“说得也是，不过你想去游泳的话，回来以后也可以到大森的海里游泳啊？”

“那么脏的海，怎么游得了呢？”

“不要闹了，嗯？乖，就这么定了。要不再给你买点和服。对了，你不是说想要洋装吗？给你买洋装吧。”

她被“洋装”这个诱饵吸引，终于同意了。

在镰仓，我们住在了长谷的一个不怎么豪华的海水浴场旅馆，金波楼。在这里发生了一件现在想想很可笑的事。前半年的奖金基本上还没动，也就住两三天，原本没有必要那么节省。况且是第一次和她一起旅游，还住旅馆，心里特别高兴。所以为了尽量留下美好的印象，原先打算不要那么抠抠巴巴的，旅馆也找一家一流的、上档次的。但是，到了出发的那一天，等我们坐上了开往横须贺的二等座位车厢，我们就变得畏缩起来。火车上坐着许多前往逗子或镰仓的夫人或小姐，形成了一排排华丽的队列。插在她们当中，我的装束倒还好，但奈绪美的装扮看起来非常寒酸。

毕竟是夏天，夫人们、小姐们并没有过度地盛装打扮，但是，奈绪美与她们相比，出生在上流社会的人和不是那样的人之间，总觉得在格调上存在着无可否认的差异。与之前在酒吧时相比，奈绪美判若两人，变化也很大，但是出身以及教育不好的人怎么改变也无望跻身上流社会。我是这么想的，奈绪美自己好像也强烈地认识到了这一点。平时使她看起来非常时尚的那件有葡萄纹的平纹薄毛呢单衣，当时看起来是多么的丢人。坐在一排的妇人中也有穿着非常简洁的和式浴衣的，但是她们要么手指上宝石在发光，要么随身携带的物品非常奢华，总有件可以显示她们尊贵身份的东西。相比之下奈绪美的手上，除了她光滑的皮肤之外，没有一样足以让她炫耀的东西。我至今还记得奈绪美难堪地将自己的遮阳伞藏进和服袖子里。也不难理解，这把遮阳伞虽然也是新买的，但谁都能一眼看出这把伞也就七八日元。

所以，来之前虽然我们想过到底是住在三桥旅馆还是一咬牙住在海滨酒店，但是走到酒店门口就被它威严的街门震慑住了，在长谷街上走了两三回，最后还是决定住在在当地算二三流的金波楼。

旅馆里住着好多年轻的学生，喧闹得很，怎么也安静不下来，所以我们每天都泡在海滨浴场里。野丫头奈绪美一见到海心情就很好，早就忘了在火车上的沮丧。

“今年夏天我一定要学会游泳。”

说着，在浅滩抓住我的胳膊拼命地扑腾着。我一会儿抱住她的身体让她脸朝下浮在水面上；一会儿让她用劲抓住木桩，抓住她的脚教她蹬腿的方法；有时故意突然放手让她喝点海水；倦了的话，学学滑水板，躺在沙滩上玩沙子；傍晚的时候租个船划向大海——这时她总是在泳装上披着浴巾，有时坐在船尾，有时枕着船舷仰望着蓝天，毫无顾忌地高声唱起那不勒斯的船歌《桑塔露琪娅》。

哦，甜蜜的拿坡里，
哦，幸福的国度。
……

用意大利语唱着的女高音，在傍晚风平浪静的海面上回响。我出神地倾听着她的歌声，静静地荡着双桨。“再往前，再往前划!”她好像非常喜欢破浪前行，不知不觉天色已晚，星星一颗两颗从空中俯瞰着我们的小船。周围的海面暗了下来，包裹在白色浴巾里的她的身影，只能朦胧地看到轮廓。但是，她那愉快的歌声并没有停歇，《桑塔露琪娅》不知重复了几次，之后是《罗蕾莱》《茨冈》，最后是《你侬我侬》的一小节，伴随着缓慢的船，继续唱着各种各样的歌……

这种体验，年轻时谁都会经历的吧，不过对我来说这是第一次。我是电器工程师，与文学啦艺术啦什么的基本上无缘。很少把小说拿在手上的我，此时想起了曾经读过的夏目漱石的《草枕》。是的，想起了书中的“威尼斯在沉没，威尼斯在沉没”那一段。和奈绪美两人坐在摇曳的船上，从大海透过暮霭的帷幕眺望着岸上的灯火，书中的这一句突然涌现在脑海。心想，要是就这样和她一起漂到一个遥远的地方那该多好啊！令人感动，令人心醉！像我这样粗鄙的人能感受到这种心情，仅此一点镰仓的旅游就很有意义了。

不，不止这些，说实在话这三天我有了一个非常重要的发现。虽然我和她住在一起，但还不知道她的身材如何，说得露骨一点就是没有见到过她的身体光溜溜的样子，这次却看得真切。我们第一次到由比滨海水浴场，看到她身着前晚特意跑到银座买的、深绿色的泳帽和泳衣出现的时候，坦白地讲，我是多么高兴她是如此地四肢匀称。是的，我简直高兴坏了。先前从她穿和服的样子什么的，我猜她的身材曲线大概是这样子，没成想还真猜中了。

心中不由得喊道：“奈绪美啊，奈绪美！我的玛丽·碧克馥！你怎会拥有这般匀称的、曼妙的身材呢？你那柔软的胳膊！你那修长的、就像男孩子那样笔直的双腿啊！”不禁让我想起电影里常见的、那位活跃的麦克·塞纳特[1]的沐浴美人。

谁都不愿意详细描写自己老婆的身材。即便是我，让我炫耀未来成为我妻子的人的身材，让很多人知晓，也不是一件愉快的事情。但是如果不写下来，会影响后续的故事，所以在这里记录下十五岁零八个月的奈绪美站在镰仓的海边时是怎样一个身材。和我站在一起，当时的奈绪美比我矮一点。先说明一下，我健壮如石，但身高只有157.6厘米，属于个子矮的那一类。可是，她的体格的主要特点是，上身短腿长，所以稍微离远点，看起来比实际要高很多。而且，那上身像S形一样凹凸有致。可以看见已经明显带女人味的、微微隆起的臀部。那一阵我们刚看过美人鱼的电影，是那著名的游泳达人凯勒曼[2]小姐主演的《大海的女儿》。

"小奈绪美，你模仿一下凯勒曼看看？"

我一讲她就站在沙滩上，举起双手做出了"跃入水中"的动作。她的双腿并拢，双腿之间一点缝隙都没有，腰以下到脚踝，以脚踝为顶点正好形成了细长的反三角形。

她也是很得意的样子，道："怎样？让治，我的腿没有弯曲吧？"

---

① 麦克·塞纳特（1884—1960），加拿大导演，是美国喜剧电影的代表人物，被称为美国喜剧电影的"喜剧之父"。
② 安妮特·凯勒曼（1886—1975），澳大利亚游泳运动员、演员。

说着，一会儿走走看看，一会儿站定瞧瞧，一会儿又在沙滩上把腿伸直了看看，好像自己也蛮喜欢地望着自己的腿。

奈绪美的体格还有一个特点，就是颈部到肩膀的线条。肩膀……我经常有机会触碰她的肩。因为奈绪美穿泳衣的时候，总是走到我身边说："让治君，帮我把扣子扣一下。"说着让我帮她把肩上的扣子扣起来。像奈绪美那样溜肩、脖子长的人，脱下和服一般都会是比较瘦的，但是她正好相反，出乎意料地肩膀上有一点肉，比较厚实，胸部看起来呼吸很强健。给她扣扣子的时候，只要她深呼吸或者因为动胳膊而使得背部的肉滚滚波动时，原本就要被撑破的泳衣在小山丘一样隆起的肩膀处就会绷得紧紧的。用一句话讲的话，她的肩是充满力量的"年轻"又"美丽"的肩膀。我悄悄地拿她和其他少女比较，觉得没有一个人像她那样既拥有健康的肩膀又拥有优雅的脖颈。

"小奈绪美，站着别动啊，老动来动去不好扣啊！"

说着我总是抓住泳衣的边缘，就像把一个大东西塞进袋子一样，硬是把她的肩膀塞到衣服里去。

拥有这种体格的她，喜欢运动，又比较疯。实际上，只要是使用手脚做的事，奈绪美都做得非常好。在镰仓那三天开始学的游泳，回家后又天天到大森的海水浴场练习，在那一个夏季终于学会了，也学会了划船、驾驶帆船等。玩了一整天，天黑之后便精疲力尽地嘴里喊着“啊啊，累死了”，带着湿漉漉的泳衣回家来了。

“啊啊，肚子饿死了！”

说着无力地倒在椅子上。时不时觉得做晚饭好麻烦，所以在回家的路上找家西餐厅，两个人就像比赛一样吃个饱饱的。吃完烤牛排之后，又是烤牛排。喜欢吃烤牛排的她，可以轻松地吃掉三份。

那一年夏天的快乐记忆，若要一一记录下来就会没完没了，所以就写这些吧。不过有一件事还是要交代一下，从那时候开始就养成了我给她洗澡的习惯，用胶皮海绵帮她搓洗手臂呀腿呀还有后背什么的。因为奈绪美爱犯困，不喜欢跑到公共浴池，所以为了洗掉身上的海水，就在厨房给她冲洗一下。

“来，小奈绪美，就这样睡的话身上黏糊糊的难受。过来我帮你洗，到这个澡盆里来。”

我这么一说，她就老老实实地按我说的坐到澡盆里让我洗。渐渐地就成了习惯，到了凉爽的秋天洗澡也没有停止，最后干脆买了西式浴缸和浴室防滑垫放在画室的一角落，周围用屏风隔着，冬天也帮她洗了起来。

五

理解力强的读者可能已经从上一回的故事中想象着我和奈绪美之间已经超过了朋友关系。可事实上并非如此。虽然随着时间的流逝，彼此的心里形成了一些“共识”，但是，毕竟对方还是一个十五岁的少女，而我就如前所述是对女人一点儿经验都没有的“君子”，而且还对她的贞洁负有责任，所以并没有凭一时冲动做出一些逾越“共识”的事情来。当然在我心中除了奈绪美已经没有其他女人可以做我的妻子，即便有，如今也已无法抛弃她。这种想法扎根在脑海里。所以，愈加不会以玷污她的方式或玩弄的态度触碰这件事。

我和奈绪美变成那种关系是在第二年，她十六岁的春天，四月二十六日。记得如此清楚，是因为当时自从有了夏天的冲凉以后，我就每天记录奈绪美身上发生的让我感兴趣的事情。当时奈绪美的身材一天比一天变得有女人味，我就像刚生孩子的父母记录孩子的“第一次笑”“第一次开口说话”等成长足迹一般，记录下了引起我的注意的事情。我现在也偶尔把它翻出来看，大正某年九月二十一日，即奈绪美十五岁的秋天——有着这样的记录。

> 晚上八点给她冲凉。因海水浴晒黑的皮肤还没有恢复原色。穿着泳衣的地方留下了白色的痕迹，其他地方黑黑的。奈绪美同我一样，皮肤白一些，所以更加明显，光着身子也好像穿着泳衣一样。我说她，你的身体像斑马一样。她觉得好笑就笑了……

过了一个月左右的十月十七日，这样写着：

晒黑的地方和破皮的地方终于好了。新长出来的皮肤比原先更加光滑漂亮了。我帮她洗胳膊，奈绪美默默地看着在肌肤上流淌消失的香皂泡泡。我说“真漂亮！”她应道“真的好漂亮！”说完又补了一句“我说香皂泡泡”……

十一月五日：

今晚第一次使用西式浴缸。因为不习惯，奈绪美在光滑的浴缸中滑了一下，咯咯地笑了起来。“大宝贝！”我一喊，她就回道“老爸”……

是的，“宝贝”和“爸爸”这两个称呼后来也屡次出现。奈绪美在索要一些东西时、磨人时，总用这个称呼戏弄我。

《奈绪美的成长》——这就是日记的标题。所以这本日记毫无悬念地只记录了与奈绪美相关的事情。后来买了相机，将愈来愈像玛丽·碧克馥的她的脸用各种各样的光线和角度拍摄下来，贴在了记录之间。

说到日记，故事有点偏离了轨道。话说回来，据日记记录，我和她变成想断也断不了的关系是在我们到了大森后第二年的四月二十六日。两人之间我们有不言自明的“共识”，所以极其自然地，也没有哪一方诱惑哪一方，也没有明确的语言交流，不知不觉中就那样了。结束后，她嘴唇贴着我的耳朵，说道：

“让治，一定不要抛弃我哟！”

“说什么抛弃？绝对不会发生那样的事情，别担心！小奈绪美，你应该知道我的心……”

“嗯，知道是知道……”

“那，从什么时候开始知道的？”

“嗯，是什么时候呢？”

“我说要接你过来照顾你时，你是怎么看我的？把你培养成优秀的人，未来是不是想和你结婚？你有没有那么想？”

“那是当然，我猜想是不是那个意思呢？”

“那，小奈绪美当时也觉得做我的妻子也行，所以才跟着来的吧？”

我也没等她的回答，用力拥抱着她，接着说道：

“谢谢你，小奈绪美，真的太谢谢你懂我的心……说实在话，我没想到你会变得如此……变成这么符合我的理想的女人。我真是太幸运了！我会一辈子疼你的……就疼你一个人……不会像社会上常见的夫妇那样，不爱惜你。你记住，我是为了你而活着。不管你的愿望是什么，我都会帮你的。你要更加努力学习，成为一个优秀的人啊……"

"好，我会拼命学习，让自己变成让治君满意的女人，一定……"

奈绪美流着眼泪，不知何时我也哭了。那一晚两个人不知疲倦地就两个人的未来聊了整晚。

之后没过多久，利用周六和周日我回家和母亲公开了奈绪美的事情。一来奈绪美非常在意老家人的反应，心里想让她安心，二来我想光明正大地与她交往，所以着忙赶了过来。我坦诚地对母亲讲了我对"结婚"的看法，为什么要娶奈绪美，讲得很浅显易懂，老人也能听明白。母亲知道我的性格，也信任我，所以只简单说道：

"既然你那么打算，娶那个孩子做儿媳也行，只是她的娘家是那样一个家庭，容易起争端，所以要处理好以免留下什么隐患。"

我想婚礼什么的可以放在两三年后，但想早点登记，所以立刻和千束町那边交涉。她母亲和哥哥们是不拘小节的人，事情很轻松就搞定了。他们虽然漫不经心，但并不是腹黑之人，没有提什么贪心的要求。

此后，我和奈绪美之间的亲密度急剧增加。周围知道的人不多，平时两人表面上还像朋友，不过我们在法律上是名副其实的夫妇了。

“喂，小奈绪美。”

叫住她我说道：

“我和你，今后也像朋友一样生活好吗？永远。”

“那，你永远称我‘小奈绪美’？”

“那当然了。要不叫你‘太太’？”

“讨厌啦，我……”

“不然还是叫‘奈绪美小姐’吧？”

“‘小姐’不喜欢，还是叫‘小奈绪美’吧，直到我让你叫我奈绪美小姐之前。”

“那我也永远是让治君，是吧？”

“当然了，哪有其他称呼呀。”

奈绪美仰躺在沙发上，手里捧着玫瑰花，频频把它放到嘴边玩弄着。突然，她出其不意地喊了一声：“喂，让治君？”

说着展开双臂，紧紧抱住了我的头。

“我可爱的小奈绪美。”

我被她抱得都感觉窒息了，闷声说道：

“我可爱的小奈绪美，我不单单是爱你，甚至还崇拜你呢。你是我的宝贝，是我自己发现打磨的钻石。所以只要是为了让你变成美丽的女子，什么都可以给你买。我的工资都给你也愿意。”

“不用，不用那么做。比起这些，我更想好好学习英语和音乐。”

“啊啊，我们学，我们学。马上给你买钢琴。变成站在西洋人面前也不逊色的贵妇人，你肯定能行。”

“即使站在西洋人面前”“像西洋人那样”这些话，我经常挂在嘴边。当然她也很受用。

“怎么样？这样我的脸像不像西洋人？”

说着在镜子前面做着各种表情给我看。看无声电影时，她好像格外注意女演员的动作，经常模仿她们。碧克馥的笑，皮娜·梅尼切利①的眼神，格拉汀·法拉②的发式等她都模仿得惟妙惟肖。甚至把头发全部解开来，梳成各种各样的样式，能出色地捕捉女演员瞬间的表情和感觉。

“学得真像！连演员都不一定能模仿得来，因为你长着西洋人的脸。”

“是吗？哪里像啊？”

“你的鼻子和牙齿。”

“啊？这牙齿？”

---

① 皮娜·梅尼切利（1890—1984），意大利女演员。

② 格拉汀·法拉（1882—1967），美国歌剧女高音、女演员，以其美貌、戏剧能力及细致的音色而闻名。

说着她咧嘴做出发“一”音时的样子，照镜子看自己的牙齿排列。她的牙齿大小均匀，非常有光泽，排列得整整齐齐。

“反正你不像日本人，穿一般的日本和服没有特点，干脆穿洋装吧。即便穿和服，也应该穿另类一点的，怎样？”

“那，什么样的？”

“我觉得今后的女性会越来越活泼，所以一直以来的那种厚重的、拘谨的衣服不太合适。”

“我穿窄袖和服，扎个布腰带，你觉得可行吗？”

“窄袖和服也不错啊，什么都行，就是要穿出新奇的造型。不像日本，也不像中国，也不像西洋的，有没有那种装束呢？”

“有的话你给我做？”

“当然给你做。我想给你做很多衣服，每天让你换着穿呢。面料不一定像特等绉绸呀那样高级，平纹细布啦铭仙布啦就可以了。但是样式要别具匠心！”

之后，我们一起转了很多和服店和百货商店找布料。那一阵，基本上每个礼拜天我们都到三越或白木屋。总之一般的布料，我和奈绪美都不满意，找到能让我们眼前一亮的布料并非易事。后来觉得传统的和服店无望，就跑到那些印花布店、垫子店、卖衬衫啦洋装的布料店找，甚至还花一天的时间特意跑到横滨中华街或者外国人居留地的面向外国人的布料店。两个人都累得精疲力竭，拖着酸痛的、像研磨棒一样的腿，一家一家地找。走在路上也一点儿都不松懈，关注着西洋人的身影或服装，留意着各家的橱窗。偶尔发现特别的东西，就会喊着“啊，那个面料怎么样?”跑进店里，让人把布匹从橱窗里拿下来往她身上比画。一会儿把面料从下颚处垂着放下来看看，一会儿往身上绕上几圈瞧瞧。光是这样比画比画，最后不买，对两个人来讲也是有趣的游戏。

日本的妇女最近流行用蝉翼纱、乔其纱、巴里纱做单衣，我想第一个关注这些面料的应该是我们吧。奇妙的是这些面料的质地非常适合奈绪美。那些也不能做成正统的和服，做成窄袖和服或者睡衣或者睡袍，有时就把布料直接绕在身上，用几个胸针别住几处，在家中走来走去。有时站在镜子前看看，有时摆出各种动作拍照什么的。被纱一样透明的白色、玫瑰红、淡紫色的衣服包裹着的她的身体，宛如一朵盛开的花一样美丽。“这样试试，那样试试”，我不断地向她提出要求，一会儿把她抱起来，一会儿让她躺下，一会儿让她坐起来，一会儿又让她走一走，就这样几个小时望着她。

如此下来，不到一年工夫她的衣服增加了好几身。最后她的房间里都放不下了，她就随手找个地方挂了起来，要不就卷成一团丢在一边。买个衣柜整理一下或许好一些，但是我们觉得有那个钱还不如多买些衣服，再说这些衣服是我们的爱好而已，没有必要好好保存。虽然量多，但都是便宜货，反正会一件一件穿破了的，所以放在看得见的地方，想穿的时候就可以随时换。再说，也可以装饰房间嘛。

最后画室就变得像剧场的服装间，椅子上、沙发上、地板的一角，甚至在楼梯上、阁楼看台的栏杆上，都是杂乱地丢着的衣服。而且很少洗，又加上她喜欢贴身穿，所以哪件都是脏兮兮的感觉。

这么多衣服，大多裁得很奇特，只有一半左右穿得出去。其中她最喜欢的、经常穿出去的是缎子做的夹衣和相同布料做的短外罩。说是缎子，其实是加了棉的纬缎。短外罩、和服整体是无纹的紫红色，连草履的带子、短外罩的系绳都用了紫红色，其他部位，如衬领、和服带子、和服带子用的扣子、和服下的衬衫、领口、反窝边都配了淡蓝色。和服带子也是用纬缎做的，芯较薄，宽幅也缩小，尽量系得高高的。衬领的布料，她想要和缎子相似的，就买来发带用了起来。奈绪美穿着这件出门一般是在晚上去看表演的时候。穿着闪耀炫目的质地的衣裳，走在有乐剧院或者帝国剧院的走廊，没有一个人不回头看她。

“她是干吗的？那个女的。”

“是女演员？”

“是混血儿？”

听着这些窃窃私语，我和她沾沾自喜地故意在那附近多转悠几下。

那件和服他人都觉得不可思议，比它更加稀奇古怪的衣服，即便奈绪美喜欢另类的东西，也不好穿到外面去。那些衣服只不过是为了在房间里把奈绪美装进去望着的一些容器而已，就像是把一朵美丽的花插进各种不同的花瓶来欣赏一般。对于我来讲，奈绪美既是我的妻子，也是世间珍贵的布娃娃，亦是装饰品，所以大家无须吃惊。她在家基本上没有穿过正儿八经的衣服。其中有一件从美国的一个演员的男装上得到了启示，用黑色天鹅绒做的三件套装的西装，可能是花了最多钱的、最奢侈的室内服装。她穿着它，把头发卷起来，戴上鸭舌帽，那身影感觉像猫一样妖艳。夏天自不用说，冬天在烧着暖炉的房间里，她经常穿着宽松的外袍或泳装玩儿。以穿刺绣的中国鞋为多的她穿过的拖鞋也不记得有多少双。大多数情况下，她都不穿和式短袜或其他袜子而直接穿着这些拖鞋。

六

当时我虽然那般讨好她，尽我所能满足她想要做的事，但同时并没有放弃最初的希望，对她进行教育，使她变为高贵的女人、出色的女人。仔细斟酌“出色”“高贵”这些词的意思，我自己也搞不清楚，总之我极其单纯的想法是，“到哪儿都不逊色的，现代的、时尚的妇女”这么一种甚是模糊的概念。让奈绪美“变得高贵”和“布娃娃那样珍视”，这两者果真是可以共存的吗？现在想想，真是好蠢。可当时我沉溺于对她的爱，失去了理智，就连这么简单的道理都不懂。

“小奈绪美，玩的时候玩儿，学习的时候要学习哟！只要你变得高贵，我还会给你买好多好多东西。”

这句话都成了我的口头禅。

奈绪美每次都会回答：

“好，我会好好学习，将来变成了不起的人。”

每天晚餐结束后，我都会带她复习英语会话或阅读。不过，她总是穿着那件天鹅绒的衣服或睡袍，用脚趾玩着拖鞋靠在沙发上，所以再怎么不厌其烦地讲，结果还是“玩”和“学习”掺杂在一起。

“小奈绪美，你在干什么！学习要有学习的样子！”

我一说，她就缩缩脖子，像小学生一样用撒娇的声音说：

“对不起，老师！”

有时说：“河合老师，请原谅我啦！”

然后，悄悄地瞄我一眼，或者戳戳我的脸。“河合老师”也没有勇气对可爱的学生严格要求，斥责的结果就变成了不足道的恶作剧。

音乐我不太懂。奈绪美从十五岁开始已经跟哈里森小姐学了两年左右英语，按理应该会不少。阅读也是从第一册开始，现在学到了第二册的一半以上，会话课的教材用 *English Echo*，语法书用的是神田乃武编的 *Intermediate Grammar*，相当于中学三年级左右的水准。可是，就算再怎么偏袒奈绪美，在我看来她的英语连二年级学生都不如。总觉得太不可思议，不应该是这样，所以还特意拜访了一下哈里森小姐了解她的学习情况。

“没有，没有的事。她还比较聪明，学得挺好的！”

胖胖的、看起来像老好人的哈里森小姐笑眯眯地说着。

“是的，她是聪明的女孩，但是我觉得她的英语与其智力不符。读倒是能读起来，但是译成日语、解析语法时都不太好……”

“不，那是你不对，你的想法是错误的。”

女士微笑着打断了我的话。

“日本人都考虑语法和翻译。不过，其实那是最不好的学习方法。学英语的时候，绝对、绝对不能考虑语法，也不能翻译。就照着英语反反复复地读，这才最好。奈绪美小姐的发音很漂亮。而且阅读也很好，所以过不了多久肯定会好起来的。”

的确女士讲的也有一定的道理。可是我也不是要她系统地背语法规则，学了两年英语，能读阅读三，最起码过去分词的用法、被动句的结构、假定式的应用应该是会的吧，但是让她把日语翻成英语，简直不成句子，都不及中学的劣等生。再怎么会阅读，这个样子也提高不了英语实力。这两年她到底教了什么，她又学了些什么呢？可是，老师一点儿都不介意我不满的表情，像是一点都不担心的样子，落落大方地点着头，重复着："那孩子非常聪明的。"

我猜，西洋人老师好像对日本学生有一种偏袒。偏袒——这个词不太好的话，换个说法，就是先入为主的观念。感觉他们看到有点儿像西洋人的、时尚的、可爱面孔的少男少女，就毫不犹豫地认定对方是聪明人。尤其是老姑娘，这种倾向更明显。哈里森小姐频繁夸赞奈绪美聪明就是因为这个缘故。她一开始就已经认定奈绪美是聪明人了。再加上奈绪美的英语发音，就如哈里森小姐所讲的非常地道。毕竟她的牙齿排列整齐，又有音乐素养，光听她的声音确实很动听，感觉应该挺会讲英语的，我们根本就望尘莫及。哈里森小姐大概就是被奈绪美的声音所迷惑，所以才轻易地败给她了。要说哈里森小姐有多爱奈绪美，看她的房间就知道了。她的化妆台镜子周围竟然挂满了奈绪美的照片。

我内心对她的见解和教学方法极其不满，但同时对一个西洋人那么偏袒奈绪美，说她是聪明女孩，又正中我怀，所以就像自己被夸了一样难掩喜悦之情。不仅如此，原来我——不，不只是我，日本人大体上都如此——走到西洋人面前非常胆怯，没有勇气清楚地陈述自己的意见，所以听着她用带有奇异语调的日语光明正大、滔滔不绝地说出自己的意见，最终我没有说出我自己的想法。心里想，你若是这种意见，那我也有我的做法，不足的地方在家补习就好了。

“是的，您说的的确也有道理。既然这样我也就放心了。”

说着这类话，脸上流露出暧昧的、献媚的假笑，不得什么要领，无精打采地回家了。

“让治君，哈里森小姐，她怎么说？”

当天晚上奈绪美就问我。听她的口气完全是恃哈里森小姐的宠而骄，根本没有放在眼里的样子。

“她说你学得很好，但是西洋人不了解日本人的心理。只要发音好，能流畅地读就可以，这种想法是错误的。你记忆力的确很好，所以背诵什么的很擅长，但是让你翻译，没有一个句子是完整的。那不就成了鹦鹉，再怎么学也没有用。”

这是我第一次说她。她仗着哈里森小姐的宠爱，宛如说“你瞧瞧”一般得意地耸耸鼻子的样子刺激了我。主要是因为这样下去对于能否成为“出色的女人”，心里一点儿没底。即使不考虑英语，连语法都理解不了的智力，未来可怎么办呢？令人担忧不已。男孩在中学学习几何呀代数呀是为了什么？这些知识不是为了实用，而是为了锻炼缜密的思维和磨炼脑力。女孩嘛，以前确实不需要具有剖析能力的大脑。可是，今后的女子可不能这样。况且想要成为“不逊色于西洋人的”“优秀的”女子的她，没有综合能力、分析能力实在叫人心中不安。

我多少变得有点固执，以前只进行半小时的复习，之后就变成了每天教她日翻英和语法一小时或一小时半以上。其间绝对不允许她产生半分玩兴，一旦发现就严厉地斥责。奈绪美最缺的是理解能力，所以我故意使坏，不教她细微的地方，只是告诉一些提示，剩下的让她自己想。比如学了语法的被动句式，就给她出相关的应用题。

“来，你把这句译成英语试试。”

我又接着道：

“只要明白刚才读的地方，这句你不可能不会的。”

然后，就一直静静地等她给出答案。如果答案错了，也不告诉她错在哪里。

“你看你，还是没有搞懂嘛。重新读一下语法。”

还做不出来的话，不管是几遍都退回去。

“小奈绪美，这么简单的都不会，怎么办啊？你都几岁了……同一个地方改了好几次，还没搞明白，你脑袋到底搁哪儿了？哈里森小姐说你聪明，可我一点儿也不那么认为。这都不会，你到了学校就是差生啊！”

我一不小心投入过头，嗓门也大了起来。奈绪美则鼓起腮帮闷着头，最后经常是抽抽搭搭地哭起来。

平时两个人的关系非常好，她一笑我也笑，不曾有过争执，都觉得世上怎会有这么和睦的一对男女，可是一到复习英语时两个人都感到沉闷、压抑。没有哪一天是我不生气她也不噘嘴的。刚才还好好的，突然就严肃起来，甚至用包含敌意的眼神互相对峙。实际上，一到这个时候我就忘掉了想要把她培养成优秀的人的初衷，看她这么不争气，心里焦虑不安，由衷地觉得她太可恨了。如果对方是男孩，我备不住借着火气给他吃一拳。虽不至此，也总是对她吼："笨蛋!"有一次还用拳头"砰"地敲了她的额头。如此一来，她就愈加地拧起来，知道的题也不作答，饮泣吞声，沉默得像块石头。一旦执拗起来，奈绪美倔得很，让我难以应付，最后低头的是我，事情就不了了之了。曾经发生过这样的事情。在"doing"和"going"等现在分词前一定要加上表示"有"的意思的"to be"，可是怎么教她也不会，总犯"I going""He making"这样的错误。我气得直吼她"笨蛋!"费尽唇舌详细地讲解了一番，然后让她说出"going"在过去、未来、未来完成、过去完成等各个时态，令人吃惊的是，她还是不明白，一会儿是"He will going"，一会儿是"I had going"，我不由得火冒三丈。

"笨蛋！你到底多笨啊！绝对不会有'will going''had going'的说法，我说了几遍？怎么还不明白？不明白的话，复习到学会为止！学不会的话，今晚就别想睡觉了!"

我狠狠地甩了铅笔，把练习本推到了奈绪美的前面。奈绪美紧咬着嘴唇，脸色刷白，向上翻着眼，用锐利的眼神目不转睛地盯着我的眉宇间。突然她一把抓住练习本，“刺啦”把它撕碎，“啪”一下丢到地板上，瞪着可怕的眼睛盯着我，好像要在我的脸上盯出个洞一样。

我一瞬间被她像猛兽一样的气势压倒，愣住了。过了一会儿才说道：

“你在干什么！”

“你想造反吗？你觉得学问什么的无所谓吗？会拼命学习的，一定会成为优秀的女人，这些话都是哪个讲的？撕破练习本，到底是啥意思？你，快道歉！不道歉绝不原谅你！干脆滚出这个家！”

但是奈绪美还是一直沉默着，脸色苍白，嘴角浮现出一种好像要哭的微笑。

“好！不道歉是吧？那也行，立刻滚出去！你倒是快滚啊！”

我觉得这也不足以吓唬她，所以“噌”地站起来，迅速地捡起两三件她脱在那儿的衣服用包袱布包了起来。又跑到二楼拿了钱夹，从里面取出两张10日元纸币，递给了她。

“拿着，小奈绪美，包袱里装着日常用品。你拿着这个今晚就回你浅草的家吧。这20日元给你，虽然少，就当是这几天的零花钱吧。行李明天给你送过去。咦？小奈绪美，怎么了？为什么不说话？”

这样一来，虽然很固执不听话，但她毕竟是孩子。看我气势汹汹，奈绪美好像有点胆怯了，后悔了似的故意低下头，蜷缩在那里。

“虽然你也倔，但我也是，一旦说出口就绝不会不了了之。觉得自己错了，就道歉。不想道歉，那就回去吧……你选哪个？快点。要道歉吗？还是回浅草的家？”

她就摇着头表示“不”。

“那，不想回去？”

这下她点着头，好像在说“嗯”。

“那，想道歉？”

“嗯。”

她又点起了头。

“好，那我原谅你！那你跪下，好好道歉吧。”

奈绪美无可奈何地把手支在桌子上，不过透出一股瞧不起人的神态，慵懒地、头朝着侧面鞠了躬。这种傲慢的、任性的性格，是不是之前就有，还是我惯出来的，不太明了。不过，随着时间的流逝，这倾向可是越来越强烈了。非也，其实不是增强了，而是十五六岁的时候，当它是小孩子的任性没有放在心上，大了以后也没有改变，逐渐变得让我难以驾驭了而已。以前磨人的时候，我一责骂她就乖乖听话了，可是最近一有不如意就立马绷着个脸。这时若是抽抽搭搭地哭起来倒还有点可爱，可是有时我再怎么严厉责骂她，她都不掉一滴眼泪，有时装糊涂，有时用那种锐利的眼神就像是盯着猎物一般直直地瞪着我，可恶极了。如果世界上真有所谓“动物电”这样一个东西，我想奈绪美的眼神中可是包含了很多动物电。因为她的眼神都不像女孩子的眼神，炯炯有神、犀利，还有一种深不可测的魅力。有时被她瞪上一眼，就让我战栗不已。

七

当时，在我的心中失望和爱慕这两种互相矛盾的感情纠结不清。自己的选择错了，奈绪美没有像自己所期待的那样聪慧——再怎么偏袒，事实就摆在你的眼前，无法否认。我终于明白了他日让她成为出色的女子，终究只是愿望，到如今已是不可能了。出身不好就是没有办法，千束町的女孩还是适合做酒吧的女服务员，即使接受了不符合身份的教育，也无济于事。这种念头萦绕在脑海里。可是，虽然死了心，但同时强烈地被她的肉体所吸引。是的，我使用了“肉体”这个字眼，因为那是她的皮肤、牙齿、嘴唇、头发、瞳孔等所有姿态的美丽，绝不是精神层面上。就是说，她的脑力背叛了我的期待，而她在肉体上发育得像所期待的那样美丽，不，是超出了我的期待。“愚蠢的女人”“不可救药的女人”，越这么想越被她的美丽所诱惑。对我而言这简直是不幸！我逐渐忘记了“要培养她”的单纯的想法，相反被她牵着走，等我察觉到的时候，已经是无法自拔了。

“世上的事十有八九不如意。自己对奈绪美进行培养，想让她精神和肉体上都美丽。精神上虽然失败了，肉体上不是成功了吗？没想到她会变得这么美丽。如此看来这种成功不是足以抵消其他失败吗？”

我牵强地想着，说服自己就此满足。

“让治君这几天复习英语时，不怎么‘笨蛋’‘笨蛋’地骂我了嘛！”

奈绪美早早地发现了我心情的变化，说道。做学问虽然笨，但是看我的脸色她可是敏锐得很。

“是啊，说过了你就会倔起来，效果也不好，所以决定改变策略！”

“哼。”

她冷笑着，说道：

“那是，一口一个‘笨蛋’，骂成那样，我才不会听话呢。我呀，其实呢，问题大致都会，只是为了为难让治君，装着不会的呢。让治君你居然没有看出来？”

“哦，真的吗？”

我明知道奈绪美只是虚张声势、嘴硬而已，但还是故意地装出了吃惊的样子。

“当然啦，那样的题谁不会啊！你还当真认为我不会，傻的是你，让治君！每当让治君生气发火，我都要笑死了！”

“好家伙！敢情你耍了我呀！”

“怎么样？我比你聪明吧？”

“嗯，是你聪明，我都比不过你啊！”

一听这话，她就得意洋洋地、捧腹笑了起来。

诸位读者，请不要笑话我突然在这里讲一个奇妙的故事。记得我上中学的时候，曾学过安东尼与克莉奥佩特拉的故事。众所周知，安东尼在尼罗河迎战屋大维，随安东尼前来的克莉奥佩特拉一看己方已处劣势，立刻掉转船头逃了回去。而安东尼发现薄情的女王弃他而去，在危急存亡的紧要关头，竟然不顾战争追逐她而去。

“同学们，”历史老师当时这样说道，“这个叫安东尼的男子追着女人屁股跑，结果赔掉了性命。史上没有像他这样丢丑丢到家的，成了绝无仅有的笑料。英雄豪杰，哎呀，竟到这份上……”

老师的说法太搞笑了，大家望着老师的脸，“轰”的一下笑了起来。当然我也是笑的那一个。重要的是下面这一点：当时我觉得不可思议，安东尼这家伙为啥沉迷于如此薄情的女人？不，不只是他。就在他之前，尤利乌斯·恺撒这等豪杰，也因为克莉奥佩特拉而丢了脸面。这种例子此外还有很多。查查德川时代的家族内讧、诸侯的兴衰史，其背后总是会有女人的谋略。要说这些所谓的谋略，是不是非常阴险、巧妙，让人很容易上当受骗，并非如此。克莉奥佩特拉再怎么聪明，我想不会比恺撒、安东尼等更聪明吧？即便不是英雄，女人是不是真心，是不是在说谎，只要稍微留心一点还是能洞察到的。但是明知道自己会死还是上当，简直窝囊透顶。若这是事实，英雄也不过如此嘛！心里想着，就认同了老师的评价：马克·安东尼就是“绝无仅有的笑料”，“史上没有像他这样丢丑丢到家的”。

现在，我有时也会想起当时老师的评价，想起和大家一起咯咯笑的自己。每每想起，就深深觉得如今的我已然没有嘲笑他的资格。因为，我明白了罗马的英雄为什么变成了蠢蛋，安东尼这个人为什么轻易地着了克莉奥佩特拉的道。我不仅能完全理解他的这种心境，对此也深表同情。

世上常说“女人骗男人”，可是从我自身的经验来看，绝不是一开始就“骗”，而是男人喜欢主动“受骗”。男人一旦迷上了一个女子，她说的话不管是谎言还是真话，在男人听起来都是那么悦耳动听。她要是偶尔假装哭着投怀送抱，男人大度地以就像是哄小孩一样的心态，故意装着不知道：

“噢，这家伙，她这是想要骗我呀！不过，你真是个可笑的家伙，可爱的家伙！你的心思我了然于心，不过难为你装出来，就上你一次当吧！好好，多骗骗我……”

所以我说男人绝没有被骗，而是在心中窃笑，是我在骗着女人你呢！

要说证据，我和奈绪美就是这样的。

“我比让治君更聪明，对吧？”

奈绪美觉得真的骗住了我。而我把自己当成傻瓜，装出上当的样子。对我来讲，与其揭穿她浅薄的谎言，还不如让她得意一下，更喜欢看她高兴的样子。而且，我还找到了使自己满足的理由。即便奈绪美不那么聪明，但是让她拥有自己是聪明的这种自信，那不是很好吗？日本女人最大的缺点就是没有自信。所以与西洋人比起来，她们看起来畏畏缩缩。近代美人的资格，不是长相而是焕发才气的表情和态度。纵令不算是自信，只是自恋也可以，“我很聪明”“我是美人”这种心态会使她成为美人。这就是我的想法，所以不仅没有劝诫她爱耍小聪明的毛病，反而给她煽风点火，愉快地上她的当，引导她愈来愈自信。

举个例子，当时我和奈绪美经常玩军棋或扑克，如果认真玩，当然是我赢。但是，总是想办法让她赢，逐渐地她就认为“比赛是她更厉害”。

“来，让治君，我要杀你一局。”

她一脸瞧不起的样子，向我发起了挑战。

“哼，那打一局翻盘？瞧你，要是认真下怎会输给你？只是觉得你是个小孩，所以不知不觉疏忽大意了。”

“算了吧，等你赢了再说大话吧。”

“好！这把一定赢你！”

说归说，我还是打得很烂，故意输给她。

“怎么样？让治君，输给孩子是不是很懊恼？已经不行了吧？怎么着也赢不过我！哎，怎么说呢，都三十一岁的大男人了，玩个牌还输给十八岁的孩子，你根本就是不会下嘛！”

“比起岁数，还是要有智力。”“自己才是笨蛋，所以有什么好懊悔的？”她愈加得意忘形，“哼”一声，神气十足地嘲笑着。

不过，让人害怕的是之后的结果。开始我是在讨好奈绪美，至少我自己是这么想的。习惯成自然后，奈绪美真的变得拥有自信了，这下我再怎么认真，总还是赢不了她。

人与人之间的比赛不单单是靠理智，“气势”也非常重要，换句话来讲就是动物电，若是赌局则更是如此。奈绪美一旦要与我决战，一开始就全神贯注，以强劲的势头杀了过来，所以我就逐渐被压制，错失机会。

“什么都不带不好玩，要不我们下个注？”

尝到甜头的奈绪美，后来不赌钱就不玩了。而且越赌，我输的钱越多。奈绪美身无分文，却自己随便下赌注，十分啦二十分啦，轻而易举地、尽情地赚取零花钱。

“啊，有30日元就可以买那件衣服了……打扑克赢吧。”

说着，向我发出挑战。偶尔也会输，但是她还会有另外的方法。实在想要那一笔钱时，她就会想尽办法，不赢绝不罢休。

奈绪美常用的“方法”就是，打牌时基本上会穿宽松的睡袍。一旦形势不利，就故意地改变坐姿，一会儿把领子扯下来，一会儿把腿伸出来。这样也不行，她就靠过来用脸颊蹭着我的膝盖，或者捏着我的嘴角抖一抖，反正是用尽了各种迷惑手段。我实在是敌不过她的这些“手段”。尤其是她一使用最后的手段——这不便写出来——我的大脑也就迷糊起来，眼前晕乎乎的，输赢什么的完全被抛到脑后去了。

“你太狡猾了，小奈绪美，你不能这样做……”

“哪儿狡猾了？这也是一种法子啊！”

神志不清的我，周围看起来都朦朦胧胧的。随着她的声音，我只依稀看见满面娇媚的奈绪美的脸，那张浮现着奇妙的笑的脸……

“狡猾，太狡猾了！玩扑克哪有这种玩法啊？”

“哼，怎会没有呢？男人与女人之间玩输赢，那是肯定要用魔法的啦！我在别处看过。以前小的时候，在家看姐姐和男人玩花纸牌，姐姐就用各种魔法。扑克跟花纸牌不是一回事吗？”

我在想，安东尼被克莉奥佩特拉征服，也是如此这般地逐渐失去了抵抗力，被笼络的吧。让自己爱的女人拥有自信是好事，没想到自己却失去了自信。这样一来，很难再战胜女人的优越感，会带来意想不到的祸端。

八

那是奈绪美十八岁那一年的秋天，还是很热的九月初的某个傍晚。那一天，公司里的工作比较清闲，所以我就提前一个小时下班，回到了在大森的家。意外发现，在刚进门的院子里站着一个不曾见过的少年，正在与奈绪美说着话。

少年和奈绪美差不多岁数，大也大不了几岁，顶多也就十九岁光景。他穿着白底碎黑纹的单衣，戴着美国佬喜欢的、带花哨丝带的草帽，说话时用拐杖敲打着自己木屐的前端。这男孩有着发红的脸，浓眉，长相还可以，但满脸长着青春痘。奈绪美蹲在少年的脚旁边，花坛挡着她，看不太清楚她是什么样子，只能透过百日草、草夹竹桃、红艳蕉的花依稀看到她的侧脸和头发。男子看到我，拿起帽子冲我微微点了下头，回头对奈绪美说：

“那，再见。”

说完，他就大步流星地朝门口走去。

“嗯，再见。”

奈绪美也站了起来。男子没有停下来，只是背对着她说了句“再见”。走过我的面前时，好像是遮着脸一样，手放在了帽檐上。

“谁啊？那个男的？”

与其说是嫉妒，不如说只是出于好奇心，感觉“刚才那画面太不可思议了”。

“他？他是我的朋友，叫滨田……”

“什么时候交的朋友？”

“老早开始。他也在芝伊皿子学声乐呢。虽然脸上都是痘子，难看得很，但是他唱歌唱得很棒！是男中音！上一次的音乐会上我们一起唱了四重唱。”

听她讲人家长相的坏话，顿感有点多此一举，心里一下起了疑心，盯着她的眼睛看了一会儿，但是奈绪美心平气和，态度与平时没有任何不同。

“常来玩吗？”

“没有，今天第一次呢，说是到了附近，过来看看。说是要开社交舞俱乐部，过来邀请我务必参加！”

我虽然多少不愉快，但是也觉得奈绪美没有说谎，那少年不过是来说这件事的。他和奈绪美在我可能回来的时间，在院子里说话，这一点就足够消除我的疑心。

“所以呢？你说了去跳舞？”

“我说考虑一下，不过……”

奈绪美突然用肉麻的声音接着说：

“喂，我去不行吗？嗯，让我去吧！让治君也参加俱乐部一起学，不好吗？”

“我也能参加俱乐部吗？”

“是啊，谁都能参加啊！是芝伊皿子的杉崎老师的一个俄罗斯朋友教跳舞。据说是从西伯利亚逃亡过来的，看她没钱为难，为了帮她才办了个俱乐部。所以学生越多越好啊！喂，让我去呗。”

“你是没问题，我能学会吗？”

“不用担心，一下子就学会的。”

“但是，我没有音乐舞蹈的底子啊。”

“这个嘛，学着学着就会了啊！喂，让治君你不学不行！我一个人学会了也不能去跳舞啊。以后学会了，两个人一起去跳舞怎么样？每天都待在家里，无聊得很。”

我已经隐隐觉察到奈绪美最近好像厌倦了这样的生活。仔细算来，我们在大森租房居住已经有四年了。这期间我们除了暑假，就基本上窝在“童话故事里的家”中，与外界断了交往，成天就两个人面对面，虽然想办法玩各种“游戏”，但难免会感到无聊。何况奈绪美是一个没长性的人，什么游戏刚开始都非常投入，但绝对不会长久。她一点儿也静不下来，总是要做点什么。所以，当她觉得扑克也不好玩，军棋也不好玩，无声电影演员的模仿秀也不好玩时，只好回过头来重新摆弄有段时间不管不顾的花坛。认真地翻土、播种、浇水，但也不过是一时的消遣而已。

“啊啊，好无聊啊，有没有什么有趣的事啊？”

扔掉靠在沙发上刚刚读的小说，她打了个大大的哈欠。看着她这样，我也在内心寻思，有没有好方法给这种单调的二人生活带来一些变化？学跳舞，这个提议正好出现在我正愁怎么办的时候，因此我想，这提议也不错啊！奈绪美已经不是三年前的奈绪美了，不能与去镰仓那个时候同日而语了，如果盛装打扮一下进入社交界，恐怕在大多数女人面前也不会逊色的吧。想想就让我产生难以言表的自豪感。

前面也提过，我从学生时代开始就没有特别亲密的朋友，一直到现在也尽量避开没有必要的交际，但是并不是讨厌融入社交界。乡下人一个，不擅说奉承话，与人之间的交往自认很笨拙，所以也比较内向。但正因为如此，反而更加仰慕华丽的社会。娶奈绪美为妻，原本也是为了把她培养成非常漂亮的夫人，每天带着她去很多地方，让社会上的人看看。因为想听他们在社交场合夸我“你太太真出众啊！”这种野心作祟，所以也不会一直把她关在“小鸟笼子”里。

据奈绪美讲，那俄罗斯舞蹈老师叫阿莱基山德勒·舒莱慕斯卡耶，是一位伯爵夫人。其丈夫因革命骚乱而不知所终，两个孩子也不知道现在何处，只身一人逃亡到日本，生活困窘，因此决定开设舞蹈班。奈绪美的音乐老师杉崎春枝女士为了她组织了一个俱乐部，干事就是那个叫滨田的，庆应大学的学生。

练习舞蹈的会场在三田圣坂的一家叫吉村的西洋乐器店的二楼。夫人每周来两次，是在周一和周五。会员在下午四点到七点之间，选自己方便的时间到会场学习一个小时。学费一个人一个月 20 日元，须提前一个月支付。如果我和奈绪美两个人去学的话，一个月需支付 40 日元，虽说老师是位西洋人，心里还是觉得太贵了。但是奈绪美却说，西洋交谊舞与日本舞一样，都是奢侈的东西，所以收这么多学费也是应该的。况且即便不怎么练，灵巧的人的话一个月左右，不太灵巧的人也就三个月左右就会学会的，所以贵也贵不到哪里去。

“首先那个什么，不帮一帮舒莱慕斯卡耶吗？太可怜了。曾经的伯爵夫人一下没落成这样，不可怜吗？听滨田君讲，她跳舞跳得很棒。不仅是交谊舞，如果有需求也可以教舞台舞。就舞蹈来讲，日本艺人的舞蹈太粗俗，不好！跟她那样的人学才最好呢！”

她就这样频频偏袒未曾谋面的那位夫人，说得像是一个舞蹈行家一样。

就这样我和奈绪美决定入会，在每周一和周五，奈绪美是上过音乐课之后，我呢，下班后直接从公司出发，六点之前赶到在圣坂的乐器店。第一次去的时候，奈绪美在田町站等我，然后一起去。那家乐器店在坡道一半左右的地段，是一个门面比较窄的小小的店。走进店里，狭窄的空间里摆满了各种乐器，如钢琴、风琴、留声机等。而在二楼舞蹈课已经开始了，能听见嘈杂的脚步声和留声机的音乐音。楼梯口站着五六个像是庆应的学生一样的人，盯着我和奈绪美看，让我感觉很不舒服。

这时，有人亲昵地大声叫了一声：

“奈绪美小姐。”

一看是刚刚那些学生当中的一个，他腋下夹着的是曼陀林吧，形状扁平，长得有点像日本的月琴，他一边调着它的音，一边拨弄着金属的弦发出叮咚的声音。

“你好啊！”

奈绪美用不像女生的、学生式的口吻应道。

“怎么了小麻？你不学舞蹈吗？”

“我才不要呢。”

被称为小麻的男生哧哧笑着，一边把曼陀林放在架子上一边说道：

“那种东西，我绝对不干！你想想学费一个月20日元啊，贵死了！”

“刚开始学嘛，那没有办法!”

“我呀，等大家学会了，我就逮住他们跟他们学！跳舞嘛，这样就足够了。怎样，聪明吗?”

“你好狡猾，小麻！你太有心机了。唉，阿滨在二楼?”

“嗯，在，你去看看。”

这家乐器店好像是附近学生的“聚会场所”，奈绪美看似也经常来，店员好像都认识她。“小奈绪美，刚才在下面的那些学生是谁啊?”

我一边在她的带领下上着楼，一边问道。

“他们啊，是庆应大学曼陀林社团的学生，说话虽然粗鲁，但不是坏人。”

“都是你的朋友吗?”

“算不上是朋友，不过到这儿买东西时经常见到他们，也就认识了。”

“跳舞是和他们那帮家伙?”

“谁说的，不会吧? 应该是比学生年纪大的人多一些吧? 去看看就知道了。”

走上二楼，走廊的第一间就是练习场地，嘴上喊着“一、二、三”用脚踩点子的五六个身影一下子映入了我的眼帘。这是把两间房间打通的、榻榻米上铺着地板以便穿着鞋也可以进入的场地。可能是为了滑步方便，那个叫滨田的男子在跑来跑去地往地板上撒着细细的粉。季节还是白天长的夏天，拉门全是敞开的，夕阳从西边的窗户照射进来，刺得晃眼。后背受着泛红的阳光，穿着乔其纱上衣和蓝色斜纹裙子，站在两个房间之间的隔断处的毋庸置疑就是舒莱慕斯卡耶。从有两个孩子这一点判断，实际年龄应该有三十五六了吧？可是她看来也不过三十岁左右，她那紧致的脸的确像是具有贵族血统一般，含着威严，可能是因为多少让人感到可怕的那带点苍白的透明血色的缘故吧。但是看到凛然的表情、潇洒的着装、在胸前和手指上耀眼的宝石，怎么也不像是生活困顿的人。

夫人手持鞭子，稍稍严肃地皱起眉头，盯着正在练舞的人的舞步，嘴上不断喊着“一、二、三”。俄罗斯人说的英语，“three”成了“tree”。声音不大，但带着命令的口吻。练舞人排着队，随着她的口令，踩着不太熟悉的舞步一会儿往前一会儿往后，这情景像一个女军官正在训练士兵，让我想起曾经在浅草金龙馆看过的舞台剧《女兵出征记》。练舞人当中有三个穿着西装的年轻男子，看起来不是学生，还有两个人，看起来像是刚从女子学校毕业的，可能是某家的千金吧，穿着很朴素。她们穿着和服裙裤，和男子努力学着舞步，很认真的样子，给人的印象也不坏。一旦有人踩错了舞步，夫人就严厉叱责“错了！”并立刻跑到其身边示范一下。如果因为记不住而频频出错的话，她就嘴上喊着“不对”，用鞭子“啪”一下抽打地板，有时不管男女毫不客气地打腿。

“真是很认真地教呢！就应该这样教。”

“是啊。舒莱慕斯卡耶老师可认真了！日本老师就不会那样。西洋人，即便是夫人，也是有模有样的，让人心情舒畅。还有，上课时不管是一个小时还是两个小时，她都一点儿都不休息。我想这么热的天也不容易，给她一些冰激凌，她都不要，她说上课的时候什么都不需要。”

“是吗？那这样也看不出她有倦色嘛。”

“西方人身体好，和我们不一样。不过想想也怪可怜的。原本是伯爵夫人，生活得无忧无虑，就因为革命闹得落魄到现在这个样子。”

作为等候区使用的第二个房间的沙发上坐着两位夫人。她们观摩着其他人练习，看似很佩服的样子聊着天。一位是二十五六岁的、薄嘴唇大嘴巴、眼睛有点突出的圆脸的夫人。头发没有分缝，从额头发际往上逐渐蓬了起来，就像是刺猬的臀部。燕尾髻上插着大大的玳瑁簪子，古埃及动植物纹样的盐濑绢丸带扣着翡翠的带扣。对舒莱慕斯卡耶的遭遇表示同情，频频夸奖的就是这位夫人。随声附和的是另外一位夫人，可能快到四十了吧，脸上的浓妆因为汗水而变得斑驳，有一些细细的皱纹，露出了粗糙的皮肤。不知是故意的还是天生的，梳着西式发髻的红头发蓬松地卷曲着，瘦瘦的细高挑儿的身材，穿着打扮虽然华丽，但看起来是护士出身的面孔。

围着这两位夫人，还有几个人在恭恭敬敬地等待着按序上场，其中还有已经学过的人各自组成一队在练习场地一隅跳着舞。干事滨田也不知是不是夫人的代理，还是自己装模作样，有时陪着这些人练习舞步，有时替换着留声机的唱片，一个人忙得不亦乐乎。女人暂且不论，到底是啥样的男人会来学跳舞呢？不可思议的是，穿着比较时尚的也就滨田一个人，其他人大多数像是拿着低薪的公司职员，穿着土气的藏青色的三件套西装，也不像是有眼力见儿的人，岁数看起来都比我小，看似三十多岁的绅士只有一个人。他穿着燕尾服，戴着金框的厚厚的眼镜，留着过时的、长长的八字胡，像是学得最不好，有好几次被夫人臭骂“不对！”挨了鞭子。但每次他都哧哧傻笑着，重新练习“一、二、三”。

这么一个男子，岁数也不小了，为什么要来学习跳舞呢？不过，想想我不也是和他差不多吗？不曾出席过盛大场面的我，一想到要在这些夫人面前被那个西方人臭骂，虽然只是陪着奈绪美来的，但是不知为何，看着看着就冒出了冷汗，非常害怕轮到自己。

“你好，欢迎！”

滨田连着跳了两三场，用手帕擦着满是痘子的额头上的汗，走了过来。

“那个，上次失礼了！”

他颇有点儿小得意地重新和我寒暄了一下，然后朝着奈绪美说道：

“这么热的天，谢谢你能过来。喂，不好意思，你带扇子了吗？借我用一下。唉，这助手的工作啊，一点儿都不轻松啊！”

奈绪美从和服带子里掏出扇子递给了他。

“不过滨田你还挺厉害的，有做助手的资格啊。什么时候开始练的啊？”

“我吗？我已经练了半年了呢。不过你很聪明，一下子就会学会的。社交舞是男的领舞，女的嘛，跟着跳就行了。”

“请问，这里的男的都是些什么人啊？”

我一问，滨田改用认真的语气答道：

“这些人大多数是东洋石油株式会社的职员。杉崎老师的亲戚是这家公司的董事，据说是他介绍的。”

东洋石油的职员和社交舞！心想真是一个奇妙的组合。我又接着问道：

“那，坐在那里的留胡子的绅士也是职员吗？”

“不，不是。那位是德戈特尔。”

“德戈特尔？”

“是的，是那家公司的卫生顾问。都说没有比跳舞更好的运动，所以他是为了运动来学跳舞的。”

“是吗？阿滨。”

奈绪美插嘴道。

“有那么大的运动量吗？”

“是的，当然了。跳舞的话，即使是冬天也会出很多的汗，衬衫也会湿透的，作为运动当然好了。况且你看舒莱慕斯卡耶夫人教的时候强度很大。”

“那位夫人会日语吗？”

我之所以这么问，是因为一开始就非常关心这一点。

“不，日语几乎不会，基本上用英语。”

“英语呀……会话的话，我不太擅长……”

“没什么，大家都一样。舒莱慕斯卡耶夫人的英语也挺糟糕的，比我们还差，所以不要担心。再说练跳舞根本不需要语言，喊着一、二、三，然后就是肢体语言了……”

“咦，奈绪美小姐，什么时候来的？”

和她打招呼的就是戴着玳瑁簪子、突眼珠的那位夫人。

“啊，老师，喂，是杉崎老师。”

奈绪美说着就拉着我的手走到了那位夫人坐着的沙发那边。

“老师，我来介绍一下，河合让治。”

“啊，是吗？”

杉崎女士一看奈绪美红着脸，不用问就明白了似的站了起来，点着头说道：

“初次见面，我是杉崎。欢迎你来。奈绪美小姐，把那椅子搬过来。”

然后又冲着我说道：

“来，请坐。一会就该到你了，不过一直站着会累的。”

“……”

我不记得自己是怎么回应的了，大概是在嘴里嘀咕了几句。我最不擅长面对使用郑重其事的语言的妇女。而且，我不知道她是如何理解我和奈绪美的关系的，也忘记问奈绪美到底透漏了多少，所以更加不知所措。

“我来给您介绍一下。”

女士一点都没有介意我的扭扭捏捏的样子，指着刚才头发卷曲着的夫人，说道：

“这位是横滨的詹姆斯·布朗先生的夫人。这位是在大井町的电气公司上班的河合让治先生。”

原来这位是外国人的太太啊。如此看来，护士更像是洋人情人的类型。想着我就愈加紧张起来，只是一味地鞠着躬。

“您，冒昧问一下，您是第一次练习跳舞吗？”

那卷毛立刻对着我说道，不过她的“第一次”的英语发音非常装腔作势，又说得很快，所以我“啊”了一声就张口结舌了。

“是的，是第一次。”

杉崎女士在旁边救了场。

“哦，是吗？不过，那什么，虽然枕们要比蕾蒂丝莫莫底费卡尔特①，不过一旦开始肯定那什么。”

“莫莫”到底是指什么，我没有听懂，不过仔细听听，是“more more”。“Gentlemen”说成“枕们”，“little”说成“利露露”，用这种发音说的话中都夹杂着英语。说日语时也带着一种奇特的音调，三句里肯定插一次“那什么”，就像油纸着了火一般喋喋不休。

接着她又说到了舒莱慕斯卡耶夫人、舞蹈、英语、音乐等，又说起贝多芬的奏鸣曲如何如何，第三交响曲如何如何，某某公司的唱片比某某公司好或者不好啦，等等。我完全垂头丧气，沉默不语，她就又和女士吧啦吧啦聊了起来。从她们的谈话猜测，这位布朗夫人好像是跟杉崎女士学钢琴。在这种场合，我又不会找个时机说声“不好意思”离开，内心叹息着被这个话匣子夫人扯住的不幸，无可奈何地做了她的听众。

终于，以留胡子的德戈特尔为首的石油公司一伙的练习结束了。女士就带着我和奈绪美来到舒莱慕斯卡耶夫人面前，先

① “蕾蒂丝”指英文“Ladies”，“底费卡尔特”指英文“difficult”。

介绍了奈绪美，然后介绍了我，这可能是遵从女士优先的西方做法吧，而且她的英语特别流利。介绍时女士好像用了“Miss河合”，我非常期待，想看看奈绪美如何应对西方人。平时非常自负的她一站到夫人面前还是非常惊慌失措，当夫人说着一两句话，威严的眼角泛着微笑，向她伸出手时，奈绪美通红着脸一言不发地默默握了握夫人的手。而我则更是惊慌无措，说实话，我根本无法仰视那苍白如雕刻般的面庞。我低着头，默默地回握了一下夫人那有钻石的细小颗粒在闪耀着的手。

九

我自己虽然是乡巴佬一个，但是喜欢时尚，不管什么事都模仿西方风格，这一点各位读者已经了解了吧。如果有足够的钱可以随心所欲，我或许会到西方国家生活，会娶一个西洋人为妻。不过，因为情况不允许，所以才会娶日本人中有点像西洋人的奈绪美。当然还有一点，即便我有钱，但对自己的仪表没有信心。毕竟个子只有157.6厘米，肤色黑，牙齿长得也不好看，要娶一个堂堂体格的西洋人为妻，太没有自知之明了。日本人还是找日本人好，像奈绪美这样的最对我的心思了。我就这样安慰着自己，满足于现状。

虽然如此，但可以接近白人的女性，对我来讲是一种幸福，不，应该说是荣幸。说真的，我不擅长交际，英语也不好，心想和外国人接触的机会此生都不会有，只能通过偶尔观看外国人的歌剧表演，或者看无声电影里的女演员，憧憬着她们的美丽。没承想学习跳舞竟然能有和西洋女人——又是伯爵夫人——接近的机会。我有幸与哈里森小姐那样的老女人之外的西洋妇女握手，这种“荣幸”可是我有生以来的第一次。以至于当看到舒莱慕斯卡耶夫人伸过来的“白皙的手”，心中不禁悸动，犹豫了一下该不该握住她的手。

奈绪美的手很柔软，皮肤有光泽，手指细细长长的，也算得上是优雅。可是，夫人的那双“白皙的手”不像奈绪美的手那样过于纤细，手掌的肉厚厚的，手指虽然柔软、纤细，但没有柔弱、单薄的感觉，是一双“胖”而“美丽”的手，这是我当时的感受。手指上戴着像眼珠一样闪闪发亮的大大的戒指，如果是日本人戴肯定会讨人嫌，可是在她手上，不仅使她的手指看起来更漂亮，还增添了高尚的品质及奢华的意味。与奈绪美的手相比，尤其显著的差异是肤色不同寻常的白皙。白皙的皮肤下，紫色的血管就像是大理石的花纹，给人以凄美的感觉。之前，我经常把玩着奈绪美的手，夸奖她：

“你的手真漂亮，就像是西洋人的手一样白啊。”

可是，看了夫人的手，我就很遗憾地明白我错了。奈绪美的手，白是白，但不是那种通透的白，有了对比，感觉奈绪美的手反而有点紫黑的感觉。另外一个引起我的注意的是夫人的指甲。十根手指的指甲就像是搜集了同样大小的贝壳一样，都很鲜亮，呈粉红色。可能是西方的做法吧，指甲剪成了尖尖的三角形。

前面也提到过，奈绪美比我矮三厘米左右，而夫人在西方人当中也算是矮个子吧，即便如此也比我高，又穿着高跟鞋，和我跳舞时，我的脸正对着她的胸部。当夫人第一次说着“跟着我跳!”把手放在我的后背教我一步舞的时候，我特别紧张，尽量避免让我黝黑的脸触碰到她的肌肤。她那光滑、洁净的皮肤，对我来讲能远远观赏就已经足够了。握个手已经觉得够不好意思的了，被她抱着隔着单薄的衣服看着她的胸，觉得自己好像做了不该做的事情。我的气息是否带着口臭？我这双黏糊糊的手是否让她不快？竟想着这些。偶尔她的一丝头发垂落，也使我战栗。不仅如此，夫人身上还带有一丝甘甜的香气。

“那个女的狐臭味，真浓!”

后来我听到过曼陀林俱乐部的学生们说的坏话。也听说西方人有狐臭的比较多，夫人我想也是，所以非常注意，为了消除狐臭肯定是喷了香水。但对我来讲，那狐臭味和香水相混合的、有点酸甜的、微弱的香气，不仅不讨厌，反而有一种难以言表的蛊惑，让我想起未曾去过的大海彼岸的国家，以及美妙如画的异国的花园。

“这就是从夫人白色的皮肤中散发出来的香气啊!”

我心醉神迷，总是贪婪地嗅着。

像我这样笨拙的人，与优雅的交谊舞一点都不相称。虽然说是为了奈绪美，之后一个月又一个月不知疲倦地去练习跳舞，究竟是为哪般？我坦白，确实是因为舒莱慕斯卡耶夫人。每周一和周五的下午，被夫人抱着跳舞。这短短的一个小时，不知从什么时候开始成了我无上的享受。一走到夫人的面前，我就全然忘了奈绪美。这一个小时就像是醇香的烈酒使我沉醉。

“没想到让治君这么热心，我还以为你没几次就会放弃呢。”

“为什么？”

“你不是说过，我能学会跳舞吗？”

每每说到这个话题，不知何故我总觉得对不起奈绪美。

“原来以为学不会呢，不过跳一跳觉得还挺愉快的。再说德戈特尔不是常说吗？跳舞是一项好运动啊。”

“对吧对吧？所以啊，什么事都不要光想着，一定要试一试。”

奈绪美丝毫也没有觉察到我的秘密，说着笑了起来。

到了冬天，我们觉得跳舞练得也差不多了，就跑到了银座的埃尔多拉多咖啡厅。当时东京还没有几家舞厅，除了帝国酒店和花月园，也就这家酒吧才刚刚开始跳舞。酒店和花月园的舞厅主要面向外国人开放，服装礼节等方面要求非常严格，所以我们头一次就先到埃尔多拉多看看。也不知奈绪美从哪里得到的消息，提议“我们去看看吧”，不过我没有在公开场合跳舞的自信。

“真㞞，让治君！”

看我犹豫，奈绪美瞪着我说。

“让治君老说没有信心的话，所以才不行。跳舞这东西，光是练怎么行呢？厚着脸皮跑到人们当中跳，才会熟练起来。”

“你说的也对，不过我没办法厚着脸皮……”

“那算了，我自己去，叫上阿滨或者小麻一起去跳。”

“小麻是上次曼陀林俱乐部的那一个？”

“嗯，是啊。那个人一次都没有练过，却跑到各种地方和什么人都跳，所以现在跳得可好了，比让治君好多了。所以你不厚着点脸皮真是一个损失呢。嗯，去嘛！我陪让治君跳，好不好？嗯，求你了，一起去嘛！乖孩子，乖孩子，让治君真是个听话的乖孩子！”

就这样，最终还是决定去看看。一定下来，接着就“穿什么去”又商量了半天。

“喂，让治君，哪件好？”

在去跳舞四五天前，奈绪美就把所有的衣服拿出来，一件一件地比画着。

“啊，你身上的就很好嘛！”

最后我都觉得烦了，就敷衍道。

“是吗？这件不怪吗？”

说着她在镜子前转了几圈。

“总觉得有点怪。我不想穿这件。”

她一下子把衣服脱了，就像对待纸屑一样踢到一边，又拿起了另外一件试着。可是，总是嫌弃这件也不好那件也不好。

“哎，让治君，给我买身新的吧！”

最后奈绪美对我说。

“去跳舞嘛，一定要特别华丽的衣服才行，这样的和服一点都不起眼。好吗？给我买嘛！反正今后会经常去，没有衣服可怎么行？”

当时我的工资已经招架不住她的奢侈消费了。本来我是在经济方面非常节俭的一个人，一个人生活的时候，定好一个月的零花钱，不管多少，月底总是会存一些钱，所以和奈绪美开始同居的时候手上还是有一些钱的。虽然我沉溺于对奈绪美的爱，但并没有疏忽工作，在公司里还是一个刻苦勤奋的模范职员，所以深得公司上层的器重，工资也逐渐上涨，再加上奖金，一个月平均收入是400日元，所以一般情况下两个人生活在经济上应该是绰绰有余的，但事实上不知为何总是不够。细细算来，每月的生活费少算也要250日元以上，多则需要300日元。其中，房子的租金35日元，原来是20日元的，四年来涨了 15 日元。然后是煤气费、电费、水费、薪炭费、洗衣费等杂费，除却这些支出还有 100 日元到 140 日元左右。那这些钱到底去哪儿了呢？大部分用在了吃上。

这倒也是。奈绪美在少女时代，牛排单品菜就很满足，但是后来不知从何时起她的嘴巴就变得挑剔了起来。一日三餐，每次都会说“想吃这个”“想吃那个”，讲究不符年龄的奢华。况且也不喜欢买来材料自己做，所以基本上都到附近的料理店去。

奈绪美一旦觉得无聊，就会说：

“啊啊，想吃点好吃的。”

以前她只喜欢吃西餐，现在则不尽然，三次就有一次会说“想吃某店的味噌汤”“想吃某家的生鱼片”，真是不知天高地厚。

中午我在公司里吃，所以奈绪美就一个人吃饭，可就是这样一个人用餐，她也会极尽奢侈。下班回到家，经常会在厨房一角发现饭店送菜用的提盒或者是西餐店的食品盒。

“小奈绪美，你又订外卖了！你这么总是点外卖吃，钱会花没的。再说一个女的，总是点餐吃，你不想想多浪费啊！”

即使说她，她也不在意。

“正因为是一个人才点的呀。做菜太麻烦了！”

她故意地跟你怄气，仰坐在沙发上。

她这个态度真让我叫苦不迭。光是点菜还好说，有时连饭都不愿意煮，让料理店送饭过来。一到月底，从鸡肉店、牛肉店、日本料理店、西餐店、寿司店、鳗鱼店、饼干店、水果店等送过来的账单之和多得叫我咋舌，怎么能吃掉这么多钱呢！

餐费之外支出较多的是洗衣费。这是因为奈绪美连双和式袜子也不愿意自己洗，脏衣服全部送到洗衣店的缘故。偶尔说说她，肯定回嘴：

“我不是女用人！”

“洗衣服的话手指会变粗，就不能弹琴了呀！让治君你曾经说我什么？不是说我是你的宝贝吗？要是我手指变粗了怎么办？”

刚开始奈绪美还会帮我做一些家务，洗衣、做菜什么的，不过也就是一年半载吧。脏衣服还好说，最难接受的是家里变得越来越脏乱差了。脱的衣服随处乱放，吃的东西也是随处放着，用完的餐具、喝到一半的茶具、穿脏了的内衣等，总是乱糟糟的。椅子上、桌子上全落满了灰尘，地板更不用提。特意买的印花布窗帘已没有了昔日的光彩，变成了黑褐色，原来颇有气氛的、明亮的“小鸟的笼子”，那个童话世界里的家完全变了个样。一走进屋里，就会有一种刺鼻的气味。有时我实在是受不了了。

“来来，我来打扫一下，你到外面待一会儿。”

说着，又扫又掸。可是越掸越有灰冒出来，乱得想要收拾也无从下手。

实在没有办法，有两三次还请了女用人帮忙，但是她们看了也是目瞪口呆，没有一个人能坚持到第五天的。再说，原本就没有雇女用人的打算，所以家里没有女用人的住处，我们也不能毫不遮掩地卿卿我我，两个人打打闹闹也觉得拘谨。奈绪美一看请了个人，更加偷懒，油瓶倒了也不想扶，一一使唤人家女用人。“你到这家店买这个来。”因为方便，反而比先前更加奢侈。一方面对方也觉得这雇主难以伺候，另一方面我们也觉得雇女用人非常不经济，对我们“游戏”的生活也不方便，最后就决定算了，不雇女用人了。

除去这样一个月的生活用度，还剩 100 到 150 日元左右，原想从中存个 10 到 20 日元，可是奈绪美花钱大手大脚，根本没有盈余。她每个月都要添置一件和服，就算是平纹细布或铭仙布，加上买里子也要不少钱，况且她从来就不会自己缝制，送到裁缝店，一身下来要花掉 50 到 60 日元。缝制好的和服，一旦不满意就会收到衣柜的最里面，一次也不上身穿，喜欢的就天天穿直到不能再穿，所以她的衣柜里塞满了和服。再说说她的木屐吧。草履、驹木屐、雨天用木屐、晴天用木屐、整木木屐、外出用木屐、平时穿的木屐——这些每双七八日元到 23 日元之间，每十天就买一双，加起来也不便宜了。

“这样穿木屐可受不了，干脆买鞋子穿不好吗？”

我说了她也不听。以前她就像学生一样喜欢穿和服裙裤和鞋子，可是现在去学习时，也不穿和服外褂，就穿个和服矫揉造作地出门，反而嘲笑我是乡巴佬。

“不管怎样我可是土生土长的江户人呢。衣服不怎么样，木屐可要好一点。”

零花钱也是，说什么音乐会啦、交通费啦、教材费啦、买杂志啦、买小说啦，等等，每三天就跟你要3日元、5日元。此外还有英语和音乐的学费25日元，这是每月定期支付的。400日元的收入就这样入不敷出，甭说存钱了，反而要从存款中支取一部分。单身时代攒的钱一点一点地被蚕食了。存款这东西，一旦动了那可真是一个快，不到三四年工夫积蓄就挥霍殆尽，而今是一个穷光蛋了。

不幸的是像我这样的男人，不善于去跟人借钱，账单却是一定要按时支付的。如此一来，每个月的月底就变得特别痛苦。“你这样花钱，到月底付不了了怎么办？”这样劝诫她也不听，回道：“那就让他们等一等呗！”

“在一个地方都住三四年了，怎么会不能延期付款呢？告诉他们六月底或年底肯定支付，他们肯定会同意的。让治君太胆小了，所以不会想办法让他们通融一下。”

她自己想买的用现金，每个月生活用度的支出就等到发奖金时一并支付，但她又不想自己去讲。

“我才不想讲这些话呢，这些不是男人要做的嘛。”

到了月底，她就一声不响地出门，也不知道跑哪儿去了。

就这样，我为了奈绪美奉献了我所有的收入。想让她变得更美丽，不希望她感到不自由，感到花钱拮据，让她怡然自得地生活——这些原本就是我的本意，所以虽然抱怨，但也由着她奢侈。当然，这就需要减少其他方面的支出。索性我自己一点儿也不需要交际费，只是偶尔会有公司的聚会等。但这种聚餐，即使别人会说我不懂人情世故，也尽量不参加。此外，自己的零花钱、着装费、便当费等，也是想尽办法节省起来。每天上班时乘坐的电车，奈绪美用二等座的月票，而我用的是三等座的。奈绪美嫌煮饭比较麻烦，但也不能总让她点餐，所以我就会把饭煮好，有时菜也会帮她弄好。但这样一来，奈绪美又不满了。

“一个大男人不用在厨房忙活，真掉价儿！”

“让治君你怎么一年到头都穿一身衣服啊？穿得像样点儿，好不好？就我一个人穿得好，让治君那样的话，我也高兴不起来。那怎么走在一起啊？”

不能和她走在一起，那岂不是一点儿乐趣也没有了吗？我也只好添置一件“像样点儿的服装”。而且和她出门时，电车当然也要乘坐二等座。要满足她的虚荣心，不能只是她一个人奢侈就行了。

如此这般生计非常困难的时候，又要支付舒莱慕斯卡耶夫人那个跳舞班的学费，一个月40日元，如果再买跳舞时穿的服装，那生活就会陷入困境。可是奈绪美才不会听你的话，恰逢月末，我刚发了工资，奈绪美就一个劲地叫我把钱拿出来。

“你呀真是，现在花了这个钱，月底不就受影响了吗？”

“受影响，也总会有办法的！”

“你说总会有办法，会有什么办法？哪会有什么办法！”

“那，我们为了什么学跳舞？好吧，既然这样，明天开始我哪儿也不去啦！”

说完，她就沉默了。大大的眼里噙满了泪水，恨恨地瞪了我一眼，就撇开了头。

“小奈绪美，你生气啦？嗯，小奈绪美，喂，你看看我。”

那天晚上，钻入被窝后，我摇晃着背对着我躺下的奈绪美的肩膀，说道：

“喂，小奈绪美，叫你转过来嘛……”

我轻轻地抱住她，就像把鱼儿正过来一样，把她的身体转了过来。

“怎么了？还在生气啊？”

“……”

“喂，睁开眼睛，睁开啦……”

说着，我揪着睫毛正在颤抖的眼帘提了起来，她的眼睛就像贝壳的肉从贝壳里弹出来一样霍地出现在我的眼前，哪是在睡啊，而是直直地盯视着我。

“用那钱给你买，嗯，行了吧……”

“但是，那样不就难办了吗？”

“为难也没关系，我会想办法的。”

“那，怎么办？”

“和老家说说，让他们寄点儿钱来。”

“他们会寄吗？”

“啊，当然会啦。我至今一次也没有麻烦过家里。两个人租一栋房子肯定会花不少钱，这点老妈也会理解的……”

“是吗？但是那多对不起妈妈呀？”

奈绪美的语气好像是有点介意一样，但我隐隐觉得，其实她心里早就有“和老家说不就好了”的想法了。我这么一提正中了她的下怀。

“好了，没什么不好意思的。但是我的原则是，讨厌做这种事，所以一直没有做而已。”

“那，为什么改了你的原则呢？”

“看到你刚才哭了，觉得太可怜了。”

“是吗？”

说着，她就像是波浪打过来一样颤抖着乳房，娇羞地微笑着。

“我，真的哭了？”

“刚才不是说着哪儿也不去，眼里噙满了泪水？都多大了？你还是个磨人精！大宝贝……”

“我的爸爸！可爱的爸爸！”

奈绪美一下子抱住我的脖子，用那朱红的嘴唇，就像是邮局盖邮戳的职员盖邮戳一样，频频吻在了我的额头、鼻子、上眼帘、耳垂上。我的脸上印满了她的吻，就像是数不清的山茶花厚重的、含着露水的软软的花瓣飞落下来，让我感到愉悦不已。我的脸宛如深埋在那些充满花香的花瓣中，让我如痴如醉。

“怎么啦？小奈绪美，你疯了吗？”

“是啊，我疯了……今晚你太可爱了！可爱得都让我疯了！还是你嫌吵？”

“哪会嫌吵呢！我好高兴！高兴得都疯了！为了你做什么牺牲都愿意！咦，怎么了？又哭了？”

“谢谢爸爸，我好感谢爸爸。所以不由自主地落泪了……嗯，明白吗？不可以哭吗？不能哭的话，帮我擦掉！”

她从怀里拿出手纸，自己不擦，递给了我，眼睛直直地看着我。眼睛里溢满了泪水，泪湿了睫毛。啊啊，那是一双多么水灵、美丽的眼睛啊！如果能撷取这晶莹剔透的泪珠，永远珍藏，那该多好啊！我先擦拭了她的脸，接着尽量避开那浑圆的泪珠，擦拭了她的眼睛周围。随着我的动作，眼睛周围的肌肉动来动去，也使泪珠的形状变来变去，一会儿像凸镜，一会儿又像凹镜，最后吧嗒吧嗒掉落，在刚擦过的脸颊上画下了一条亮闪闪的泪线。我又一次擦了她的脸，抚摸了一下她那还湿润的眼睛，最后用那纸按住了她的鼻子，看着还在轻轻抽泣的她，说道：

"来，擤一下鼻子！"

她"哼"了几声，让我给她擤了几下鼻子。

第二天，奈绪美从我那儿拿了 200 日元，一个人跑到三越，而我在公司午休时给老家的母亲写了一封讨钱的信。

"……最近物价上涨，与两三年前无法相比。虽然没有过奢华生活，但每每到月底捉襟见肘，城市生活也是不易……"

大概就是这些内容吧，想想自己胆子大到向父母撒如此谎言，自己都感到害怕。可是，妈妈是多么信任自己的儿子，又是以怎样的慈悲心对待儿媳的啊！过了两三天之后寄来的回信足以证明了这一点。信中还说了句"给奈绪美买身和服什么的吧"，而信中的汇款单比我说的金额还多了 100 日元。

十

去埃尔多拉多跳舞是在周六的晚上，晚上七点半开始，所以五点左右下了班。回到家一看，奈绪美已经洗过澡，脱了上半身正认真地化着妆。

“啊，让治君，和服送过来了。”

从镜子中一看到我，奈绪美就把一只手伸到背后，指着。顺着她的手一看，沙发上放着一个已经散开的包袱，正是在三越匆匆定制的和服及和服带子。这是在底襟和袖口里放入棉花的，领子、底襟和袖口做成双层的夹衣服，面料应该是金纱绉绸吧，暗红色的底色上遍布着黄花绿叶纹样。和服带子有两三条银丝波浪，上面浮着几艘像御座船一样的古船。

“怎么样？我挑得好吧？”

奈绪美一边用那抹了粉的手掌在洗澡过后还温热的肉嘟嘟的肩膀到脖颈那儿啪嗒啪嗒地拍打着，一边说道。

不过，其实对于拥有厚实的肩膀、肥硕的臀部、丰满的胸部的她来讲，那种像水一样柔软的质地不太合适。如若穿平纹细布或者铭仙布，会显得她有一种混血女孩儿的、异国情调的美丽。但不可思议的是，这种正式的服装反而显得她低贱，纹样越华丽，越显得她像横滨那一带的青楼女什么的，感觉很粗野。看她很得意的样子，我也就没有说什么，但是想想要与穿着这么刺眼衣服的女人一起坐上电车跑到舞厅就心里直打怵。

奈绪美穿好衣服，说道：

“来，让治君，你穿藏青色的西装吧。”

她很难得地帮我把衣服找了出来，掸了掸灰，还熨烫了一下。

“比起藏青色，我更喜欢茶色。”

“好笨啊！让治君！”

她瞪了我一眼，用那种斥责般的口吻接着说道：

“晚上宴会肯定是藏青色的西装或燕尾服，而且颜色不是软色应该是硬色呢。这是礼节，下回要记住哦！”

“嗯，是这样啊！”

“是啊，你不是追求时尚吗？连这个都不知道怎么行？这身藏青色的西装虽然脏了一点，但是西装嘛，没有褶皱、笔挺、不走形就行了。我来帮你熨一熨，今晚就穿这身吧。过一阵买件燕尾服吧，不然我就不跟你跳了。”

接着又说了一大套。领带只能是藏青色或黑色无纹的，要打蝴蝶结；鞋子最好是珐琅鞋，如果没有就用一般的黑色皮鞋，红色不适合正式场合；袜子最好是丝绸的，如果没有也最好是黑色无纹的，等等。这些也不知是从哪里听来的。她不仅对自己的衣服，对我的着装也一一挑剔着，直到出门为止，折腾了不少时间。

到舞厅已经过了七点半，舞蹈已经开始了。听着喧闹的爵士乐走上阶梯一看，收掉餐厅椅子的舞厅入口贴着一张纸，上面写道：“Special Dance-Admission：Ladies Free，Gentlemen ¥3.00.”有一个男服务生在那里收入场费。原本就是酒吧，说是大厅也不是那么大，环视了一下，正在跳舞的也就十对左右吧，不过就这点人也非常热闹。房间一角有两排桌子和椅子，购票的人可以占据这些座位，时而在这里休息，一边观看其他人跳舞。那里坐着我不认识的男男女女，三五成群聊着天。奈绪美一走近，他们就嘀咕了一些什么，以探询的目光——在这种地方很难看到的，以一种奇异的、带点敌意又带点轻蔑的、警惕的眼光看着花里胡哨的她。

“喂，喂，你看来了一个那样的女人！”

“一起来的那个男的是干什么的！”

我感觉他们如是说我。我很清楚地感受到了他们的视线不仅落在奈绪美身上，也落在了站在她身后的我这个矮人身上。我的耳朵里充斥着乐队的音乐，我的眼前是跳舞的群众……都比我跳得好的群众，形成一个大圈在旋转着。我心里想着自己只有 157.6 厘米的个子，肤色黑得像土著人，牙齿排列参差不齐，穿着两年前买的、一点都不上档次的藏青色西装，等等，脸像火烧火燎般，身体颤抖着，心里咆哮“我再也不来这种地方了”。

“光站在这儿也不行啊……到对面找个地方……到桌子那儿坐下来吧。”

奈绪美好像也有点打怵了，对着我的耳朵小声说道。

“不过不好吧，穿过跳舞的人群不好吧？”

“没关系的，一定……”

“不过，碰到人家不好吧？”

“尽量不碰就行了嘛……你看，那个人也是穿过去的嘛。所以没事的，走过去看看吧。”

我跟在奈绪美的身后穿过人群走了过去，因为腿有点颤，又加上地板非常光滑，所以顺利走到对面真是不容易。还记得有一次差点儿绊倒，奈绪美皱着眉，说了一声“你！”还瞪了我一眼。

“啊，那儿好像有一个位子，就那个桌子吧。”

奈绪美比我还强一点，在众目睽睽之下穿过人群走到了一张桌子前坐下了。但是，那么期望跳舞的她，并没有说要马上跳舞，而是坐在那里感觉有点儿心神不定，从手提包里拿出镜子悄悄补了一下妆，对我说道：

“领带歪了呢。”

她一边悄悄提醒着我，一边注视着舞池。

“小奈绪美，滨田君来了呢！”

“别叫我小奈绪美，叫我小姐哟。”

说着她又皱起了眉。

“阿滨来了，小麻也来了啊！”

“是吗？在哪里？”

“你看，那边……”

她慌忙小声劝诫道："用手指指人，太失礼了呀！"

"你看，那边那个，和穿着粉红色洋装的小姐一起跳舞的那个，他就是小麻呀。"

"来了？"

说着小麻跳到我们这边，隔着小姐的肩膀对我们哧哧笑着。小姐个子很高，也很胖，裸露出充满肉感的双臂。头发与其说是浓密的，还不如说多得有点令人厌烦。她用发带扎着头，又黑又厚的头发垂到肩膀处，蓬松地卷曲着。瓜子脸，红红的脸颊，大大的眼睛，厚厚的嘴唇，怎么看也是日本式的、浮世绘上也会出现的细长的鼻子。我还算是对女性的面孔比较留意的一个人，但是至今还没有见过这么一张不可思议的、不协调的脸。想来她也是非常苦恼于自己的那一张日本脸，为了把自己装扮得像西洋人花了不少工夫。仔细一看，裸露在外的肌肤上几乎全部涂上了厚厚的粉，眼睛周围涂上了像油漆一样闪闪发亮的、铜绿色的油彩，脸颊上的红色肯定也是涂的腮红吧。再加上扎着发带的模样，看着让人心生怜悯，简直像个怪物。

"喂，小奈绪美……"

我一不留神脱口而出，赶紧又改口叫了一声："奈绪美小姐。"

"那个女的，那样还是小姐吗？"

“嗯，是啊，虽然看起来像妓女……”

“你认识那个女的?”

“也不算认识，只是常听小麻说起。你看，她头上扎了发带吧？好像是那小姐的眉毛长在额头上方，为了遮住它才扎的发带，然后在下面一点的地方重新画眉。喂，你看看，那眉毛是假的呢。”

“不过，长得也不赖啊。主要是红的蓝的乱涂一气，所以才好笑!”

“就是蠢嘛!”

奈绪美好像渐渐恢复了自信，用平时充满自信的语气甩了一句。

“长相，好什么好！那样的女子，让治君你觉得好看?”

“谈不上是美女，不过鼻梁很高，身材也不错，化得不要太夸张的话也看得过去。”

“讨厌死了！什么叫看得过去啊？长那样的多了去了。再加上怎么说呢，为了让自己看起来像西洋人，花了很多心思倒也可取。不过，一点儿也不像西洋人，也只能是自我安慰啦。真像个猴子。”

“话说和滨田君一起跳的那女的，好像在哪儿见过吧?”

“那是当然的啦。那是帝国歌剧院的春野绮罗子。”

“咦，滨田君认识绮罗子啊?”

“是啊，是认识。他跳舞跳得好，所以到哪儿都能和女演员交朋友呢。”

滨田身上穿着茶色的西装，脚上穿着巧克力颜色的小牛皮皮鞋和护脚，舞步轻盈，在人群中非常醒目。非常无耻的是，或者真有这样的跳法吧，他竟然和女方脸贴着脸。她有着纤细的象牙色手指，紧紧一抱好像要被折断的细腰。眼前的绮罗子比舞台上的她更加漂亮，宛如她的名字一般身着华美艳丽的和服，系着也不知是缎子还是素花缎、黑底面料上用金丝和浓绿丝线画着龙的和服腰带。因为女方个子矮，滨田就像是嗅着她的头发一般，头斜斜地靠着，耳朵贴在了绮罗子脸侧的鬓角上。看那绮罗子，用力地将自己的额头抵在男人的脸颊上，眼角都挤出了皱纹。两张脸上的眼睛眨巴着，虽然身体有时会分开，但两个人的头一直贴着跳着舞。

“让治君，那种跳法，你知道吗？”

“虽然不知道是什么舞，但是太难看了。”

“真的，实际上我觉得好下流啊！”

奈绪美“呸呸”做出吐唾沫的嘴型，说道：

“那叫贴面舞，说是不能在正经场所跳呢。在美国这样跳的话有人会叫你退场呢。阿滨也真是，太装模作样了。”

“不过女方也是。”

“那当然，演员就这样嘛。主要是不该让演员进场，这么一来真正的女士就不会来了。”

“男士也是，你说了那么半天，穿藏青色的没几个人嘛。你看滨田君也穿成那样……”

这是我第一眼就察觉到的。爱不懂装懂的奈绪美，拿来一知半解的所谓礼节迫使我穿上了藏青色西装，但到了舞厅一看，这样穿的也就两三人，穿燕尾服的则是一个都没有。大家都穿着其他颜色的、考究的上下两件套的西装。

“是没几个人。不过，是阿滨搞错了，穿藏青色才是正道。”

“你是那么说……你看，那个洋人，不就穿着手织品嘛。我看穿什么都行吧？”

“不是的啦。别人怎么样不用管他，你自己穿着正式就行了。洋人那么穿是因为日本人不好。再说，像阿滨他跳了很多场舞，跳得也好，所以他是特别的存在。而让治君你，连衣服也不正式的话那可就难看了。”

这时舞池中的舞者都停了下来，响起了热烈的掌声，是乐队停了。舞者们好像还想跳一般，积极热情的人吹着口哨，跺着地板，要求再来一曲。音乐响起，停下来的舞步又开始转了起来。过一会儿又停，又是安可……反复了两三次，终于再怎么拍手音乐也没有奏响，男人站在女方后面，像随从护卫一般，一起回到了桌子前。滨田和小麻各自把绮罗子和穿粉红色衣服的女子带到桌子前，伺候她们坐在椅子上之后郑重地鞠了躬，然后一起来到了我们面前。

“啊，晚上好！你们可是姗姗来迟了。”

说这话的是滨田。

“怎么啦？不跳？”

小麻说话还是那样粗鲁。他站在奈绪美身后，俯视着盛装打扮的奈绪美，说道：

“没有约人的话，下一场和我跳吧？”

“才不，小麻你跳得好烂！”

“说啥呢，虽然没缴学费，还能跳得好好的，你说奇不奇怪？”

说着张开肉鼻子的鼻孔，嘴唇一撇嘿嘿笑着，道：

“天生聪明的缘故吧。”

“哼，叫你得意！和那个粉红色衣服跳的，看起来可不怎么样。”

令人吃惊的是奈绪美面对这个男生的时候，语气一下子变得粗鲁起来。

“妈呀，这下糟了。”

小麻缩着脖子挠挠头，回头瞥了一眼远处桌子那边的粉红色女子，接着说道：

“我也算是厚脸皮的吧，不过敌不过那个女的穿着那样的洋装要蹭过来的样子。”

“搞什么搞？简直像个猴子！”

“啊哈哈，猴子啊？是猴子，你说得可真对！真是个猴子，没错！”

“说什么呢，不是你带来的吗？真的小麻，好难看的，我提醒你哟。想要看起来像西洋人，但是那张脸怎么行啊！脸本来就长得很日本，是纯日本人的样子嘛。”

“就是说徒伤悲的努力！”

“哈哈，真是这样，总之是猴子的徒伤悲的努力！即便穿着和服，看起来像西洋人的还是像西洋人。”

“比如你？”

奈绪美“哼”了一声，鼻子一扬，得意地冷笑着，接着说道：

“是我呀。起码我看起来像个混血儿呢。”

“熊谷君。”

滨田好像对我客气，扭扭捏捏的样子，突然叫住了小麻。

“你是第一次见到河合先生吧？”

“啊，是啊。人倒是见过几次。”

被叫作“熊谷”的小麻，隔着奈绪美的后背，站在椅子的后面没有动，朝我投过来令人不快的视线。

“我叫熊谷政太郎。自我介绍一下，还请多——”

“真名叫熊谷政太郎，也叫小麻。”

奈绪美抬头望着他，说道：

“喂，小麻，顺便再做一点介绍啦，怎么样？”

“不，不行啊，说多了会露馅的。具体的情况请问奈绪美小姐。”

“哎呀，讨厌啦，什么具体的情况，我上哪儿知道啊！”

“啊哈哈。”

被这俩家伙围着心里虽然不太愉快，但是看到奈绪美开心，我也就无奈地笑了笑，说道：

“来，如何？滨田君还有熊谷君，请坐吧。”

“让治君，我口渴了，要点喝的吧。阿滨，你喝什么？柠檬汽水？”

“嗯，我喝什么都行……”

“小麻，你呢？”

“反正你们要请客，来杯兑碳酸水的威士忌吧。”

“妈呀，真叫人无语。我讨厌喝酒的人，嘴臭！”

“臭也没关系，有人还说正是因为臭才无法离开呢。”

“那个猴子说的？”

“啊，算了，既然你那么说，那我道歉。”

“哈哈哈。”

奈绪美肆无忌惮地笑得前俯后仰。

“让治君，叫一下服务生。兑碳酸水的威士忌一杯、柠檬汽水三杯……喂，等一下，等等，不要柠檬汽水了，来杯水果鸡尾酒。”

“水果鸡尾酒？”

我闻所未闻的那种酒，奈绪美怎么会知道呢，我觉得很不可思议。

“鸡尾酒不就是酒吗？”

“不是呀，让治君你不知道的啦。阿滨、小麻你们听听，这个人就是粗人一个。”

奈绪美在说“这个人”的时候用食指轻轻敲了一下我的肩膀。

“所以和他一起来跳舞，真太没意思了。他这个人糊里糊涂的，傻愣愣的，刚才还差点跌一跤。”

“地板太光滑了嘛。”

滨田好像维护我一般说道。

“刚开始都有点糊里糊涂的呢。习惯了就会熟练起来，变得有板有眼的。”

“那，我怎么样？我是不是有板有眼的？”

“你呀，你要另当别论，奈绪美小姐你胆子大嘛……你是社交天才！”

“阿滨也不就是个天才吗？”

“咦，你说我吗？”

“是呀，也不知你什么时候和春野绮罗子交上了朋友！喂，小麻，你不觉得吗？”

“嗯嗯。”

熊谷噘起了下嘴唇，抬了抬下巴表示赞同。

“滨田，你向绮罗子暗送秋波了？”

“瞎说什么，我怎么会做那样的事呢？”

“不过，阿滨你狡辩时脸红了，还算可爱啊！感觉有点儿诚实。喂，阿滨，把绮罗子小姐叫过来吧？就这么定了，叫她过来吧。介绍给我认识一下嘛！”

“又想说点儿什么嘲笑人家吧？你的毒舌真叫人难以招架！”

“没事，我不会嘲笑人家的，叫她来嘛。人多了热闹！”

“那，我也把那个猴子叫过来？”

“啊，好啊好啊！”

奈绪美回头望着小麻说道：

“小麻，你也把猴了叫过来，人家一起玩儿！”

“嗯，也好。不过，开始跳舞了呀。先和你跳一圈再说吧。”

“我不喜欢和你跳，不过没关系，陪你跳一个！”

“真会讲，你不才学会嘛。”

“那让治君，我先跳一圈儿回来，你先看看啊。等一会儿陪你跳。”

我想自己脸上肯定是一个非常难过的、奇怪的表情，不过奈绪美一下子站了起来，挽着熊谷的胳膊，走到了重新动起来的舞者们当中。

“哦，这回是狐步舞啊。”

和我在一起，滨田好像也不知说些什么，从口袋中拿出了节目单自言自语着，偷偷抬起了屁股。

“不好意思，我先失陪一下。这支舞我和绮罗子先前约好了。”

“好，请吧，别客气。”

我一个人空对着三个人离开后服务生端来的装着碳酸威士忌和所谓“水果鸡尾酒”的四个杯子，茫然地望着舞池。原本也不是自己想跳，只是想看看在这种场合下奈绪美有多显眼，跳舞跳得如何，所以一个人反而更自在。我一下子松了一口气，全神贯注地追寻着在人群中一隐一现的奈绪美的身影。

“嗯，跳得还不错！也不会难堪。让她学这些还蛮灵活的……”

穿着白色的和服袜子，蹬着可爱的跳舞用草履，脚尖点地一旋转，华丽的和服长袖翩翩飞舞。每踩一个舞步，和服下摆就像蝴蝶一般掀动起来。就像艺伎手持拨子一般轻轻捏住熊谷肩膀的白皙的手指、包裹着身体的厚重且绚烂的和服带子、就像一枝花一般在人群中醒目的脖颈、侧脸、容颜，还有后颈——看来和服也不是一无是处。而且，因为还有那些以粉红色洋装为首的稀奇古怪的着装，让我内心忐忑不安的她那花里胡哨的着装也不太显得低俗了。

“啊，好热！怎么样？让治君，你看我跳舞了？”

跳完舞回来的奈绪美，急吼吼地把水果鸡尾酒的杯子拽到了自己跟前。

“啊啊，看了呀。看起来一点儿也不像第一次跳呢。”

“是吗！那等跳一步舞的时候陪你跳，行不？一步舞简单。”

“那两个人跑哪儿去了？滨田君和熊谷君。”

“哦，他们马上就来，去叫绮罗子和猴子了。再要两杯水果鸡尾酒就好了。”

“喂，刚才粉红色和西洋人一起跳舞了？”

“嗯，是的呢。看起来好滑稽——”

奈绪美盯着杯底，咕咚咕咚喝了几口，慰藉了一下干涸的嗓子，接着说道：

“那个西洋人也不是什么朋友，突然跑到猴子面前邀请她一起跳舞，把人当傻子呢。连个介绍都没有，肯定是把她当成了妓女什么的。”

“那，拒绝不就行了嘛。”

“所以才说滑稽嘛。那猴子一看对方是西洋人，没拒绝成就一起跳了。真太傻了，丢死人了！”

“不过你呀，别那么老说人家坏话。听着都提心吊胆的。”

“没事，我有我自己的想法。再说，那种女的这样说说她也不错，不然会殃及我们的。小麻也说她那样不好，一会儿要说她的呢。”

“那是，男孩说没有问题，不过……”

“嘘！阿滨带绮罗子小姐过来了呢，女士来了就要从椅子上站起来哟。”

“那，我来介绍一下。”

滨田以战士立正的姿势站在了我们两个人面前。

“这位是春野绮罗子小姐。”

这种情况下我一般会在心里比较“这个女人与奈绪美相比是好呢还是差呢？”当然是以奈绪美的美为标准。绮罗子嘴角噙着悠然又自信的微笑，从滨田身后文雅地向前迈了一步。可能比奈绪美大一两岁吧，在充满活力和少女气息这点上，也可能是身材娇小的缘故，一点都不逊色于奈绪美。而在着装的奢华上，反而占据着压倒性的优势。

“初次见面……”

彬彬有礼地说完，低垂着看起来聪慧的、又小又圆的、亮晶晶的眼睛，微微点了一下头。不愧是演员，举手投足之间丝毫也没有奈绪美那样不得体的地方。

奈绪美的所作所为已经超出了活泼可爱的范畴，有点粗暴。说话也带刺儿，缺少女人的温柔，稍不留神就变得低俗。总之她是野生的兽类，而绮罗子的谈吐、眼神、脖颈的扭动、举手投足等全都非常文雅，小心翼翼地，宛如是非常考究的、竭尽人工智能抛光打磨的珍品。看看她就座后握住水果鸡尾酒杯的手掌到手腕，真是一个纤细，好像都承载不住垂下来的和服袖兜一般，柔软纤细。皮肤细腻，色泽娇艳，毫不逊色于奈绪美，我不由得反复打量着桌上的四只手。不过两个人的脸可就完全是不同的风格了。若说奈绪美是玛丽·碧克馥，是个美国小姐，绮罗子则是意大利或法国那一带的、文雅中带有些许娇媚的、幽艳的美女。若比作花，奈绪美是开在野外，绮罗子则开在室内，小巧的圆脸当中嵌着透明如纸、薄薄的鼻子。若不是相当优秀的名工匠制作的玩偶，怎会有这么纤巧的鼻子呢？即便是婴儿的鼻子也不过如此吧。最后，我察觉到的是，奈绪美引以为傲的整齐的牙齿，与它完全相同的珍珠颗粒，在绮罗子有如剖开的赤红色瓜瓤的可爱口腔之中，像种子一样排列着。

在我感到自卑的同时，奈绪美肯定也感受到了自卑。在绮罗子坐下之后，奈绪美就没有了刚才的傲慢劲，还说什么嘲笑人家，一下子就沉默了下来，场面也冷了下来。不过毕竟是不爱服输的人，既然口出狂言“把绮罗子叫过来”，也不能太掉价，一会儿就恢复了调皮，说道：

“阿滨，别一声不吭地坐那儿，说点什么吧。那个，绮罗子小姐，你什么时候开始与阿滨认识的呢？”

“我？”

绮罗子说着，清眸一亮，接道：

“就前一阵儿开始。”

“我。”

奈绪美受到了对方使用的单词“我”的影响。

“刚才一看您跳得可真好啊！您学了很长时间？”

“不，我，跳舞是那个，很早就开始学了，不过一点儿也跳不好。我比较笨……”

“怎会，没有的事。阿滨，你觉得呢？”

“那是，跳得当然好了。绮罗子小姐可是在演员培养学校正统学的呢。”

“你怎么提这事呢？”

绮罗子露出害羞的神色，低下了头。

“不过，跳得真的很好！我看，跳得最好的，男的数阿滨，女的嘛就是绮罗子小姐……”

“哪里。”

“怎么，评比谁跳得好啊？男的跳得最好的难道不是我吗？”

这时熊谷带着粉红色洋装走了过来，插了一句。

据熊谷介绍，这粉色女郎是住在青山的一位实业家的千金，叫井上菊子。看来有二十五六岁，已经差不多过了婚嫁岁数——这是后来知道的，据说两三年前她已经嫁了人，但是因为太喜欢跳舞，最近离婚回到了娘家。穿着晚礼服，肩膀和胳膊都裸露在外面，想是为了展现丰盈的肉体美吧，可是这样站在面前，说不上是丰满美，更像是肥胖的中年大婶。当然比起瘦弱的身材，有一点肉感才能撑起洋装，问题是她的那张脸。就像是西洋玩偶身上配上了京都玩偶的头，和洋装怎么也联系不到一起的长相——要说长得也没有什么，只是为了尽量适合洋装而下了不少功夫，脸上好几处都修饰了一番，反而使原有的美貌一无是处。仔细一看，原来的眉毛确实遮在了扎头巾下面，眼睛上面的确是画上去的。然后，眼睛周围的蓝色晕染、腮红、点痣、唇线、鼻梁线等脸上的各个部位装扮得都不自然。

“小麻，你讨厌猴子？”

奈绪美突然问道。

“猴子？”

熊谷忍住了差点喷出来的笑声，接着说道：

“为什么？你这问得太奇怪了！”

“我家养着两只猴子呢，如果小麻你喜欢我匀给你一只。怎么样？小麻，你喜欢猴子不？”

“哇，您家养猴子啊？”

菊子非常认真地问道。这下奈绪美更加得意忘形，忽闪着狡黠的眸光，说道：

“是的，是养着。菊子小姐你喜欢猴子吗？”

“我嘛，动物的话都喜欢，狗啦猫啦……”

“那，猴子也喜欢？”

“是的，也喜欢。”

两个人的一问一答简直太可笑了，熊谷面向一侧捧腹大笑，滨田用手帕捂着嘴哧哧笑着，而绮罗子也好像注意到了什么，默默笑着。可是，令人意外的是，菊子看起来是个老实巴交的好人，一点都没有察觉到自己被嘲笑了。

“嗯，那女的真是个傻瓜，是不是血液循环不好，迟钝得很？”

当第八次的一步舞开始，熊谷和菊子回到了舞池后，奈绪美丝毫也不顾忌绮罗子坐在眼前，说起了脏话。

“绮罗子小姐，您不觉得吗？”

“哦，怎么说好呢……”

“不，那个人感觉像猴子吧？所以我故意说猴子、猴子的。”

“哦。”

“大家都笑成那样了自己还察觉不到，真笨啊！”

绮罗子用一半无语一半鄙视的眼神偷偷看着奈绪美，只用“哦”来回应着。

十一

“让治君，是一步舞哟。走，我陪你跳吧。”

奈绪美对我说道，我终于有了和她跳舞的荣幸。我自己虽然有点害羞，但这也是检验平时训练成果的好机会，再加上对方是我可爱的奈绪美，心里绝没有不高兴。即使因为跳得太差被人取笑，这样反而能够突出奈绪美的舞姿，岂不更好！另外我心里还有一丝虚荣心，就是想被别人评论一下，“那个人看起来像是那个女人的老公”。换句话来讲，就想炫耀一下“这女的是我的！怎么样，大家看看我的宝贝！”这么一想，我感到不好意思的同时，又感到痛快无比，感觉至今为止为了她所作的努力和付出一下子得到了回报。

就刚才她的态度来看，今晚她是不想和我跳的吧。在我跳得再好些之前，她是不太情愿和我跳的吧。不情愿的话，我也不会死乞白赖地要她陪我跳。我心里都已经放弃了，这时她的一句“我陪你跳吧”是多么让我欣喜万分啊！

我像热病患者一样兴奋地抓住了奈绪美的手，踏出了第一步，之后就什么都记不得了。恍惚中，音乐什么的一点儿都听不见，舞步凌乱，眼睛发花，心跳加快，和在吉村乐器店的二楼听着唱片跳舞完全不同。走进了这跳舞的人群，退也不是跟也不是，不知如何是好。

“让治君，你在抖什么？振作点，你怎么了？”

奈绪美在我的耳边不停地指责道。

“你瞧，瞧你又差点滑倒了！是你太心急转圈了！再静一点！叫你静一些嘛。”

可是她那么一讲，我更加紧张。而且为了今晚的舞蹈地板收拾得非常光滑，所以如果还以为是在练习时的场地，一不小心就会滑倒。

“就像现在，不是不让你抬肩膀嘛！把肩膀放下来！放下来！”

说着奈绪美扯开我拼命握着的手，时而狠狠地往下按住我的肩膀。

“干什么？这样紧紧抓住我的手做什么！你抱我这么紧，我很难受，你知不知道！瞧瞧，肩膀又……”

这简直就是为了被她怒骂才跳的舞，不过紧张的我，连她唠唠叨叨的声音也没有听进去。

“让治君，算了，我不跳了。”

大家还在喊着安可的时候，奈绪美一生气丢下我，一个人回到了桌子旁。

“啊啊，真叫人吃惊！和让治君跳舞还不行，在家里再多练练吧。”

滨田和绮罗子回来了，熊谷回来了，菊子也回来了，桌子周围又一下子热闹了起来。但是我完全沉浸在幻灭的悲哀中，沉默着，只能成为被嘲弄的对象。

“哈哈哈，叫你这么一说，胆小的人不是更不会跳了？别这样，还是带他跳吧。”

熊谷的这句话又刺激了我。什么叫“带他跳”啊！把我当成什么啦？这个小毛孩！

“哪有，没有像奈绪美小姐说的那样差啊！更差的不是还有很多吗？”

滨田接着说道：

“如何，绮罗子小姐，下一个狐步舞您陪河合先生跳？”

“好，请多……”

绮罗子仍是以女演员特有的热情点了点头，但是我慌忙摆摆手，仓皇失措地回答道：

“哎呀，不可以不可以！”

“怎么会不可以呢！您就是太客气了！是吧，绮罗子小姐。”

“是的……真的，请。”

“不，不行，真不行，等练好了再拜托您！”

“人家说陪你跳，你就让她陪你跳嘛。”

奈绪美好像觉得这是我无上的光荣一样，不容分辩地说道。

“让治君只想和我跳，所以不行啊。快，狐步舞开始了，去跳一场吧。舞蹈嘛，就要和别人多跳一跳。”

“Will you dance with me？（你愿意与我跳支舞吗？）”

正在这时突然听到一句英语，一看，毫不顾忌地走到奈绪美身边的就是刚才和菊子一起跳舞的那个年轻的外国人，高挑身材的、没有男子气的脸上还涂了一层粉。在奈绪美面前弯下腰，微笑着噼里啪啦说了一大堆，好像是说一些奉承的话吧。我只听懂了他厚脸皮地不断说着的“please please（请，请）”。再看奈绪美，她很为难的样子，脸红得似火，又不能生气，只是嘻嘻笑着。想拒绝但又不知道怎样委婉地拒绝，她一下子不知道该用怎样的英语了。外国人一看奈绪美笑了，以为是愿意，说着“快”催促着、迫切地等着她的回答。

“Yes（是的）……”

说着，奈绪美很不情愿地站了起来，脸红得像喷火一样。

“哈哈，你这家伙，那么嚣张跋扈，碰上西洋人就蔫了？”

熊谷哈哈大笑着说道。

“西洋人脸皮太厚了，真没办法！我刚才也是愁死了。”

菊子说道。

“那，请您跳一曲？”

因为绮罗子在等着，我不得不这样说道。

不只是今天，严格地来讲在我的眼里除了奈绪美没有别的女性存在，不过见到美女也会感受到她的美。但是正因为美，所以只是想在远处望着，不想触碰她。舒莱慕斯卡耶夫人是个例外，不过当时所体验的恍惚的心境，可能并不是什么情欲。要说是“情欲”，那么神韵缥缈又难以捕捉的梦境般的感觉，又该怎么说呢？再说了，对方是一个与我们的生活遥不相及的外国人，是舞蹈老师，而绮罗子是日本人，是帝国剧院的演员，穿着绚丽的衣裳。两相比较，面对舒莱慕斯卡耶夫人时更轻松一些。

令人意外的是，跳一跳才发现绮罗子非常地轻。身体整体感觉轻飘飘的，像棉花一样，手非常柔软，就像是触摸树叶的新芽的感觉。她极其迅速地捕捉了我的节奏，就像是敏锐的一匹马配合着我这样笨拙的人。这样一来舞步轻盈，让我感受到了无以言表的快感。我的心一下子得到鼓舞，喜不自禁，脚踩着欢快的舞步，就像是乘坐旋转木马一般，一切都那么自然顺畅。

“开心开心！真是不可思议，太好玩了！”

我由衷地感觉到了快乐。

“哇，您很会跳嘛，一点儿都没有难以配合的感觉呢。”

一圈一圈又一圈！就像是水车一样转圈的时候，绮罗子的声音滑过了我的耳边。那是温柔的、细小的、绮罗子特有的甜美的声音……

“不，哪里哪里。是您跳得好呢！”

“不，真的……”

过了一会儿她又说道：

“今晚的乐队，真不错！”

“是。”

“音乐不好的话，跳舞也提不起兴致。”

留神一看，绮罗子的嘴唇正好在我的太阳穴下面。这好像是这女人的习惯，就像刚才和滨田跳舞时一样，她鬓角的头发触到了我的脸颊。柔软的头发拂过脸庞……时而传来的呢喃声……对于长期被践踏在像彪悍的马一样的奈绪美蹄子下的我来讲，这是想都没有想过的“女人味”。怎么说呢，就像是荆棘刺伤的伤痕被温暖的手摩挲一样……

“我，真想拒绝来着，不过西洋人没有朋友，也怪可怜的，所以……”

回到桌子旁时，奈绪美正在沮丧地为自己辩解道。

第十六首华尔兹曲子结束的时候已经是十一点半左右了吧，接着还会有几曲额外增加的演奏。我好不容易劝说了奈绪美，晚了的话要坐出租回家，我们才出发走向新桥，以赶上末班车。熊谷和滨田以及他们的女伴们也一起走在银座大街上，说是要送我们。好像大家的耳边还响着爵士乐一样，不知是谁哼唱了某段旋律，其他人立刻跟着就和了起来。不知道这首曲子的我，心里不由得嫉妒起他们的聪慧、惊人的记忆力、还有年轻明亮的声音。

“啦，啦，啦啦啦。”

奈绪美的声音最大，踩着节奏走着。

“阿滨，你喜欢哪个曲子？我最喜欢《大篷车》。”

“哦，《大篷车》！”

菊子怪叫道。

“挺棒的！那首。”

“不过我——”

绮罗子接着说道：

“我觉得《呢喃》也不错。很好跳——”

“《蝴蝶夫人》，不更好吗？我最喜欢它。”

滨田说着用口哨吹起了《蝴蝶夫人》。

在检票口我们和他们道了别，在站台站在冬天的夜风中，等待电车，其间两个人都没有开口说话。娱乐过后的寂寞，充满了我的心。不过奈绪美好像完全没有这种感受一般，对我说：

“今晚真快乐，过几天再去吧。”

我满脸扫兴的样子，只是“嗯”了一下。

什么吗？这就是跳舞？欺骗父母，夫妻吵架，又哭又笑之后，我所体验到的舞会竟如此荒唐！他们不都就是充满虚荣心、互相阿谀奉承又自恋自大、装腔作势的一群人吗？

那，我为什么来？为了在人前炫耀奈绪美？若是如此，我不也是虚荣心爆棚的家伙吗？再说我那么引以为傲的一块宝，表现如何呢？

“怎么样？你带着这个女的出来转，果真像你所期望的那样，使他们惊叹不已？”

我自嘲着，不由得在心里自言自语道。

“你，初生牛犊不怕虎就是说的你！确实，这女人对你来讲是一块宝。不过，你把她带到正式场合，结果怎么样？充满虚荣心又自恋自大的一群人！你说得多好啊！可是这女人不就是这群人的代表吗？觉得自己了不起，一味地说别人的坏话，旁边看着最最讨人嫌的你以为是哪一个？被西方人当作妓女，并且英语也不会讲，张皇失措地陪外国人跳舞的可不只是菊子一个人呢。还有，这个女人那粗鲁的语言到底是怎么回事？装着自己是女士，可那语言简直不堪入耳！相比之下，菊子小姐和绮罗子有修养多了。”

这种不愉快，说不上是悔恨还是失望，难以言表的令人讨厌的情绪一直萦绕在心里，直到回家也挥之不去。

电车上我特意坐在她的对面，重新认真审视了眼前的奈绪美这一个人。我到底迷上了她的什么？是鼻子？是眼睛？一个一个细数着，再看看她，奇怪的是平时那么迷惑我的脸，今晚看起来那么地无趣、庸俗。这时突然想起记忆中的我第一次见到她的时候——在钻石咖啡时的奈绪美的身影。与现在相比，那时的她美好多了，天真无邪，有点内向忧郁，与现在的粗野、傲慢简直是天壤之别。我是迷上了那时候的奈绪美，这种心情持续到现在，但仔细想想也不知从什么时候起这女人变得非常讨人嫌。纹丝不动地坐在那里，仿佛在说“聪明的女人是我”，傲慢的表情仿佛在说“天下的美人是我”“没有像我这样时髦的、像西洋人的女的吧”。可是谁会知道她连一句像样的英语也不会说，还不知道被动态和主动态的区别呢？

我悄悄地在心中这样骂道。对面的她挺着胸脯、头向上仰着，从我的座位可以看到她那引以自傲的最像西洋人的狮子鼻，有着黑黑的鼻孔，鼻孔两侧肉肉的。想想我与这鼻孔可是朝夕相处。每天晚上拥着她时，总是从这样的角度窥视她的鼻孔，就像前一次那样给她擤鼻涕，或者抚摸她的鼻子，有时用我的鼻子摩挲着她的鼻子。说白了，这鼻子——这个长在这女人脸当中的小小的肉块就像是我身体的一部分，根本不像是别人的。可是以这种心态再看她的鼻子，更加感觉这鼻子又脏又可恨。饥肠辘辘的时候我们会大口大口地吃不好吃的饭菜，可是等肚子渐渐鼓了起来，突然发现吃进去的东西好难吃，胃里就会感到一阵恶心，很想吐——我现在的心情就很类似于这种感受。想想今晚还要面对着这鼻子睡觉，就像是积食发腻的厌恶，想说“这道菜已经够了”。

“这就是来自父母的惩罚。想要欺瞒父母得到一些甜头，不会有好事!”

我想。

但是读者诸位，请不要由此推测我已经厌倦了奈绪美。因为至今没有产生过那种想法，所以我也以为是自己厌倦了她，可是等回到了大森的家，就只有两个人的时候，在电车中感受到的“饱腹”感灰飞烟灭，奈绪美的全部，眼睛、鼻子、手和脚又重新变得充满诱惑，成为我体味不尽的、天下无双的宝贝。

此后我们经常去跳舞，而每次都会让我感受到她的缺点，所以回家的路上总会心情郁闷。但是，这种心情并没有持续很长时间。对她的爱憎之情，就像是夜晚猫的眼睛一样变幻无常。

十二

原本安静的大森的家里开始有滨田、熊谷以及他们的朋友，这些通过舞会认识的男人频繁出入。

他们基本上是傍晚，就是我下班回家的时候过来，然后打开留声机跳舞。奈绪美好客，家里又没有叫你拘束的仆人或老人，再加上这里的画室用来跳舞再合适不过，所以他们总是跳得忘记时间。刚开始他们还会客气一点，到了晚饭时间就会回去。可是，每次奈绪美都会硬是把他们留下：

“等等！干吗回去啊？吃过饭再走吧。”

最后，他们一来奈绪美肯定会点“大森亭”的西餐请他们吃。

那是潮湿的梅雨季节的一天晚上。滨田和熊谷到家里来玩儿，聊到了十一点。外面下着很大的雨，雨打在窗户玻璃上噼里啪啦响，两个人嘴里说着“回去吧，回去吧”，可是踌躇不动。这时，奈绪美突然说了一句：

“哇，这天气！照这样等一会儿雨也不会停的，今晚就住下吧。”

“喂，住下来，也没有问题吧？小麻，你当然没有问题吧？”

“嗯，我怎么样都行。不过，滨田回的话我也回去。”

“阿滨当然也可以，是吧，阿滨？”

说着，奈绪美看了我一眼，接道：

“没事，阿滨，不用客气的。冬天的话被子可能不够用，不过现在，四个人会有办法的。再说明天是星期天，让治君也在家，睡懒觉也没有问题。”

“怎么样？要不留下来住一晚吧？这雨也太大了。”

我也无可奈何地挽留道。

“嗯，就留下来吧。明天我们再玩点什么吧？哦，对了，明天傍晚去花月园吧。”

最后两个人还是住了下来。

“可是，蚊帐怎么办？”

我一说，奈绪美回道：

“蚊帐只有一个嘛，大家睡一起好了，那多有意思？”

奈绪美可能觉得非常难得吧，就像是参加修学旅行一样叽叽嘎嘎地欢快地回答道。

这回答让我很吃惊。我原想，蚊帐给他们两个人用，我和奈绪美就点个蚊香什么的，在画室的沙发上对付一晚，根本没想过四个人在一个房间里一起睡。可是奈绪美想这样睡，对那两个人也没有办法甩脸色……我还在犹犹豫豫的时候，她已经利利索索地拍了板。

“来，我去铺被，你们三个人过来帮忙。”

她发号施令站起来，爬上楼梯向阁楼的四张半榻榻米的房间走去。

蚊帐小，被子不可能一字排开。心想倒要看看她怎么铺？

最后，三个人并排，一个人与他们成直角躺下。

“喂，这样行吧？你们三个人并排躺下，我一个人睡这边。”

奈绪美说道。

“哎呀，这下麻烦了！”

蚊帐挂起来之后，熊谷看了看蚊帐里面说道。

“这样就像个猪窝嘛，大家会乱套的。”

“乱套就乱套，不要要求太高啦。”

“嗯哼，你说我给别人添着麻烦还奢望？”

“那是，反正今晚也不会睡得好。”

“我会睡得好的，还会打着呼噜睡呢。”

熊谷嘭一下和衣钻进了被窝里。

“你想睡我偏不让你睡。阿滨，你不能叫小麻睡着啊。他快睡着的时候，你要挠他的痒痒哟。”

“啊啊，闷死了。这怎么睡啊？”

熊谷在中间的被褥上弯着膝盖坐了起来。穿着西裤和衬衫的滨田在其右边仰躺着，瘦瘦的他肚了都凹了进去，好像是在倾听屋外的雨声，一只手放在额头上，而另一只手拿着团扇吧嗒吧嗒地扇着，那声音让人感到更加燥热。

“再说了，我呀有个女人在身边，怎么也睡不着觉！”

“我是男的呀，不是女的。阿滨不是也说我不像个女的嘛。”

蚊帐外面，在昏暗的地方，换睡衣的奈绪美白皙的后背一闪而过。

“好像说倒是说过。不过……”

“……不过睡在旁边，会觉得是个女的？”

“啊啊，是啊。”

“那，小麻呢？”

“我没有啊，像你这样的，根本没有当成女的。”

“不是女的，那是什么？”

“嗯，你就是海豹。”

“哈哈哈，海豹和猴子，你喜欢哪个？”

“都不喜欢。”

熊谷故意带着困意说道。

我躺在熊谷的左边，静静地听着他们三人吧啦吧啦讲着话，心里担心等下奈绪美钻进来，会把头朝向谁？我还是滨田？因为她的枕头被扔在了非常暧昧的位置。刚才铺被子的时候，她好像故意丢在那儿，一会儿可以怎么放都行。终于，奈绪美穿着粉红色的绉绸做的睡袍钻了进来，支棱在那里，问道：

“要关灯吗？”

“啊啊，关吧。”

是熊谷的声音。

“那，关了。”

“啊，好疼！”

熊谷一声痛呼的同时，奈绪美踩在他的胸上，以他的身体为踏板，从蚊帐里面关了灯。

屋里暗了下来，街上的路灯透过窗户射了进来，房间里还是朦朦胧胧的，能看得见互相的脸部表情和衣服等。奈绪美横跨熊谷的脖子，跳到自己的被子的瞬间，睡袍衣角舞动起来，风拂过了我的鼻子。

“小麻，抽根烟不？”

奈绪美并没有打算马上睡觉，而是像男人一样叉开腿坐在枕头上，俯视着熊谷说道。

“喂，朝着我啦！”

“混蛋，打算怎么也不让我睡啦？”

“嗯哼，喂，朝我这儿嘛。不然，我要欺负你了？”

“啊，疼！别价，别价，别弄了！好歹是生物，要小心对待哟。一会儿成踏板，一会儿又挨踢，再怎么结实的身体也受不了啦。”

“哼哼。”

我看着蚊帐的顶部，不太清楚发生了什么，好像是奈绪美用脚趾狠狠地按着熊谷的头。

“真是没办法!”

熊谷翻过了身来。

“小麻，你起来了?”

滨田问道。

“啊啊，起来了，遭人迫害啊。”

“阿滨，你也朝我这儿躺吧。不然，也会迫害你的哟。”

滨田好像也翻过身，匍匐在被子上。

同时听到熊谷从袖口拿火柴的声音，接着哧一声火柴划亮了，我的眼帘上方亮了起来。

“让治君，你也朝这躺吧。一个人在干什么呢?”

“嗯。”

“怎么了?困了吗?”

“嗯，有点快睡着了呢……”

“哼哼，说得倒是好听，是不是故意装睡?是吧?是不是很纠结?”

一下子被戳中了心事，所以我虽然还是闭着眼睛，但是脸唰地红了起来。

“我没事的，只是这样闹着玩儿而已，所以安心睡你的觉吧。要不，如果实在纠结，你看看我?不要强忍着啦——”

“是不是想要你迫害啊?”

说着熊谷点上了烟，吧唧一声抽了起来。

“才不呢！迫害他也不好玩儿。每天都会折磨他的呢。”

“可真够亲密的呀。”

滨田说道，不过我觉得他不是由衷的，可能只是为了奉承我吧。

“喂，让治君，你要想的话，我来迫害你？”

“不，才不要呢！”

“那你也朝我这儿躺吧，你这样好像一个人被排斥在外似的，多奇怪啊。”

我呼啦一下转了过来，把下巴放在了枕头上。一看，支着小腿坐成八字的奈绪美的脚，一只在滨田的鼻尖处，另一只在我的鼻尖处，而熊谷把头扎进那八字中间悠然自得地抽着烟。

“怎么样，让治君，这情景？”

“嗯……”

“嗯是什么意思？”

“你真让我哑口无言，你真是个海豹啊！”

“是啊，我是海豹啦，现在正在冰面上休息。前面躺着的三只也是，是公海豹呢。”

低沉得像密集的云压下来一样，在头顶上垂下来的葱绿色的蚊帐……黑夜中也能看见的黑发部分遮住的白皙的脸……穿戴不整的睡袍下，时隐时现的乳房、胳膊、小腿……这个样子就是奈绪美经常用来蛊惑我的姿势。每每奈绪美展现这种姿势，我就像被诱饵吸引的野兽般扑向她。在昏暗中，我明显地感受到了奈绪美用那怂恿的表情，不怀好意的眼神笑着，直直地俯视着我。

“哑口无言什么？你就说谎吧，你。你不是说过受不了我穿睡袍的样子的吗？怎么？今天看有人就忍着啦？喂，让治君，猜对了吧？”

“你说什么蠢话呢？”

“哼哼，你那么逞强，要不试试？看看你还嘴硬不？”

“喂，喂，稳住，稳住！这些话呢，留到明天好不？”

“赞成！”

滨田紧接着熊谷说道。

“今晚希望得到公平待遇啊。”

“所以不是很公平嘛。为了互不埋怨，你看，一只脚放在滨田你这儿，一只脚放在让治君那儿——”

“那我呢？”

“小麻最划算了，你靠我最近，还把头都扎到这个地方了嘛。”

“真是荣幸之至啊。”

“是啊，你最受优待的啦。”

“不过，你不会这样坐着一晚上不睡觉吧？那睡觉时，会咋样？”

“哎呀，头到底朝哪儿呢？朝阿滨呢，还是让治君呢？”

“你那个头不管朝哪儿，也不会有特别的问题啊。”

“不，这是个问题呢。小麻你反正正好是中间也没啥，可对我来讲是个问题呢。”

“是吗？阿滨。那，头朝你？”

“这就是问题呀。你头朝我，也叫我担心，头朝河合先生，我也纠结。”

“再说，这女人睡相可差着呢！”

熊谷插话道。

“不小心的话，对着脚的人半夜可能会被踢到呢。”

“怎么样？河合先生，睡相真的很差吗？”

“是啊，可差了，不是一点点。”

“喂，滨田。”

“啊？”

“你睡糊涂了舔她的脚耶。”

熊谷哈哈笑起来。

“舔脚也没有关系啊。让治君他可是经常那样呢，说什么脚比脸更可爱。”

“那可是某种拜物教啊！”

“是真的，是吧，让治君，不是吗？你其实是更喜欢脚，对吧？”

奈绪美嘴里讲着“要公平”，脚一会儿朝着我，一会儿朝着滨田，每隔五分钟睡过来睡过去。

“来，下面脚该朝阿滨了。”

说着，躺在被子上像圆规画圈一般刺溜转起了身，转的时候还用脚踢着蚊帐的顶棚，还将枕头从那头抛向这头。原本有一半被子已经露在蚊帐外面，加上海豹的动作过于激烈，蚊帐下摆被掀动，有几只蚊子就溜进了蚊帐里。“这下糟了，蚊子进来了！”熊谷说着一下子坐了起来，开始抓蚊子。不知是谁踩到了蚊帐，蚊帐的吊绳落了下来，在掉落的蚊帐里面奈绪美愈加暴走。吊绳修好，重新挂好蚊帐又花了很长时间。终于稍稍安静下来时，东方已是泛白了。

雨声、风声、身旁的熊谷的鼾声……这些声音听得我心烦，刚要睡着又被吵醒。这房间两个人睡也比较拥挤，又充满着奈绪美身上以及附着在衣服上的甜香以及汗味，今晚又增加了两个大男人，愈加闷热。封闭的空间，就像是要发生地震一般，闷热得让人喘不过气来。熊谷偶尔翻个身，汗涔涔的手啦膝盖啦触碰过来，黏糊糊的。再看奈绪美，枕头虽然放在了我这边，但是枕头上却放着一只脚，一只腿弯着膝盖，脚却伸进了我的被子里，面朝着滨田，双手伸展着。疯丫头也是累了吧，看起来睡得很香。

“小奈绪美……”

我听着大家静静的呼吸声，嘴里呢喃着，伸手抚摸着伸进我被子里的她的脚。啊啊，就是这只脚，美丽的、白白的这只脚，这的的确确是我的。这只脚，我是从她还是小姑娘的时候开始每晚用香皂给她洗的脚。还有，看啊，这只脚的柔软的皮肤！从十五岁开始她的身体噌噌地长了起来，但是她的脚一直就没见长，还是那么小巧可爱！对了，这大脚趾也还是原来那个样子。小脚趾的形状、脚后跟的圆润度、脚背的浑圆的肉，都和那时候没有变化……我情不自禁地亲吻了她的脚背。

天亮了我才迷迷糊糊地睡着了。终于在一阵哄笑声中睁开了眼，一看奈绪美正用小纸捻子戳着我的鼻孔。

“怎么啦？让治君，醒了？”

“哦，醒了，几点了？”

“都十点半了，不过起来也没有什么事，睡到中午报时的空炮声响起的时候吧。”

雨停了，星期天的天空放晴了，天蓝蓝的。屋里还残留着闷热的气息。

十三

当时，公司里没有人知道我过着这般放荡不羁的生活。在家的时候和在公司的时候，我是判若两人。当然工作时，奈绪美的身影一直游荡在大脑中，但也不至于影响工作，更何况其他人无从察觉，所以，我自认为在同事眼里我还是那个正人君子。

可是有一天——梅雨季节还没有结束那会儿，是一个沉闷的夜晚。同事当中有一个叫波川的人，要调到海外工作，同事们在筑地精养轩聚餐为他饯行。我像往常一样出于情面出席了聚餐。等聚餐结束，甜点也吃过了，大家成群结队地从餐厅聚到了吸烟室，喝着利口酒吵吵嚷嚷地闲聊时，我觉得差不多了，起身想告辞。

“喂，河合君，来，坐下！”

这时，叫 S 的男人默默笑着叫住了我。S 已经微微醉了，和 T、K、H 等人霸占着一张沙发，想要把我拽到沙发中间坐下。

“哎呀，别早早地溜了呀。这会儿要去哪里呀，外面还下着雨呢。”

S 说着，看着我站也不是坐也不是地杵在那儿，又一次默默地笑了起来。

“不，也不是要去哪儿……”

“那，是回家？”

说这话的是 H。

“啊，是啊。抱歉，我先走一步。我住在大森，这种天气路不好走，不早点回去就没有车了。”

“哈哈，说得真像那么一回事！”

这次是 T 说道。

“喂，河合君，你的事情大家可都是知道的呢。”

“什么事?”

“事情”，到底是指什么，我不太明白 T 说的话，有点狼狈地问道。

“真是吃了一惊，还以为是正人君子呢。”

K 好像非常佩服似的歪着头，接着说道：

“河合君都去跳舞了，这世道真是进步了呀。”

“喂，河合君。”

S 避嫌似的，凑到我的耳边说道：

“那个，你带在身边的那个漂亮的美人是谁啊？给我们也介绍介绍。”

“没什么好介绍的。”

“据说是帝国剧场的演员嘛。嗯，不是啊？也有人说是无声电影的演员，又有人说是混血儿。告诉我她住哪儿？不说不放你走。”

我脸上明显露出了不快的表情，含糊其词着，可 S 并没有察觉到，一根筋地问着。

“喂，你说，那女的不跳舞也能约吗?”

我差点吼他“混蛋”。原以为公司里没有人知道，没想到不仅知道，而且从具有酒色之徒之名的 S 的口气中，感觉到他们不相信我们是夫妇，而是把奈绪美当作是随便约的女人。

“混蛋，你指着人家的妻子问能不能约，岂有此理！”

对于这种奇耻大辱，我差点就勃然大怒。不，我确实有那么一瞬间脸色都变了。

“喂，河合君，河合君，告诉我们，告诉我们嘛！”

他们觉得我是老好人好欺负，厚颜无耻地说着。H 说着回头看着 K 问：

“喂，K，你是从哪儿听说来着？”

“我从庆应的学生那儿听到的。”

“哦，怎么说的？”

“我的亲戚，是疯狂爱跳舞的家伙，他总跑舞场跳舞，所以认识那美女。”

“喂，那美女叫什么名字？”

T 从旁边探出了头。

“名字嘛……嗯，名字有点怪怪的……奈绪美，好像是叫奈绪美？”

“奈绪美？真是混血儿不成？”

说着 S 嘲笑般地盯着我的脸看了一会儿，接道：

“是混血儿的话，那就不是演员啦。”

“听说那个女的可是个交际花呢，据说和好多庆应的学生有染啊。”

我脸上一直保持着怪异的、痉挛般的微笑，颤抖着嘴角听着他们你一句我一句地聊着。可是 K 的话，一下子让我的微笑僵住了，感觉眼睛都凹进眼窝里一般惊呆了。

“嗯嗯，这可就好玩了！”

S 如获至宝般说道。

“你那亲戚学生和那女的有关系？”

“不，那就不清楚了。不过听说他朋友当中有两三个人可是和她有关系。”

“别说了，别说了，河合君会担心的。你看，你看，他那脸色！”

T 这么一讲，大家都一起仰头看着我笑了。

“没什么，让他担心一下也没关系。谁让他不告诉我们，想一个人独占那美女！”

“哈哈，怎样河合君，正人君子偶尔操这份心是不是也不错？”

“哈哈哈哈。”

我已经不只是愤怒了。谁说了什么一点也听不清，只是他们的哄笑声在耳旁嗡嗡作响。我不知所措，怎样才能摆脱这窘境？该哭？该笑？可是，一不小心说错了什么，是不是会被他们更加嘲笑？

反正我是脑子一片空白，飞奔出了吸烟室。直到站在了泥泞的大路上，被雨水打湿，我的脚都没有着地。仿佛被什么追赶着一样，我噌噌地大跨步往银座逃亡。

我走到尾张町左边的十字路口，向新桥方向走去。与其说是走去，还不如说是我的脚毫无意识地，与大脑毫无瓜葛地，只是朝着那个方向机械地动着而已。被雨水打湿的人行道反射着明晃晃的街灯，映入了我的眼帘。尽管是雨天，街上还是有不少人。艺伎打着伞走过，穿着法兰绒的年轻姑娘走过，电车驶过身旁，汽车飞驰而过……

奈绪美是交际花，和好多学生有染？真会有这样的事吗？有可能，还真有可能，想想最近的奈绪美，不那么想才怪。实际上，我心里还有点介意，不过因为她身边的男性朋友很多，反而叫我放下了心。奈绪美还是个孩子，很开朗活泼。她自己也说“我是男的哟”，所以喜欢叫上好多男的，天真无邪地、热热闹闹地，瞎折腾瞎胡闹。即使她有一些想法，有这么多人，也就难以避人耳目，再说她不至于……想到这才明白，坏就坏在这“不至于”上了。

可是不至于……不至于会是事实吗？奈绪美虽然变得傲慢，但品性可是高贵着呢。我非常清楚，表面上看起来瞧不起我，但是她还是非常感谢我从十五岁起养了她。“我决不会背叛你”，在我枕边她可是屡屡泪眼婆娑地说着这句话，而我也是坚信不疑。刚才 K 讲的话——或许是公司里的那帮坏家伙嘲笑我的？要真是这样就好了。嗯，说的那个学生，K的亲戚，到底是谁呢？他知道的就有两三人？两三人？滨田？熊谷？说可疑，这两人最可疑，可是，若是这样那两人为什么不吵架？也不是各自来，总是结伴而来，两个人友好地和奈绪美玩，这究竟是什么心境？为了瞒住我的障眼法？因为奈绪美手段高明，两人互相都不知道？不，先不说这个，奈绪美真的堕落到这般地步？和这两个人若有关系，那么那天晚上挤在一块儿睡时，能做出那种不知羞耻的、若无其事的样子？若是这样，她的行为可真是赛过卖笑女郎了！

不知何时我已经走过新桥，啪嚓啪嚓地甩着泥水走过了芝口大街，径直走到了金杉桥一带。雨水笼罩着大地，前后左右把我团团围住，雨伞上滑落下来的雨滴打在了穿着雨衣的肩膀上。啊，挤在一块儿睡的那晚也是这样的雨天。在钻石咖啡的桌上，向奈绪美第一次表明心迹的那一天晚上，当时虽是春天，也是这样的雨天。我漫无边际地想着，今晚我在雨中这样走着的时候，大森的家里是否有人来？是不是又挤在一块儿睡？突然，脑海里浮现出了担忧。衣衫不整的滨田和熊谷围着奈绪美，喋喋不休地说着玩笑话。淫乱的画室的景象，鲜明地浮现在眼前。

“不行！我不该在这儿磨磨蹭蹭！”

我急急忙忙地跑到田町的停车场。一分钟，两分钟，三分钟……好不容易第三分钟时，电车来了。我第一次觉得三分钟可以这样长。

奈绪美，奈绪美！我怎么会把你一个人留在家里？因为奈绪美不在身边才这样，不在身边才是最不好的事。我觉得自己只要看到奈绪美的脸，这种焦虑多少就会得到缓解。心里祈祷着，听到她活泼的声音，看到她无邪的眼睛就能洗刷掉疑虑。

不过，如果她又提出挤在一块儿睡，我该怎么回答呢？今后，我应该怎么面对靠近她的滨田啦熊谷啦，还有其他有影没影的那些人？即使她生气，我也应该严格管住她吗？如果她答应还好，如果她反抗，那我又该怎么办呢？不，她不会反抗的。“我今天被同事侮辱了！所以，你也要谨慎从事，以免被他人误会。”这样对她讲的话，不比在外面，她为了自身的名誉也会听我的话的。如果自身的名誉、误解都不介意的话，就说明她可疑。K 的话是对的。如果……啊，若是真的……

我努力使自己冷静了下来，想象着这最坏的情况。如果知道了她在欺骗我，我能原谅她吗？说实话，没有她我一天也活不下去。她之所以堕落，其一半的责任也应该是算我的。所以，只要她痛改前非，跟我道歉，我也就不想再苛责她，也没有资格责怪她。我担心的是，倔强的她，尤其是在我面前强势的她，即便是证据摆在眼前，她难道会轻易向我低头吗？会不会暂且低头认错，但实际上一点都不悔过，反而会觉得我好欺负，反复同样的错误呢？要是固执的两个人互不相让，导致分手的话怎么办？这是最令我恐惧的事情。说白了，比起她的贞洁，分手更令我头痛。不管是追究她的错误，或是监督她，我必须先定下来我的态度。如果她说“那我就离家出走！”我能回她一句“随你的便！”真有这样的决心就好了。可事实上是……

但是我知道，奈绪美在这一点上也有难处。和我生活在一起才有可能过奢侈的生活，如果被赶出去，她也只能回到千束町那个又脏又乱的家。若真如此，如果不卖身什么的，谁会对她百般奉承呢？以前暂且不论，现在被我娇生惯养、膨胀起来的她的虚荣心，肯定是不会忍受这样的事的。或许滨田或熊谷等人会接她过去，但即便如此，作为学生，怎么可能有能力满足她，让她过上奢华的生活呢？我想她也是明白这一点的。如此想来，让她知道奢华的生活也是件好事呢。

对了，上次上英语课奈绪美手撕笔记本的时候我发火叫她“滚出去”，她不就投降了吗？如果当时她真的走了，我会很难过，不过事实上她会更加为难。有我才有她，一旦离我而去，她的生活会一下子跌入底层，成为这社会的垫底者。她肯定非常惧怕。而这种恐惧，我想现在也没有消散吧。她也十九了，相应地也懂事了一点，我想她应该明白这一点吧。如果是这样，或许会威胁我说“离家出走”，但也不会真的走掉。我想她也知道，这种显而易见的威吓不一定能真正吓到我。

到大森车站之前我终于多少恢复了勇气。不管发生什么事，我和奈绪美绝对不会分开，我觉得这是毋庸置疑的。

回到家一看，完全偏离了我不祥的想象。画室漆黑一片，好像没有一个客人，静悄悄的，只有阁楼四张半榻榻米的房间里亮着灯。

“噢，一个人看家呀！”

我一下子放下了悬着的心。我由衷地觉得“这样真好，太幸运了！”

用钥匙打开了锁着的玄关，一进房间我就开了画室的灯。房间像往常一样很乱，但没有来过客人的痕迹。

“小奈绪美，我回来了……我到家了……”

可是没有回答，上楼一看，奈绪美一个人在四张半榻榻米的房间里铺了被子安详地睡着。这样子不稀奇，平时她一旦觉得无聊，不管是白天还是晚上，她都会钻进被窝读小说，读着读着就睡着了。看着她香甜的睡颜，我更加放心了。

“她会骗我？怎么会呢？眼前这个，呼吸均匀而平静，睡得又香又甜的女人？”

我蹑手蹑脚地坐在她的枕头边，屏住气息凝望着她。很早以前，狐狸变成了美丽的公主欺骗了男人，睡觉时现出原形暴露了身份。不知为何我突然想起了儿时听过的这个故事。奈绪美睡相很差，和式睡衣完全散了开来，两腿间夹着睡衣的衣角，柔软的树枝般的胳膊耷拉在袒露在外的乳房上，另一只胳膊伸展到了我的膝盖附近。头，朝着胳膊伸展的方向，好像就要从枕头上滑落。鼻尖处放着翻着的一本书，那是据她讲“当下文坛上最伟大的作家”有岛武郎的小说《该隐的后裔》。我的眼睛交替落在粗装订书纯白的纸张上和她白皙的乳房上。

奈绪美的皮肤颜色很奇怪，有时泛黄色，有时呈现白色。而沉睡时或刚睡醒时，肤色总是白皙透明，仿佛在睡眠中体内的油脂完全被蒸发了一般，皮肤变得晶莹剔透。一般情况下“夜晚”和“漆黑”是捆绑在一起的，可是我一想到“夜晚”就不由得会联想到奈绪美皮肤的“白皙”。与白天那明亮的“白”不同，这“白”是包围在脏兮兮的被子中的，所谓被破被子裹着的“白”，因此更加吸引着我。这样认真地凝望着，发现灯罩阴影下她的胸部就像是在湛蓝的水底一般，鲜明地浮现了出来。醒着的时候那般明亮、富于变化的面孔，现在皱着眉头，好像是喝了苦药一般，又像是被掐住了脖子一般做着奇怪的表情。我非常喜欢她的睡颜。“睡觉的时候你的表情就像变了一个人，像做了噩梦一样。”我经常说。不止一次地想，“照这样她死去后的面孔应该也很漂亮！”即便她是狐狸变的，如果她如此妖艳，我还是会真心希望能够被她迷住。

大概半小时左右吧，我就那么静静地坐着。伸到灯光下的她的手，手背朝下，掌心朝上，就像是正要绽放的花瓣一样，手指轻轻地握着，能够清晰地看到手腕上脉搏的跳动。

“你什么时候回来的？”

刚觉得均匀的气息有点紊乱了，就发现她睁开了眼睛，脸上还残留着一抹忧郁。

“刚刚……有一会儿了。”

“怎么没有叫醒我？”

“叫了，你没醒，也就没再叫。”

“坐那儿，做什么了？看我的睡颜？”

“嗯。”

“哼，好怪一个人！”

说着她像小孩一样天真无邪地笑了，把伸出来的那只手放到了我的膝盖上。

“今天晚上我一个人孤单单的，可没劲了。还以为会有人来，可一个人都没有来……嗯，爸爸，一起睡吧？”

“睡觉也行。”

“太好了，睡觉喽！刚才没盖被子，被蚊子叮了好多包。你看，叮的！这儿帮我抓抓！”

我照着她的要求帮她抓了抓胳膊呀后背呀，等等。

“啊，谢谢。真是痒死了。不好意思，麻烦你把那边的睡衣拿给我？你帮我穿上？”

我拿了睡衣过来，把八字形躺着的她抱了起来。我帮她把身上的衣服脱了下来，换上睡衣的时候，她故意放软了身子，就像尸体一般手脚软绵绵地耷拉着。

“挂上蚊帐，爸爸也快点睡吧。”

十四

那一夜两个人的私房话也没有必要絮絮叨叨地啰唆一遍。奈绪美听我说了精养轩发生的事，口不择言地骂道：“什么呀，简直是污蔑！真是一帮不知好歹的家伙！”社会上对社交舞的认识有误区，一旦一男一女搂在一起跳舞，他们就捕风捉影般地觉得他们之间肯定有什么关系，并风传不好的评论。对新时代的流行反感的报纸等，时常写一些不负责任的报道加以中伤，所以普通人一听跳舞，就会归结到不健康的娱乐活动。所以我们要有遭受周围人品头论足的心理准备。

“再说，我除了和让治君，没有和其他男性单独两个人待过。嗯，对吧？”

不管是去跳舞的时候，还是在家玩的时候，她总是和我在一起，即使我不在家，也没有过与客人独自相处的情况。如果一个人来，只要说“今天我也是一个人”，那么，对方就会很有礼貌地回去。她的朋友里没有那种不懂礼貌的。奈绪美又接着说道：

“我再怎么任性，也清楚什么是好什么是坏。想要欺骗你让治君，也不是不可能，但我决不做骗人的事情。我光明磊落，没有什么事是瞒着你的。”

“这我知道，只是想告诉你，听他们那么一讲，心里可不好受了。”

“不好受？那你叫我怎么办？叫我别再去跳舞了？”

“去也行，但是尽量小心一点，以免被误会。”

“我刚才不也说了嘛，我是很注意的。”

“我说，我没有误会你啊！”

“只要让治君没误会，周围的人爱说啥就说去，我才不怕呢！反正我因为粗鲁，说话低俗，所以被大家讨厌。”

她接着说，只要我信她、爱她就足够了，说自己的性格不像个女的，所以自然就交了很多男性朋友，他们都是比较干脆的人，自己也喜欢这种性格的人，所以只跟这些人玩，当然也没有跟色情相关的不正经的行为。她用忧伤的、甜美的语调反复说着。最后又说“十五岁开始的养育之恩从没有忘记过”“让治君又是我的父母又是我的丈夫”等口头禅似的几句话。她一会儿哇哇哭，一会儿叫我帮她擦眼泪，一会儿给了我暴风雨般的吻。

可是，两个人虽然聊了很长时间，也不知是故意还是巧合，她没有提及滨田和熊谷的名字。我其实很想把这两个人的名字说出来，看看她脸上的表情，但一直没有机会说出来。她的话，我当然没有全信，但真要怀疑起来就会显得诸事可疑，心想没有必要对过去的事斤斤计较，往后多长个心眼就行了。不，其实刚开始我原想态度再强硬一些，可是不知为何，我的态度逐渐就变得暧昧模糊了。又是泪水又是接吻的情况下，听着她伴随着啜泣声的喃喃细语，心想你现在不会是在说谎吧，这事备不住还是真的。

这件事之后，不留痕迹地留意了一下奈绪美的样子，她一点一点地、不是那么夸张地，改变着往常的态度。跳舞虽然还去，但没有像此前那么频繁了。即使去了，也没有跳很多舞，时间差不多的时候就往回走了，客人也没有纠缠不休。我从公司下班回来，她就一个人在家，要么看小说，要么织个东西，要么听个唱片，要么弄花坛里的花什么的。

“今天也是一直一个人?”

“是，一个人呢，谁也没有来找我玩。”

“那，没有无聊吗?”

“一早就知道是一个人，就不无聊了。我不在乎啊。”

她又接着说道：

“我喜欢热闹，但也不讨厌无聊啊。小时候连一个朋友也没有，总是一个人玩儿。”

“啊，你这么一说也真是呢。在钻石咖啡的时候，我看你不怎么和其他同事讲话，甚至还有点忧郁。”

“嗯，是呀。我看起来像疯丫头，但其实性格有点忧郁。忧郁，不喜欢?”

“规矩点儿也挺好，但是忧郁也叫人为难。”

“但是，比起上次那么闹，好多了吧?”

“当然好多了。”

“我，变乖了吧?”

她突然扑向我，双手抱住了我的头，激烈地亲吻着我，头都晕了。

“怎么样，有一段时间没去跳舞了，今晚去看看?”

“我都行。让治君，要是你想去的话——”

她闷闷不乐地、模棱两可地回答着。

有时她也回答说：“要不去看电影吧，今晚没有心情去跳舞。”

我们又回到了四五年前的那种单纯快乐的生活。我和奈绪美就两个人，几乎每天晚上都到浅草看无声电影，在回家的路上进一家料理店吃晚饭。两个人聊着“那时我们这样来着”“那样来着”，沉浸在对过去的美好回忆中。“你那时身材还小，坐在帝国馆的横木上，扶着我的肩看的呢。”我一讲，奈绪美接道：“让治君刚到钻石咖啡的时候异常沉默，从远处盯着我看，挺可怕的。”

“要说最近，爸爸不帮我洗澡了?以前不是总帮我洗澡的吗？”

“嗯嗯，可不是吗？”

“什么叫可不是吗？怎么以后不帮我洗了？我长这么大了，不愿意帮我洗？”

“没有不愿意啊。现在也想帮你洗呀，我是怕你不愿意呢。”

“是吗？那，你帮我洗吧，我变回宝宝。”

有了这样的对话之后，正好赶上了冲凉的季节，我重新把丢到仓库一边的西式浴缸搬到了画室，帮她冲澡。“大宝宝”——这是她曾经的称呼，从那时已然过了四年。如今的奈绪美已经完全长大成人，躺在浴缸里几乎装满了浴缸。黑发散开就像积雨云一样丰富厚实，身体圆润，关节处还长着小肉窝，而她的肩膀更加丰满，乳房和臀部又丰满又高高翘起，充满着弹性，优美的腿又变长了。

“让治君，我是不是长了点个？”

“是啊，是长个了。最近好像和我一般高嘛。”

“不久我就超过你啦。上次称了一下体重，有53.25公斤呢。”

“真叫人吃惊，我都不到60公斤呢。”

“让治君，你比我重啊？个子又不高嘛。”

“当然重啦，虽然个子小，但男人的骨架可结实着呢。”

“那，你现在还敢让我把你当马骑？刚来的时候，不就是那样经常骑马玩的吗？像这样，我骑在你的背上，手巾当缰绳，口里喊着驾驾吁吁，在屋里跑来跑去……”

“嗯，那时你还很轻呢，大概45公斤左右吧。”

“现在的话，让治君你可能都背不动我了吧？”

“才不会呢！要不你骑上试试？”

两个人开着玩笑，真的像过去一样玩起了骑马游戏。

“来，我变成马了。”

说着，我趴在了地上。奈绪美扑通一声坐了上来，53.25公斤的体重压在了背上。她让我用牙咬住了手巾，嘴里说着：

“哎呀，这是多么步履蹒跚的一匹小马啊！提起点精神！驾驾！”

喊着，她好像很有兴致般用双腿夹住我的肚子，使劲拉着缰绳。为了不被她压垮，我使出浑身的劲儿，流着汗在屋子里爬来爬去。她不等到我精疲力竭，绝不肯停下来。

“让治君，这个夏天要不我们去镰仓？好久没去了呢。”

“的确，说起来那次以后再没去过呢。”

“是呀，所以今年去镰仓吧。那里可是我们值得纪念的地方呢！”

奈绪美的这句话非常取悦我。就如奈绪美所说，镰仓是我们的新婚旅行？算起来我们新婚旅行的地方就是镰仓，没有一个地方像镰仓那样值得我们纪念。之后，我们每年夏天都到某一个地方避暑，但都忘记了镰仓。奈绪美这样提出来，真是一个好主意。

“去吧，一定去！”

我二话没说就同意了。

两个人说好了以后，我立刻跟公司请了十天的假，锁好大森的房子，月初就动身去了镰仓。租了一间叫植惣的花匠家的独立的偏房，在长谷大街向高级度假地御用邸方向去的路边。

原来我想，这一次不好又住金波楼，就找一家稍好一点的旅馆，没想到会租房子住。因为，奈绪美告诉我花匠家的偏房可以住，说是从杉崎女士处听来的。据奈绪美讲，旅馆又不划算，又要介意周边，所以最好是租个房子。碰巧，杉崎女士有一个亲戚是东洋石油的董事，他在镰仓租的房子正好空着，说可以转让给我们住。那个董事花500日元租了六、七、八三个月，住了七月一个月，镰仓也住够了，所以若有人要租他很愿意转让。若是杉崎女士从中介绍，租金都好商量。

“喂，你说一般哪有这样的好事？我们就租它吧，好不好？这样也不要花钱，而且这一个月都可以住那里。”

奈绪美说道。

“不过，你也知道我还要上班呢，玩不了那么长时间。”

“可是镰仓的话，可以坐火车通勤啊。嗯，好不好吗？”

“可是，你不去看看怎么知道你会喜欢呢？”

“好，那我明天就去看看，如果我喜欢的话，可不可以定下来？”

“可以啊。可是不花钱也过意不去，最好是谈好价钱。”

“这我也知道。要不这样，我看让治君你也忙，觉得可以的话，我去找杉崎女士拜托她收取费用，给个 100 或 150 日元……”

就这样，奈绪美一个人跑前跑后办妥了这件事。折中之后租金是 100 日元，也是她把钱交了过去。

我心里还是比较担心，但是到了一看，房子比想象的要好。它与正房是分开的，是独立的一座平房，有八张榻榻米和四张半榻榻米的两个房间，还有玄关、洗澡间和厨房。出入口也是独立的，从院子里可以直接到大路上，不用和花匠家的人照面，就像是两个人的新婚家庭一样。我在久违的纯日式的、崭新的榻榻米上，面对着长方形火盆盘腿坐下，放松了下来。

“啊，这样真好，觉着轻松舒畅极了。”

“是好吧？和大森的家相比，哪儿好？”

“这个家更加叫人放松。这儿的话，还真能待得住。”

“你看看，是吧？所以我说要住这儿嘛。”

说着，奈绪美洋洋得意起来。

有一天——是我们到了这里以后的第三天吧，中午我们去海边玩水，游了一个小时左右，躺到沙滩上休息，突然有人在我们脸的上方喊道："奈绪美小姐!"

一看，是熊谷。好像是刚从海里出来，泳衣湿漉漉地贴在胸前，海水沿着汗毛重的小腿吧嗒吧嗒地落了下来。

"咦，小麻，你什么时候来的?"

"今天到的。看着就像你，还真是你!"

说完，熊谷朝着海边招着手，喊道：

"喂!"

海里也有人应道：

"喂!"

"谁呀? 那边游泳的是?"

"滨田啊！滨田、关和中村，还有我，我们四个人今天一起来的。"

"哦，那真热闹啊！住哪家旅馆?"

"嘿，我们哪有那么多钱啊！因为太热了，过来洗个海水浴，打算当天回呢。"

在奈绪美和熊谷聊天的光景，滨田也上了岸。

"哟，好久不见！久疏问候——河合先生，最近怎么没有看到您来跳舞?"

"也没有什么，奈绪美说有点厌倦了。"

"是吗，那真不应该！你们两位什么时候到的?"

“就两三天前。租了长谷的一家花匠家的偏房。”

“那可真是好地方呢。是杉崎老师介绍的，打算租这一个月呢。”

“好潇洒啊！”

熊谷说道。

“那，要在这儿住一段时间啊？”

滨田接着又说道：

“镰仓也有舞厅。今晚在海滨饭店就有，要是有舞伴还真想去看看。”

“我才不要去！”

奈绪美冷淡地回道。

“这么热的天，跳什么舞啊？等天凉下来了再去。”

“倒也是，夏天不适合跳舞。”

说完滨田好像很别扭的样子，扭扭捏捏地，对熊谷说道：

“喂，小麻，怎么说？要不再去游一会儿？”

“不去，我已经累坏了，我们回去吧。这会儿先去休息一下，回到东京可就要天黑了。”

“这会儿去？去哪儿？”

奈绪美向滨田问道。

“有什么有趣的事吗？”

“没什么，是小关的叔叔在扇之谷有别墅。今天大家被拽着去那儿，说是要请好吃的。但是，去那儿觉得太拘谨，所以想不吃饭跑掉。”

“是吗？那么拘谨？”

“可不是？女用人在你面前支个手指跪着，真叫人失望！她那样再怎么好吃的，也咽不下啊！喂，滨田，我们回去吧，回到东京吃点什么！”

说着熊谷也没有马上起身，伸着腿坐在沙滩上，抓一把沙子撒在自己的膝盖上。

“要不请各位和我们一起用晚餐？难得在这里碰上……”

奈绪美、滨田还有熊谷，三个人坐在那里沉默着。那气氛，我觉得我必须这样说，不然真是尴尬！

十五

那天晚上我们吃了一顿热闹的晚餐。滨田、熊谷，再加上后来过来的关和中村，在偏房八张榻榻米的房间，六个人围着矮饭桌聊到了十点左右。刚开始我还担心，他们会把我们租来的房子搞脏，但是这样偶尔聚在一起，看着他们充满活力的、无拘无束的、青年人特有的氛围，我也觉得挺愉快的。奈绪美那周到热情、不轻佻的助兴及招待客人的样子，我也觉得很符合我的理想。

“今晚过得真快乐。偶尔和他们几个聚一聚也不错！”

他们坐末班火车回了东京。我和奈绪美送他们到车站停车场之后，在夏天的夜路上手牵着手，边走边聊。美丽的星空，海边吹过来的习习凉风，真是一个美好的夜晚。

“是吗？那么有意思啊？”

奈绪美看起来因为我的心情好而高兴的样子，语气欢快。想了想，她又说道：

“他们那些人，好好交往的话，也不是那么坏的人呢。”

“啊啊，的确不是什么坏人！”

“不过，会不会过不了几天又跑来啊？小关不是说，因为有叔叔的别墅，可能经常带大家过来呢。”

“不过，不会跑我们这儿来吧？”

“偶尔来还好，总来的话好麻烦呢！下次再来，不用好好招待，也不用留他们吃饭，让他们差不多就回去。”

“可是也不能赶他们走吧？”

“哪里不能？我就跟他们直说，你们打扰到我们了，回去吧。这样的话不能讲？”

“嗯，又会被熊谷嘲笑的。”

“被嘲笑就被嘲笑！我们好不容易到镰仓来，来打扰我们，那是他们不应该！”

两个人走到了黑洞洞的松树树荫下的时候，奈绪美说着停住了脚步。

“让治君！”

我知道这甜甜的、轻轻的、像诉说般的声音意味着什么。我默默地用双手抱住了她的身体，品味着好像喝了一口海水一样的激烈的吻……

十天的休假一晃就过去了，我们依然觉得很幸福。按原计划我从镰仓到公司上班。说是要常来转转的小关他们，一周之后也就来了一次，之后就没再见到他们。

快到月末的时候，有一个非常急的事情，我只好加班，下班就很晚了。平时七点左右到家，和奈绪美一起吃晚饭。可是，那几天晚上九点还在公司加班，然后回家就十一点多了。这样的加班预计需要五六天，那是第四天的时候。

那一天，原来要到九点的，因为工作进展顺利，八点我就下了班。像往常一样，从大井町坐电车到横滨，再转乘火车。到镰仓的时候，大概还没有到十点吧。每天晚上——说来也就这三四天——都回家回得晚，这天我心里想早点回家，看着奈绪美的脸，悠闲地吃个晚饭，所以从车站停车场叫了人力车，跑在了御用邸旁边的路上。

酷热的夏天，在公司工作了一天，又坐火车颠簸了一番，身体已经很疲倦了。而这海边夜晚的空气，让人觉得柔和又清爽。这种感觉也不是这一天才有，可是这一天傍晚正好下过一场雨，从湿漉漉的草、滴水的松树枝上升腾的水蒸气中幽幽传来清冽的香气。虽然是夜晚，还能看得见有些地方还有水洼，砂石路已经基本上干了，但也不起灰。车夫的脚步声，就像是踩在天鹅绒上一样，轻轻的，软软的。从别墅一样的房子的绿篱深处传来留声机的声音，路上偶尔会有一两个穿着白底的浴衣的行人，让人真切感受到这里是避暑的度假地。

在栅栏门处我下了车，打发了车夫回去，走进院子来到了檐廊。我以为听到我的脚步声，奈绪美会立刻拉开檐廊的拉门迎接我。可是房间里灯火通明，但没有一点动静，静悄悄的。

“小奈绪美……”

我叫了两三声，见没人应答，就自己走上檐廊拉开了拉门，房间里空荡荡的。游泳衣啦，毛巾啦，浴衣啦等，在墙上、隔扇上、壁龛上随处挂着，用过的茶具、烟灰缸还有坐垫也没有收。房间里像平时一样零乱得很，但总觉得充斥着没有人气的静谧——那绝不是人刚刚离开时的那种安静，我以恋人特有的敏锐嗅到了这一点。

“去哪了？恐怕是两三个小时前就……”

可我还是查看了洗手间、洗澡间，又特意到厨房门口开灯看了一下。映入眼帘的是，也不知谁的杰作，日本酒正宗的一升装的空瓶以及西餐的残渣。对了，想起来了，那烟灰缸里也堆着好多烟头，肯定是那帮家伙来过了。

“老板娘，奈绪美好像不在，您知道她去哪儿了吗？”

我跑到正房，向植惣太太问道。

“啊，您说小姐啊？”

老板娘称呼奈绪美为“小姐”。我们虽然是夫妇，但我们想让周围的人认为我们是同居者，或者是未婚夫妻，所以不这么称呼奈绪美会不高兴。

“小姐她傍晚回来吃过晚饭后，和大家出门了。”

“您说的大家是？”

“嗯……”

老板娘稍稍犹豫了一下，接道：

“那个熊谷少爷，还有大家……”

老板娘居然知道熊谷的名字，而且管他叫“熊谷少爷”，我心里觉得有点讶异，但这会儿管不了那么多了。

“傍晚回来过一次？那，他们白天也在一起？”

“过了中午一个人去游了泳，然后和熊谷少爷一起回来的。”

“和熊谷君，就两个人？”

“是啊……”

其实，一直到现在我还没有那么慌，可是老板娘那吞吞吐吐的样子，脸上愈加鲜明的为难之色，让我感到了不安。心里虽然不想让老板娘看出我的心思，但我的语气不由得变得很急切。

“您说什么？不是大家在一起？”

“是，那会儿是两个人，说是酒店里有白天的舞场。”

“之后？”

“之后，傍晚的时候和大家一起回来的。”

“晚饭是大家在家里吃的吗？”

“是啊，好像挺热闹的样子……”

说着老板娘看了看我苦笑着。

“吃完晚饭又出门，那是几点？”

“啊，那是八点左右吧？”

“那，已经都过了两个小时了。”

我脱口而出。

“是不是在酒店呢？老板娘您没听说什么？”

“不太清楚，可能是什么别墅吧？”

听她一讲，我想起了关的叔叔的别墅就在扇之谷。

“啊啊，去了别墅啊。我现在去接她回来，您知道大概在哪里吗？”

“那个，不远，就在长谷海岸那儿……”

“哦，长谷？我听说的是在扇之谷……那个，我说的是，我也不知道今晚他有没有来，奈绪美的朋友，有一个叫关的，他叔叔的别墅……”

我这么一讲，老板娘的脸上唰地闪过惊讶之色。

“和那个别墅，不是同一个吗？”

“是……嗯……”

“在长谷海岸的别墅，到底是谁的别墅？”

“那个，是熊谷先生亲戚家的……”

“熊谷君的？”

我的脸唰的一下白了。

从车站停车场出来在长谷大街左转，走过海滨酒店前面径直往前走，道路会一直延伸到海边。那边角上的大久保先生的别墅，就是熊谷先生的亲戚家的。老板娘如是说道。这些情况我可是第一次听到。奈绪美也好熊谷也好，从来没有说过一个字。

“奈绪美经常去那家别墅吗？”

“这个嘛，不是很清楚……”

虽然这么说，但我并没有放过老板娘脸上惴惴不安的表情。

“不过，今晚当然不会是第一次吧？”

我不由得呼吸急促，声音也颤抖起来。可能是被我的怒气吓到了，老板娘的脸苍白了起来。

“不会给您添麻烦的，请告诉我。昨晚怎么样？昨晚也出门了？”

“是……昨晚好像也出门了……”

“那，前天晚上呢？”

“啊。”

“也是出门了？”

“是。”

“那再前一个晚上呢？”

“是，那前一个晚上也……”

“我下班回来晚之后，每天晚上都是？”

“是……不是记得很清楚……”

“那，每晚大概几点回来？”

“大概啊……快到十一点的时候……”

敢情从一开始我就被这两人骗了！所以奈绪美才想到镰仓来！我的大脑像旋风般旋转着，非常迅速地将这段时间奈绪美的言行在心里重放了一遍。瞬间，他们的计策非常清晰地展现在我的眼前。它包含了像我这样单纯的人无法想象的、双重甚至三重的谎言，构思紧密的合谋，它复杂得让人无法琢磨到底有多少人加入了他们的密谋。我仿佛突然从平坦的、安全的地面掉进了万丈深渊，羡慕地仰望着在上面嘎嘎笑着走过的奈绪美、熊谷、滨田、关以及无数的人影。

“老板娘，我这会儿出门。即使她回来了，也请你不要告诉她我回来过。我有我的打算。”

丢下这些话，我就冲到了大街上。

我走到海滨酒店前面，照着老板娘告诉我的路，尽量靠着暗处走着。那是一条两边建着别墅的、幽静的道路，夜晚基本上没有人通过，不是特别亮，与我正合适。我借着某一个门灯的亮光看了一下表，时针刚过了十点。在大久保家的别墅里，是和熊谷就两个人呢，还是和那帮家伙一起呢？一定要到现场探个究竟。如果可以的话，悄悄地抓住证据，之后看看他们到底怎样睁着眼睛说瞎话，然后抓个现行好好整整他们。想到此，我就加快了脚步。

要找的别墅一下子就找到了。我在屋前的道路上踱来踱去，望着这栋别墅的格局。豪华的石门里面是茂密的灌木丛，铺了砂石的小径穿过灌木丛延伸到院子深处的玄关。门牌上的“大久保别邸”看起来时代久远，围在宽阔的院子周围的石墙上长着苔藓。与其说是别墅，倒不如说是年代久远的宅邸，没有想到熊谷在这里竟然有拥有这么宏伟壮观的宅邸的亲戚。

我尽量小心，不让砂石路发出声音，潜入到了院子里。因为灌木丛茂密，从大街上根本看不到正房的样子，可是靠近一看，奇怪的是玄关也好后门也好，二楼也好一楼也好，一眼望过去能看到的房子都鸦雀无声，门窗紧闭，黑乎乎的。

“嗯，是不是这房子的后面也有熊谷的房间？”

想着，我又蹑手蹑脚地沿着正房转到了屋后。果然，二楼的一间房和其下面的后门入口处亮着灯。

看一眼我就明白了，那二楼的房间就是熊谷的起居室。因为那个曼陀林靠着檐廊的栏杆放着，房间里我曾见过的图斯坎品牌且中间凹陷的草帽挂在柱子上。拉门敞开着，却听不到一句话，看来房间里没有人。

刚才后门入口的拉门，好像也是刚刚有人出去，敞开着。我借着后门入口微弱的光，发现五六米前方有一个后门。这个门没有门扇，只是两个木头柱子，从门柱间望去，可以看到由比之滨的波涛在黑夜里清晰地画出了一条白线。浓烈的海水气味儿扑面而来。

“肯定是从这儿出去的。”

我刚从后门走到海岸，就在近处听到了奈绪美的声音。之所以一直没有听到，可能是因为风的缘故吧。

“喂！鞋子里进沙子了，走不了啦！谁来帮我把沙子弄出来……小麻，你来帮我脱鞋！”

“我才不呢。我又不是你的奴隶！”

“你要这样说，我就不喜欢你了……那，阿滨你心肠好，对吧？谢谢，谢谢，也就阿滨对我最好了，我最喜欢阿滨了！”

“混蛋！别以为我老实就把我当傻子！”

“啊，哈哈哈！讨厌阿滨，别挠我的脚！”

“不是挠痒痒！看脚上这么多沙子，我给你掸沙子。”

“顺便舔一下，就成了‘爸爸’了！”

说话的是关。四五个人哄的一声笑了起来。

从我站着的地方往前就是连绵的沙丘，沙丘下坡的地方有一家苇棚茶屋，声音就是从这茶屋传来的。茶屋离我也不足九米。我刚从公司回来，还穿着茶色的羊驼呢西装。我把领子立了起来，扣好了前排口，尽量遮住衬衣和衬衣的领子，草帽藏在了腋下，曲着身子飞快地跑到茶屋后面的水井旁边的隐蔽处。可是刚一到，就听奈绪美讲：

“好啦，别说了。我们到那边去看看吧。”

在奈绪美的带头下，他们一个跟着一个走了出来。

他们并没有察觉到我，走到了浪拍打过来的沙滩上。滨田、熊谷、关还有中村——四个男人穿着浴衣，夹在中间的奈绪美披着黑色的斗篷，只看到她穿着高跟的鞋。到镰仓时，她没有带斗篷和鞋子，肯定是借了他人的了。看起来因为有风，斗篷衣角要被刮起来了，所以她用双手把斗篷从里面紧紧地裹在身上，每走一步丰硕的臀部就在斗篷里蠕动一下。走路像醉酒的人一样，肩膀故意撞在左右的男人身上，摇摇晃晃地走着。

我屏住气息一直缩在一角，在与他们的距离隔了五十米左右，白色的浴衣在远处时隐时现的时候，才站起身悄悄地跟了上去。开始我以为他们会沿着海岸往东面走，可是走着走着，他们在中途逐渐左转，好像越过了通向街道的沙山。当他们的身影消失在沙山的对面时，我就用尽全力爬向了沙山。因为我知道他们下面要走的路是松树较多、藏起身来非常便利的别墅区，心想在那里的话跟得再近一点，他们也不会轻易发现。

从沙山下来，就听到他们充满活力的歌声。敢情他们就在离我五六米远的地方，一边合唱一边打着拍子走着。

Just before the battle, mother,

I am thinking most of you……

那是奈绪美经常哼唱的歌曲。熊谷站在他们的前面，做着挥指挥棒的手势。奈绪美还像刚才那样晃晃悠悠的，一会儿撞上左边的人，一会儿撞上右边的人。被撞到的男人，就像是划船一样，一起向边上摇摆起来。

“嘿哟！嘿哟……嘿哟！嘿哟！”

“哎呀，干什么！你这样推，会撞上院墙的。”

噼里啪啦，好像有人用拐杖打在了院墙上。奈绪美嘎嘎笑了起来。

“来，下面唱 *Honi kaua wiki wiki*！”

“好，来吧！这下是夏威夷的草裙舞！大家要一边唱着歌，一边甩屁股啊！”

“Honi kaua wiki wiki, Sweet brown maiden said to me……”然后他们齐刷刷地摇起了臀部。

“哈哈，甩屁股嘛，小关甩得最好啦！”

“那是当然，我可是下了番功夫研究的呢！”

“在哪儿？”

“在上野举办的和平博览会上呀。在万国馆不是有土著人跳舞的吗？我可是连着跑了十天去看呢！”

“真有你的！”

“干脆你也在万国馆表演好了，你这脸还真像土著人！”

“喂，小麻，都几点了？”

问话的是滨田。滨田他不喝酒，所以好像是其中最认真的一个。

“是啊，几点了？有谁戴表了？”

“嗯，我戴了。”

说着，中村擦亮了火柴。

“哎呀，已经十点二十分了！”

“没关系，不到十一点半爸爸不会到家。下面我们转一下长谷大街再回去吧。我想穿这身在繁华的地方走走！”

“同意，同意！”

关大声吼道。

“不过话说回来，我这样子看起来像什么？”

“怎么看也是女匪首！”

“我要是女匪首，你们就是我的手下！”

“那不成了大盗白浪四人男[1]？”

“那我就是弁天小僧！”

“嗯，女匪首河合奈绪美……”

熊谷操着无声电影解说员的口气说道：

“……趁着夜色，身穿黑色斗篷……”

“哼哼，别说了，你别用那么卑贱的语气说话！”

“……她率四人恶党从由比之滨……”

“……别说了，小麻！我叫你别说！”

啪一声，奈绪美甩了他一个巴掌。

“啊，疼死了！卑贱的声音可是我的真声啊！没当成浪花曲说书人，可是我的一大憾事呢！”

“可是玛丽·碧克馥才不会做女匪首！”

“那谁会当呢？普丽西拉·迪恩[2]吗？”

“嗯，对！就是普丽西拉·迪恩。”

“啦啦啦。”

滨田哼着舞曲跳起了舞。我一看他踩着舞步马上就要转过身来，赶紧躲到了树荫下。与此同时响起了滨田的“咦”的一声。

---

① 出自歌舞伎剧《青砥稿花红彩画》，河竹默阿弥作，1862年初演，剧中日本驮右卫门、弁天小僧菊之助、忠信利平、赤星十三郎、南乡力丸五名盗贼被称为“白浪五人男”。

② 普丽西拉·迪恩（1896—1987），美国女演员。

“谁？这不是河合先生吗？”

大家一下愣在了那里，静静的，透过夜幕回头看着我。我心想“糟了！”可为时已晚。

“‘爸爸’？这不是‘爸爸’嘛。在那儿干什么？快过来一起走啊？”

突然奈绪美噌噌走过来，敞开斗篷伸出胳膊放在了我的肩膀上。一看，斗篷里的她竟然是一丝不挂。

“你这是什么样子！真丢我的脸！贱女人！淫妇！婊子！”

“嘻嘻。”

她的笑声里充满着酒精味。可至今我一次也未曾见过她喝酒。

十六

当天晚上和第二天，我终于敲开了她倔强的嘴，了解到了她欺骗我的计策。

就如我所猜测的那样，她想到镰仓来就是为了和熊谷玩。关有亲戚在扇之谷是彻头彻尾的谎言，长谷的大久保的别墅才是熊谷叔叔家。不仅如此，现在租借的偏房，其实也是熊谷介绍的。这家花匠店与大久保家有生意往来，是熊谷找到他们谈的。也不知是怎么谈的，他们退掉了前一个房客，让我们住了进来。当然这些都是奈绪美和熊谷商量好的，根本没有杉崎女士或者东洋石油的董事，等等，都是奈绪美捏造出来的，也正因为此她才会一个人出面处理这些事。据植惣太太讲，第一次来看房子的时候，她就是与熊谷“少爷”一起来的，行为举止就像是“少爷”的家人似的，而且加上先前的说辞，所以不得已拒绝了前任房客，把房子腾出来租给了他们。

“老板娘，非常抱歉牵连了您，给您带来了很多麻烦。不过，务必请您把所知道的都告诉我。我绝对不会透漏您的名字，我绝不会为这事跑到熊谷那里提出抗议，只是想知道事实而已。”

第二天，上班以来头一次，我向公司请了假，严密地监视起奈绪美，令她在屋里待着“不得迈出一步”，把她的衣物、鞋子以及钱包悉数收起，搬到了正房。在正房的一个房间，盘问起老板娘。

“什么，你是说，他们老早开始，就在我不在的时候有来往？”

“是的，自始至终他们都是有来往的。有时少爷过来，有时小姐过去……”

“大久保先生的别墅，都有谁在住啊？”

“今年大家都回到了老宅，偶尔会过来，平时只有熊谷少爷一个人居住。”

“那，熊谷君的那些朋友是怎么回事？他们是经常来的吧？”

“是的，是经常来的。”

“那是熊谷君领着来的，还是各自来的呢？”

“这个嘛……”

后来我才明白，这时候老板娘好像非常为难。

“……有时一个人来，有时和少爷一起来，什么情况都有……”

“除了熊谷君，有没有谁单独一个人过来？”

“我记得那个叫滨田的先生，还有其他先生也有一个人来过……”

“那，这时候他们是一起出门吗？”

“不，基本上在屋里说话来着。”

这一点是最令我百思不得其解的。如果奈绪美和熊谷关系暧昧的话，为什么会带上其他人？他们中的某一人造访，奈绪美和他聊天是什么意思？他们都以奈绪美为目标，为什么他们之间不会吵起来？昨晚，那四个男人还那么友好地胡闹在一起。这么一想我又搞不明白了，就连奈绪美和熊谷之间是否有暧昧也产生了疑问。

可是说到这一点，奈绪美怎么也不松口，坚持说自己并没有什么深藏不露的企图，只是想和朋友们一起热闹一下而已。问她为什么那般阴险地欺骗我，她回答说：

“因为爸爸怀疑那帮人，瞎操心嘛！”

“那，小关的亲戚的别墅，是怎么回事？小关和熊谷，哪里不一样？”

听我这么一问，奈绪美一下子窘了，不知如何作答。她突然低下头，沉默着，咬着嘴唇，翻眼死盯着我。

“你最怀疑小麻嘛。说是小关的，我觉得多少好一点。”

“别老喊小麻小麻！不是有熊谷这名字吗！”

我忍无可忍，终于大吼道。我一听她喊“小麻”，就恶心得不得了。

“喂！你和他发生过关系吧？你老实坦白！”

“怎么会！你那么怀疑我，是有证据吗？”

“虽然没有证据，但我心里清楚！”

“为什么？你怎么知道呢？”

奈绪美的表情惊人地沉着，嘴角甚至浮现着一抹浅浅的、可恨的微笑。

“昨晚你那丑态是怎么回事？你都那个样子，还想说自己清白？”

“那是他们灌醉我，让我穿成那样的！只是那样子在大街上走走而已嘛！”

“好！你还是坚持自己是清白的？”

“是，我就是清白的！”

“你敢发誓吗？”

“是，我发誓！”

“好！你别忘了你说的这一句！你说的话，我已经一句也不敢相信了！”

说完我再也没有理她。

我担心她和熊谷写信联系，把信纸、信封、墨水、铅笔、钢笔、邮票等所有的东西都收了起来，和她的行李一起存放到了老板娘那里。为了防止她在我不在的时候出门，我只给她穿了一件红色的、泡泡纱的长袍在家。第三天的早晨我装着去上班，离开了镰仓。在火车上，想了半天如何才能找到证据，终于决心先到空了一个月的大森的家去看看。如果和熊谷有暧昧的关系，那一定不是夏天才开始的。到大森查看一下奈绪美的东西，或许能找出信呀什么的。

那一天乘坐的火车比往常晚了一班，所以到达大森的家时，已经是十点左右了。我走过门廊，拿钥匙开了门，横穿画室，向她居住的阁楼走去。然后，打开那间的拉门走进了房间。那一瞬间，我“啊”了一声，愣在了那里。不承想滨田一个人孤单单地躺在那里！

当我一走进来，滨田红着脸，说了一声“你好！”就坐了起来。

“你好！”

我回了一声。两个人默默地盯着对方，好像要读出对方心里所想一般。

“滨田君，你怎么会在这里？”

滨田嚅动了一下嘴唇，想要说些什么，最后还是沉默着，好像是乞怜般地低下了头。

“噢？滨田君，你什么时候开始在这儿的？”

“我刚来……刚刚来的。”

好像已经明白没办法逃避，这次他很清楚地回答道。

“可是这房子门窗不是都关好了吗？你怎么进来的？”

“从后门……”

“后门也是锁着的呀。”

“嗯，我有钥匙。”

滨田的声音弱弱的，有点儿听不清楚。

“钥匙？你怎么会有？”

“是奈绪美小姐给的。这么一讲，我想您大概明白了我为什么会在这里了吧……”

滨田静静地抬起了脸，直直地凝视着目瞪口呆的我。他的表情流露出一旦有情况就能开诚布公的、少爷般的品格，完全不是平时那个不良少年。

“河合先生，我能猜想出，您突然到这里的理由。我是欺骗了您，为此我甘愿接受任何惩罚。现在说这些有点奇怪，我很早就……想向您坦白我的罪行，在被您这样发现之前……”

说着说着，滨田的眼睛里噙满了泪水，一会儿吧嗒吧嗒沿着脸颊流了下来。一切出乎了我的想象。我沉默着，眨巴着眼睛，望着他。即使姑且相信他的话，很多事我还没有办法理解。

“河合先生，您能不能对我说一句‘您原谅我’？”

“可是，滨田君，我还是搞不明白。你说你从奈绪美那儿拿的钥匙，到这儿来做什么？”

“在这儿……今天在这儿……约好了和奈绪美小姐见面。”

“哦？和奈绪美在这儿见面？”

“是，是的……而且也不是就今天一天，至今为止已经好几次了……”

再听下去，终于听明白了，我们搬到镰仓之后，他和奈绪美在这儿私会了三次。就是说，奈绪美等我上班之后，乘坐比我晚一个或两个班次的火车到大森来。每次都是十点前后来，十一点半左右回去。回到镰仓最迟下午一点左右，所以没有人会想到她会到大森走个来回，房主也就没有察觉到。今天他们约的是十点，所以滨田听到刚才我上楼的脚步声，就以为是奈绪美来了。

对于这个令人惊讶的坦白，充斥我内心的却只是茫然的感觉。目瞪口呆——简直不像话，事实上心情就是这样的。再说明一下，这一年我三十二岁，奈绪美则是十九岁。没想到一个十九岁的姑娘竟然如此大胆地、如此奸诈地欺骗了我！奈绪美竟然是这样一个可怕的少女！此时此刻，不，到了这样一个时刻，我也难以相信！

“你和奈绪美究竟是什么时候开始有这样的关系的？”

原不原谅滨田是次要的问题，我一心想了解事情的真相，刨根问底地追问道。

“那是相当早的时候了。大概您还不认识我的时候……”

“那，记得第一次见你，是去年的秋天吧，我从公司下班回来，看见你和奈绪美在花坛的旁边聊天。”

“是，是的，算起来正好一年了……”

“那照你这么一说，是从那时候开始的？”

“不，比那时更早就开始了。我从去年三月开始到杉崎女士那儿学钢琴，在那儿认识了奈绪美小姐。之后没多久，也就过了三个月吧。”

“那是在哪儿见的面？”

“还是这儿，大森您的家。奈绪美小姐说，上午也不去学习，一个人在家很孤单，叫我过来玩。刚开始我就打算过来玩一玩的。”

“哼嗯，那，是奈绪美叫你来玩儿的？”

“是，是的，而且我完全不知道您的存在。奈绪美小姐跟我讲，自己是乡下来的，住在大森的亲戚家里，和您是表兄妹。我知道事实其实不是那样的，是在您第一次到埃尔多拉多舞厅的时候。可是我……那时候我已经无法自拔了。”

“今年夏天，奈绪美想到镰仓，是和你商量的结果？”

“不，那不是我，劝奈绪美小姐到镰仓的是熊谷。”

说完，滨田突然加重了语气接道。

“河合先生，被骗的不光是您！我也被骗了！”

“……你是说奈绪美和熊谷君也是？”

“是的，现在对奈绪美小姐呼来呼去的是熊谷。我很早就隐隐觉得奈绪美小姐是喜欢熊谷的。可是，我做梦也没有想到，她一边和我保持关系，一边和熊谷还那样。而且奈绪美小姐说，自己只是喜欢和男性朋友天真地闹一闹而已，没有更深一层的关系。所以，心想好像说得也对……”

“唉。”

我叹了口气，说道。

“那就是奈绪美的手段啊！她对我也是这么说的，我也信了她……那你是什么时候发现她和熊谷的关系的？”

“那是那个，有一次下雨天晚上，我们在这里挤在一起睡的，你还记得吧？那天晚上我察觉到了……那天晚上，我真的对你充满了同情。那天晚上两个人厚颜无耻的态度，怎么也不像是一般的关系。我越是感到嫉妒，就越是能够理解您的心情。”

“那我问你，你说察觉到他们的关系，只是从他们的态度推测的？”

“不，不是的，是发生了能够确认猜想是事实的事情。拂晓的时候，您在睡觉，所以可能不知道，但是我由于睡不着觉，迷迷糊糊间看到了他们两人在接吻。”

“奈绪美她知道你看到了他们接吻？”

“是的，她知道。后来我和她讲了，也求她和熊谷分手。告诉她我讨厌被当作玩具，既然事情都这样了，我要娶她……”

“娶她？”

“是，是的。我打算向你坦白两个人的恋情，请求您把她让给我，让我娶她为妻。奈绪美小姐说，您是明白事理的人，只要我们说清楚我们痛苦的心境，您肯定会答应的。我不太清楚事实到底是怎样的，据奈绪美小姐讲，您只是为了教育奈绪美小姐才养着她，虽然同居在一起，但也没有一定要成为夫妻的约定。她还说，两个人年龄相差这么大，即便结婚也不一定能够幸福地生活在一起……”

“这些话……她真是这么讲的吗？”

“是的，是这么讲的。她还说，会在近期找时间和您讲，一定会和我成为夫妻的，所以再给她点儿时间，信誓旦旦地和我说了好几次，也说会和熊谷分手。可是，这一切都是假的！

奈绪美小姐从一开始就根本没有打算和我结婚!”

“那奈绪美是不是和熊谷也有同样的约定?”

“我也不清楚，我猜可能不会吧。奈绪美小姐是没长性的人，熊谷也不会是认真的。那个男的比我狡猾多了……”

不可思议的是，一开始我就没有恨他。听着他这些话，反而涌起了同病相怜的感觉，因此就更加憎恨起熊谷来，强烈地感觉到熊谷就是两个人共同的敌人。

“滨田君，不管怎样，在这儿聊下去也不是那么回事，要不找个地方边吃边聊?我还有很多问题想问你。”

我邀请他一道出门，因为西餐馆不太方便讲话，所以带他到了大森海岸的松浅餐厅。

“那，河合先生，今天公司那边请假了?”

滨田没有像刚才那样兴奋，好像是放下了沉重的负担一样，用比较融洽的语气边走边说道。

“是的，昨天也请假了。偏巧公司最近忙得很，不上班实在不好，可是从前天开始心烦意乱，根本没心情工作……”

“奈绪美小姐她知不知道您今天到大森来?”

“昨天我在家待了一天，今天我出门时说了去上班。她那么精，或许会有所觉察，但不至于想到我会到大森来吧。我想翻翻她的房间，看有没有什么情书之类的，所以突然跑到大森来的。”

“啊，是吗？我以为您是来抓我的。可是，要是这样，等一会儿奈绪美小姐会不会过来？”

“不，不会的……我把她的衣服、钱包都没收了，防止她在我不在的时候迈出大门一步。那个样子，我想就连门口也不敢出来吧。”

“咦，什么样子啊？”

“瞧，你也知道的，那件桃红色的泡泡纱的长袍？”

“啊啊，是那一件啊！”

“就那么一件，连一根细细的带子也没有，应该不会来的，像是猛兽被关进了笼子里。”

“可是，刚才那样的情况下，要是奈绪美小姐突然跑了进来，会是什么样子呢？那可真要闹腾起来了。”

“不过，到底是什么时候，奈绪美和你约的今天见面？”

“那是前天，被您发现的那天晚上。那天晚上我跟她闹别扭，所以奈绪美小姐好像是为了讨好我吧，叫我大后天到大森来。当然我也不对！我应该要么和奈绪美小姐绝交，要么和熊谷吵架，可是我做不来。我自己也觉得自己卑鄙，但是我胆小，所以就磨磨蹭蹭地一直和他们交往。所以，虽然是被奈绪美小姐骗了，但归根结底就是自己傻！”

不知为何，我觉得他说的好像是我。到了松浅的包房，面对面坐下来一看，感觉这个男的甚至还有点可爱。

十七

“来，滨田君，你能坦诚相告，我很高兴。咱们先喝一杯?”

说着我斟上了酒。

“那，河合先生，您原谅我了吗?”

“谈不上原谅不原谅。你是被奈绪美骗了，原来也不知道我和奈绪美的关系，所以你也没有什么错。我已经不怪你了。”

“不，谢谢，您那样讲我也就心安了。”

可是滨田看起来还是很不好意思，劝了酒也不喝，低垂着眉眼，客气地缓缓开口问道：

“那什么，请问河合先生，您和奈绪美小姐不是亲戚吗?”

过了一会儿，滨田好像有点想不开一样，说完轻轻地叹了口气。

“不，绝不是亲戚关系。我是宇都宫人，奈绪美是土生土长的东京人，老家还在东京。本人想上学，但家庭条件不允许，我觉得她可怜，所以在她十五岁的时候，我领养了她。”

“然后现在是已经结婚了，是吧?”

“是，是的。得到双方父母的同意，都办过了必要的手续。不过，当时她才十六岁，很年轻，觉得当‘太太’对待有点怪异，猜想本人可能也不会太喜欢，所以约定暂时像朋友一样生活。”

“啊，是嘛，这就是误会的根源啊。奈绪美小姐看起来一点儿也不像太太，她自己也没有说过，所以我们都被骗了。”

“奈绪美有错，但我也有责任。我觉得社会上的所谓‘夫妇’没有意思，所以想尽量过不像夫妇的生活，没想到竟招来意想不到的错误，今后我一定改正。不，真是受够了！”

“我也觉得您应该那样做。还有，河合先生，我知道把自己放一边说别人是不好，可是，熊谷真是坏蛋，您要留神。我先声明我这么说并不是出于恨，可是熊谷也罢、关也罢、中村也罢，都不是好东西。奈绪美小姐也没那么坏，都是他们把她带坏的……”

滨田激动地说道，眼里又一次噙满了泪水。哦，这个年轻人是这般真挚地爱着奈绪美！我心里不知是感激还是抱歉。如果我没有说明我和奈绪美是夫妇，滨田可能会和我讲，求我把她让给他。不仅如此，如果现在我说了要放弃她，他肯定会立刻说他会娶她。这年轻人眉宇间充满着令人怜爱的热情，我一点也不质疑他的决心。

“滨田君，我会接受你的忠告，想办法在这两三天之内处理这件事。如果奈绪美她真的和熊谷分手的话，我就原谅她，如若不然，一天也不愿意和她……”

“可是，可是请您务必不要抛弃奈绪美小姐！”

滨田匆忙打断了我的话。

“如果被您抛弃，奈绪美小姐肯定会堕落下去的。奈绪美小姐她没有错……”

“谢谢，真的谢谢你！我真的很感谢你的好心！我是在她十五岁的时候就开始照顾她了，所以即便被周围嘲笑，我也绝不会抛弃她的。只是她很倔，我在担心我要怎样才能让她与那些坏朋友断绝关系。”

“奈绪美小姐确实比较固执。即便只是一点小事，一旦吵起来，就会无法补救。所以，您要做得巧妙一点。不好意思，我有点出言不逊了……”

我对滨田也不知重复了多少遍“谢谢、谢谢”。如果两个人之间没有年龄、地位的差距，如果我们之前就比较亲密，我恐怕真会握住他的手，和他相拥而泣。当时我的心境就是这样激动。

“滨田君，今后也一定要过来玩儿啊！不要客气！”

告别之际，我对滨田说道。

“好的，不过这段时间就不能去了。”

滨田犹豫了一下，好像不愿被看到脸庞，低着头回答道。

“为什么？”

“这段时间……忘掉奈绪美小姐之前就不来了……”

说完，他藏着眼泪，戴上帽子，说了声“再见”，也没有坐电车，就向品川方向噌噌走去。

之后，我还是去了公司，可是没有心情工作。奈绪美那家伙，现在在干什么？就穿了一件睡袍，肯定没有办法出门吧？可是刚一想到她，心里就不由得牵挂起她来。毕竟出乎意料的事情接二连三地发生，知道自己不断地被骗，我的神经变得异常敏锐，甚至于病态，会想象和臆测各种各样的情况。觉得奈绪美身上有我的智慧想象不到的神通力，不知道什么时候会做出什么事来，一点儿也放不下心来。我不能在这里待着，我不在的时候天知道会发生什么事情。我草草结束了工作，急匆匆地赶回了镰仓。

"我回来了。"

一看到站在门口的老板娘，我说道。

"在家吗？"

"是的，好像在家。"

听到她的回答，我一下子放下了心，接着问道：

"有没有人来过？"

"不，没有。"

"怎么样？她什么情况？"

我用下巴指着偏房，向老板娘递了个眼神。这时我才注意到，奈绪美应该待的房间拉门紧闭着，透过玻璃看到的房间昏暗又寂静，好像没有人气。

"哦，我也不清楚。好像今天一天都待在屋里……"

哼，终于一整天猫在屋里啊！可是这般安静倒是让我感到一丝不安。她会是什么表情？我忐忑不安地、轻轻地走上了檐廊，拉开了偏房的拉门。这时已是傍晚六点多，奈绪美衣衫不整地仰躺在光线照不到的一个角落里呼呼大睡。因为蚊子叮咬，可能是扭来扭去折腾的吧，所以虽然用我的克来文雨衣围住了腰部，不过也就遮住了腹部，像熟透的洋白菜梗一样白皙的胳膊和腿都伸在了红色泡泡纱睡袍之外。糟糕的是她这般模样异常蛊惑我，撩着我的心。我默默地开了灯，一个人迅速地换上了和服，故意用力啪地关上了壁橱的门，可是也不知她有没有察觉，睡得还是很香。

“喂，起来了，都晚上了。”

我装着写信靠在桌子前坐了半个多小时，终于忍不住了，说道。

“嗯……”

我吼了两三次，她才很不情愿地哼哼着回答了我。

“喂！还不起吗？”

“嗯……”

嘴里哼了一声，还是不想起来。

“喂！干什么？喊你呢！”

我站了起来，用脚粗暴地晃动着她的腰部。

“啊啊。”

柔软的两只胳膊直直地伸展了起来，小小的、红红的、握紧了的小拳头伸了出来，奈绪美忍着哈欠，慢腾腾地坐了起来。她偷偷地瞄了我一眼，立马扭过头去，刺啦刺啦地抓起刚才被蚊子叮的地方，脚背啦，小腿啦，后背啦。可能是睡得太久了，也可能是因为哭过，眼睛充着血，散乱的头发像疯子一样垂在肩上。

“来，快换上衣服，看你什么样子！”

我到正房拿回衣服丢在了她的面前，她一言不发地，绷着脸换上了衣服。然后，一直到吃完送过来的晚饭，我们两个人谁也没有开口。

在这一段长长的、沉闷的、互相对峙的时间里，我心里想着该怎样让她坦白？怎样让这倔强的女人老老实实地道歉？当然还记得滨田说的忠告——奈绪美是很固执的人，稍不注意吵起来的话，有时会导致不可挽回的结果。滨田说那样的忠告，恐怕是来自他的真实体验，在我的记忆里这样的事情也发生过很多次。不管如何惹她生气那是绝对不可以的，应该防止她故意找别扭，避免吵架，但也不能让她看轻了我，所以要巧妙地说出来。如果我用像法官一样的态度审问她，那是最最危险的。“你和熊谷是这样这样的吧？”“然后和滨田也是这样这样的吧？”这样单刀直入地逼问的话，她绝对不会老老实实地承认“是，是的”。她肯定会反抗，坚持说自己不知道，说没有的事。这样一来我也会焦虑起来，大动肝火。若是这样就完了，所以绝对要避免争论。与其让她坦白，倒不如我把今天发生的事说给她听。她再怎么倔强，也不可能说不知道这事吧。好，就这样办。

“今天，早晨十点左右我去了趟大森的家，在那儿见到了滨田。”

我先试着说了这么一句。

“哼嗯。”

奈绪美果真吓了一跳，躲避着我的眼睛，用鼻子哼了一下。

“然后，说一会儿话的工夫到了吃午饭的时间，所以请滨田到‘松浅’一起吃了饭……”

说到这儿，奈绪美没有再应答。我察看着她的表情，尽量避开嘲讽的语气谆谆说着。奈绪美一直低着头听着我说完，她的脸上没有惭愧之色，只感觉脸色稍稍苍白了一点。

“因为滨田告诉我了，所以我也不用问你就都知道了。所以，你也不用固执。如果觉得错了，说声我错了也就行了！怎么样，你觉得自己错了？你承认自己错了？”

奈绪美一直不回答，形势差点变成我担忧的逼问状态，我尽量用柔和的语气加了一句：“怎么说？小奈绪美。”

“你只要承认你自己错了，我一定会过往不咎！我也不要你双手点地跪着道歉，只要你发誓今后不再犯同样的错误就行了。嗯？明白了吧？你是不是承认自己错了？”

奈绪美点了一下下巴“嗯”了一声。

“那，明白了？今后不再和熊谷那家伙玩儿，是吧？”

“嗯。”

“一定，是吧？你能保证？”

“嗯。”

我们就用这个“嗯”互相没有撕破脸地进行了和解。

十八

那天晚上，我和奈绪美好像没有发生过什么事一样睡在了一起，可是说心里话，我心里还是留下了芥蒂。这女人已然不干净了！这个想法充斥在我的心里，而且拉低了一半我的至宝的价值。她的价值的很大一部分在于是我养育她，是我自己一个人造就的她，而且只有我一个人知道她身体的一切等，换一句话来讲，奈绪美这个人就像是我亲手栽培的果实一样。为了这一果实能像今日这般优秀，我注入了心血，投入了精力。所以，品味这果实是我这个栽培者应得的报酬，其他任何人理应没有这个权利，不承想不知何时被毫无关系的他人占了便宜。一旦被玷污了，她再怎么道歉又有什么用呢？发生的事情已经无法抹去了，“她的肌肤”这一圣地上已经印下了两个盗贼的满是泥巴的足迹。越想越叫人懊悔，不是奈绪美可恨，而是这件事本身叫人痛恨。

“让治君，饶恕我吧……”

奈绪美看到我默默地哭，态度与白天的截然不同，对我说道。可是，我只是哭着点了点头，嘴上虽然说了“嗯，我宽恕你！”可是没有办法消除无法挽回的事实给我带来的悔恨。

镰仓的夏天就这样狼狈收场，不久我们回到了大森的住处。可是就像刚才我说的那样，因为我的心里产生了芥蒂，有时不由自主地会体现出来，所以从那之后，两个人的关系怎么也不能恢复到原来那么融洽。表面上虽然和解了，可是我并没有完全信任奈绪美。上了班，也会担心熊谷的事情。我不在的时候她会做什么？担心之余，有时假装出门上班，却转到后门。她去学习英语或音乐时，会偷偷跟在后面，还瞒着她查看别人写给她的信件，就这样我慢慢变得像个秘密侦探一样。而奈绪美好像是在心里嘲笑纠缠不休的我，虽然不说出来争论，但有时会故意使坏心眼儿。

“喂，奈绪美！”

有一天晚上，我晃动着冷着脸、装睡的她的身体，喊道（特别说明一下，这时候我已经直呼她的名字了）。

“你为什么……装睡啊？你就这么讨厌我吗？”

“我才没有装睡呢。我想睡觉，所以闭着眼而已啊。”

“那你睁开眼。人家要和你讲话，你总不能闭着眼睛吧？”

奈绪美的双眼终于睁开了一条缝，从眼睫毛的阴影中盯着我的那眼神使她的表情更加冷酷了。

“嗯？你讨厌我了吗？要真是那样你就告诉我。”

“你为什么这么问？”

“看你的样子我就知道了。最近我们虽然没有吵架，但是心里正在激烈地交锋。我们这样还是夫妻吗？”

“我才没有呢，那是你！”

“我觉得彼此彼此。因为你的态度没法叫我放心，所以我才会起疑心……”

“哼。”

奈绪美用鼻子嘲讽般地哼了一下，打断了我的话。

“那我问你，我的态度有什么可疑吗？有的话，拿出证据来！”

“要说证据倒是没有……”

“没有证据还怀疑我？你太不讲道理了！是你不信任我，剥夺了我作为妻子的自由和权利，还叫我要像夫妻一样，那怎么行？那个，让治君，你以为我什么都不知道？偷看人家的信，还像侦探一样跟踪……我可是都知道的呢！”

“是我不对，可是因为发生过以前的事，所以变得神经过敏了。你也应该体谅我！”

“那，你叫我怎么办？以前的事，不是说好不再提吗？”

“你从心底里坦诚对我，爱我，叫我真正放心就好了啊！”

“可是要那样的话，你要相信我才行啊！”

“啊啊，信你！今后一定信你！”

我在这儿不得不坦白男人的卑鄙。白天还好，一到晚上我就输给她。与其说是我输给了她，还不如说是我心中的兽性被她征服了！说实话我还不能相信她，可是我的兽性叫我盲目地屈服于她，叫我扔掉一切向她妥协！对我来讲奈绪美已经不再是我的宝贝，也不是珍贵的偶像，只是一个娼妓而已。我们的关系已然没有了作为恋人的纯洁、作为夫妇的情爱，它们已统统化作过去的梦消失了！那为什么还对这不贞的、已经脏了的女人恋恋不舍？那是因为我被她肉体的魅力深深地吸引着。这是奈绪美的堕落，也是我的堕落！因为，我扔掉了作为男人的节操、洁癖以及纯情，抛弃了过去的骄傲，屈身于娼妓面前，却不以为耻。不仅如此，有时我竟然还像仰慕女神一样崇拜这应该被唾弃的娼妓！

可憎的是奈绪美她知晓我这个弱点。她知道，男人难以抗拒自己的身体，一到晚上她就完全可以打败男人。认识到这一点之后，在白天她的态度就非常冷淡，仿佛在说，自己不过是把身体卖给了眼前的男人而已，除此之外对这个男人既不感兴趣，又没有因缘，就像是一个路人一样绷着脸冷淡地应付着我。偶尔和她讲话，她也爱答不理的，非常需要的时候才会回答一声“是”或“不”。她的这种态度，我觉得是对我的一种消极的反抗，是对我的侮辱。“让治君，我再怎么冷淡，你也没有资格生气！你在我身上不是已经得到了你想要的吗？你不是已经得到满足了吗？”一走到她面前，总觉得她用这样的眼神盯着我，这眼神动不动就更加露骨地表现：

“哼，真是个讨厌的家伙！像狗一样贪婪无耻的男人！没辙所以才忍着。”

可是这样的情况当然不会持久。两个人互相揣摩着对方的心思，继续着暗斗，内心里却很清楚，总有一天会爆发的。

有一天晚上，我唤了她一声：

“哎，奈绪美！”

我用比平时更加温柔的语气呼喊道。

“哎，奈绪美，我们不要再互相犟了吧？我不知道你怎么样，我是受不了了，最近这几天冷冰冰的生活！”

“那你说怎么办？”

“我们想个办法成为真正的夫妻吧。你我都有点破罐子破摔的样子，所以才闹成这样。我们应该认真地努力去找回原来的幸福！”

“即使努力，心情也不会那么容易调整过来啊！”

“说得也是，不过我觉得有方法让我们变得幸福，只要你赞成……”

“什么方法？”

“你给我生个孩子吧，成为母亲？就一个孩子也行，那么，我们肯定就会成为真正意义上的夫妻！会变得幸福的！求求你，答应我，好吗？”

“不，我不愿意！”

奈绪美一口回绝道。

“你不是说过吗？叫我不要生孩子，一直要像姑娘一样保持年轻。你还说过，没有什么事像夫妻之间生孩子那样令人恐怖！”

“以前确实也那样想过，可是……”

“那你是不是不想像以前那样爱我了？是不是也不在乎我生了孩子后会显得年纪大了，不漂亮了？不，对了，是你已经不爱我了！”

“你误会了！我以前像爱朋友一样爱你，不过今后会把你当作真正的妻子来爱你！”

“你觉得这样就能找回以前的幸福？”

“可能不会像以前一样，可是会找到真正的幸福……”

“不，不，要是这样，我可是够了！”

我的话还没有结束，她就猛烈地摇起了头。

“我，想要以前的幸福！其他什么也不要！当初我到你这儿的时候，我们说好了的！”

十九

奈绪美实在不愿意生孩子的话，我还有一个方法，那就是退掉大森的“童话世界里的家”，拥有一个更加正经的、普通的家庭。原本我因为憧憬简单人生的美名，才会租住在这样奇特的、极其不实用的、画家画室一样的房子里。我们的生活之所以堕落，也有这房子的缘故，也不请个女用人，一对年轻夫妻住在这样的家里，肯定是各自为所欲为，简单生活不会简单而会散漫杂乱。因此，也为了便于监视奈绪美，我打算雇一个侍女和做饭的女用人，再搬到能住夫妇俩和两个女用人，不是什么所谓“文化住宅”，而是纯日式的、适合中产阶级绅士居住的房子里。一直使用的西式家具也全部处理掉，换成日式家具，再给奈绪美买一架钢琴。这样她的音乐课，也可以请杉崎女士到家里来授课。哈里森小姐的英语课，也可以请她到家里来，这样奈绪美就不用出门了。要想实施这个计划需要一大笔钱，这事只能和老家讲了。在一切就绪之前我没有打算告诉奈绪美，所以我一个人煞费苦心地找房子，看家具。

老家寄来了一千五百日元的汇款单，说是暂且汇这些。信中我也拜托家里找个女用人，和汇款单一起寄来的信中母亲也提道：“侍女有一个很好的人选，家里的仆人仙太郎有个女儿叫阿花，今年十五岁。她的话，都知根知底，你也可以放心留在身边使唤。烧饭的仆人也在找，搬家之前一定会派过来。”

奈绪美好像也有所察觉我在背着她做着些什么，可是非常冷静，仿佛在说“我倒要看看你在忙些什么”。可是，在收到母亲的信后过了两三天的一个晚上，她突然撒娇般地，又像是嘲讽般地，柔媚地说道：

“哎，让治君，我，想要洋服，你给我买呗？”

“洋服？”

我一时愣住了，盯着她的脸看了半天，心里顿悟：“啊啊，这家伙，知道寄来了汇款单啊，这是在试探我呀。”

“哎，好不好吗？洋服不行的话，和服也行啊。给我置办一身冬天的外出服吧。”

“这段时间我不会给你买的。”

“为什么呀？”

“和服，不有的是吗？”

“虽然有很多，不过厌倦了，想要新的嘛。”

“绝对不允许再那么奢侈！”

“哼，那，那钱干什么用？”

果真来了！我心里想着，继续装糊涂：

“钱？哪有什么钱？”

“让治君，我看了书箱下面的那封挂号信呢。你不也是随便看别人的信吗？我想我看你的信，你也不会有意见吧？”

这让我感到很意外。我还以为奈绪美说起钱，是因为看到有挂号信寄来猜的，根本没想到她会偷看我藏在书箱下面的信。她肯定是为了探出我的秘密，四处寻找了信。既然读了那封信，那么，汇款单上的金额、搬家的事、找女用人的事，等等，什么都瞒不住她了。

“有那么多钱，给我买身和服也没什么啊。哎，还记得你以前说的？‘为了你，不管住多窄小的房子、多么不自由也会忍耐。然后用那钱，你想怎么奢侈就让你怎么奢侈。’你难道忘了？你变了！”

“我爱你的心没有变，只是爱的方式变了而已。”

“那，搬家的事为什么瞒我？一点儿都不和我商量，你想命令我？”

“那是想等找到合适的房子再和你商量来着……”

接着，我又缓和语气，劝解一般地说道：

“哎，奈绪美，说真的，我现在还是想让你过奢侈的生活啊。不只是和服，房子也找个像样的，让你的生活更像体面的太太一样，所以你也不该有什么不满啊？”

“是吗？那还真是感谢啊！”

“要不明天和我一起去找房子？比这儿房间多的话，只要你喜欢哪儿都可以。”

“那么，我想要西式的房子，和式房子绝对不行！”

在我不知道该如何回答的时候，一脸“还说我喜欢就行呢!”的表情，奈绪美咬牙切齿地说道：

“女用人，我也会让浅草家里给我安排。那种乡下来的，你给我回掉！因为仆人是我使唤的。”

随着这种争执不断发生，两个人之间的低气压越来越沉重，有好几次还一整天都不讲话，终于有一天忍无可忍爆发了。那是从镰仓回来正好过了两个月的十一月初旬，我发现了奈绪美还没有和熊谷断了关系的确凿证据。是如何发现的，在这里我就不详述了。早些时候开始，我一面准备着搬家事宜，因为总觉得奈绪美行动诡异，所以一面并没有终止上述的侦探行为，终于有一天抓住了大胆地在大森附近的酒店曙楼与熊谷幽会后回家的奈绪美。

那天早晨，我发现奈绪美化的妆比平时浓，遂起了疑心，出了门就折返回来藏在了房子后面仓库里的木炭袋子后面（那个时候，我经常因此而告假不上班)。果然到了九点左右，这天也不是她去学习的日子，奈绪美却打扮得漂漂亮亮地出了门，没有走向停车场，而是往相反的方向，加快步伐噌噌走着。估摸着她走出了十米左右时，我急匆匆跑进屋，找出学生时代的斗篷和帽子，套在了西服上，光脚穿上木屐跑出了正门，远远地跟在奈绪美的身后。她走进了曙楼，过了十分钟左右看见熊谷也走了进去之后，我就等着他们出来。

出来时仍然是没有一起出现，看来是熊谷留了下来，奈绪美率先出现在大街上，这时已是十一点左右了。我在曙楼附近晃悠了一个半小时。她和来时一样，酒店到家的一千多米路，目不斜视地走着。我也加快了步伐跟了上去，所以她从后门走进屋里还不到五分钟的时候我也走了进去。

那一瞬间我看到的是眼睛发直、有种凄惨的感觉的奈绪美的眼睛。她直愣愣地杵在那里，犀利地盯着我。她的脚下散乱地放着我刚才摘下来的帽子、脱下来的外套，还有鞋子、袜子，她应该是一下子明白了是怎么回事。晴朗的秋天的早晨，映着画室光线的奈绪美的脸异常苍白，有种万念俱灰的平静。

“滚！”

就一句，连自己的耳朵都感到震耳欲聋地吼了一声，我就再也说不上第二句了，而奈绪美也没有应答。两个人剑拔弩张地，以就像是剑术中刀尖对准对方眼睛的姿势站立着，都在寻找对方的空当。那一瞬间，我真的觉得奈绪美的脸真美！我明白了女人的脸越是被男人仇恨就越是美丽。我终于明白了杀了卡门的唐·荷塞的心理，那是因为越恨她，她就越漂亮。奈绪美直盯着我，脸上的肌肉一动不动，紧闭着失去血色的双唇。她那邪恶的化身般的身影！啊啊，这正是一览无遗地表露出了淫妇的嘴脸！

“滚！”

我又吼了一声，就被不可名状的憎恨、恐惧以及美丽所驱使，扑过去抓住她的肩，朝出口用劲推了过去。

“滚！快，我叫你滚啊！”

“宽恕我吧……让治君！再也不会了……”

奈绪美的表情忽地一变，她的声音满是哀求，潸然泪下，像摊泥一样跪在那里祈求般地仰视着我。

“让治君，是我错了，饶恕我吧……你宽恕我，宽恕我啊……”

我根本没有想到她会这么不堪一击地求我饶恕，她这一出叫我更加愤慨。我攥紧拳头一个劲儿地揍她。

“你这畜生！狗！狼心狗肺的家伙！我不要你了！叫你滚还不滚出去？”

奈绪美好像突然明白“糟了”，瞬间改变态度立刻站了起来。

“那好，我走！”

她用和平时一样的语气说道。

“好！马上滚蛋！”

“是，我马上走。到二楼，拿点换洗衣服行不行？”

“你立刻、马上回去，派个人来！行李会全部给你的！”

“可是我，那样很为难，很多东西还要马上用呢。”

“随你的便！那你快点！”

我把奈绪美马上收拾行李这事当成了威胁，所以不甘示弱地回答了她。她到了二楼，噼里啪啦乱翻，塞满了篮子及包袱，多得都背不动的样子，自己一个人叫了人力车装了起来。

“那，再见！承蒙你长期的照顾。”

走的时候她极其简单地道了别。

二十

当她的人力车离去后，我不知为什么掏出了怀表，看了看时间。正好中午十二点三十六分。哦，对了，她刚才从曙楼出来时是十一点，谁知两人大吵一架，于是形势瞬变，一直站在这里的她，现在已经不在此地了。这期间仅仅过了一个小时三十六分钟而已。人们在看护的病人咽气的时候，或者偶遇大地震的时候，会有不自觉看表的毛病，我此时突然看表，是不是也是相似的心情呢？大正某年十一月某日中午十二点三十六分——自己在此日此刻终于和奈绪美分手了。自己和她的关系以此为界，或许也就此终结了。

“终于结束了！如释重负啊。”

不管怎么说，因为最近的阴暗混乱，正处于劳累的时候，所以这么一想，就坐在椅子上发起呆来，突然感觉到“啊，难能可贵，终于解放了”这种神清气爽的心情。

这么说，不仅是因为精神上感到疲劳，生理上也感到很疲劳，所以想舒舒服服地休养，而这也是我的肉体在痛切渴望的要求。奈绪美好比是强劲的酒，喝得太多，就会对身体有害，尽管知道是如此，每天还是会嗅到她芳香的气息，每当看到盛得满满的酒杯，我就会不由自主地畅饮起来。喝得越多，酒毒就会渗透到身上的各处关节，开始饥饿、倦怠，头后部像铅一样地沉沉地发重，突然站起来时似乎要眩晕，仰面朝天时又好像要突然倒下。而且，总是如宿醉一般的感觉，胃不适，记忆衰退，对任何事都失去了兴趣，像个病人一样没有精神。头脑里只会呈现出奈绪美的幻象，时而像打嗝一样恶心。她的气味、汗味、油脂味，始终萦绕在鼻间。“一看到就能让人产生欲望”的奈绪美的不在，就像是进入梅雨季节的天空暂时放晴了一般的情形。

但是，这么说完全是瞬间的感觉，其实那种神清气爽的心情也就持续了一个小时左右吧。我的肉体不管怎么健壮，当然不会只用一个小时在此期间疲劳就完全恢复。想到自己刚才还坐在椅子上舒心地喘了一口气，但马上浮现在脑海中的是刚才吵架时奈绪美异常美丽的容颜。俗话说的“男人越恨就越觉得美丽”，就是那一刹那的她的脸庞。那是我即使杀了她也不解恨的可恶的淫妇的面庞，永久地印在了脑子里，想抹也无法抹去，不知为什么随着时间的流逝，清楚地浮现在眼前，感觉她现在还在凝视着我，并且我的憎恨渐渐地变成了无穷无尽的美丽。试想一下，她的脸庞充满了无穷的妖艳表情这一点，到如今我可是从未见过。那绝对是“邪恶的化身”，同时也是她身体和灵魂里面所有的美以最好的形式表现出来的一种姿态。我刚才在吵架中，不仅不自觉地被这种美打动，在心中喊着“啊，太美了！”但是又在想为什么没有匍匐在她的脚下？优柔寡断、没志气的我，为什么面向那个可怕的女神时竟然如此谩骂挥手了呢？自己从哪里来的鲁莽的勇气呢？对此，我到现在还觉得不可思议，仇恨自己的鲁莽和这种勇气的心情逐渐涌上心头。

“你真是个混蛋，搞出了大事。即使心里有一点点不舒畅，能和‘那张脸’相比吗？什么能换来那张脸？那种美，可是绝无仅有的啊！”

我感觉有人似乎在这样对我讲。啊，是啊，自己真的是做了无聊之事。为了不要激怒她，自己平时那样小心，竟然还是弄成如此结果，我肯定是中了魔，这样的想法不知从何处浮上了我的脑海。

一个小时之前，我还是把她当成大累赘，诅咒她的存在，为什么现在反而开始诅咒自己，后悔起自己的轻率了呢？那么可恶的女人，怎么变得如此令人想念？这种急剧的心理变化，连我本人都无法解释，也许只有恋爱之神才知道谜底吧！我不知什么时候站了起来，一边在屋子中踱来踱去，一边久久地思考如何慰藉这恋慕之情。可是怎么思考也找不到慰藉的方法，却一个劲地想起她的美丽。过去五年共同生活的画面，啊，那个时候是这么说的，那表情、那眼神就这样不停地浮现在眼前，无不是恋恋不舍的情怀。特别令我不能忘记的是，她十五六岁少女时期，我每晚在浴缸给她洗澡的事。而且，我会当马，一边让她骑在我身上，一边“驾，驾，咚，咚”地满房间爬来爬去跟她玩耍。为什么那么无聊的事，那么令人怀念？真的非常愚蠢至极。但如果她再一次回到我身边的话，我首先想重复一下那时的游戏，再一次让她跨在我身上，我在房间里爬来爬去。如果实现的话，我将会多么高兴，宛如世上无上的幸福一样，我这样空想着。不，不仅仅是空想，我思念到极致，情不自禁地匍匐在地板上，仿佛她现在就猛地爬上了我的后背，我开始在房内团团转起来。接下来的事——我写在这里都惭愧至极——到二楼拽出她的旧衣服，放在后背几件，双手戴上她的短布袜，又在屋内爬起来。

从头读了这个故事的读者也许记得，我有一本题为《奈绪美的成长》的纪念册。那是我在用浴缸给她洗身体的时候，记述她的四肢日渐发育，也就是作为少女的奈绪美逐渐成人的过程——是一本专门记录她成长过程的日记本。我想起在这本日记里面，我把奈绪美当时的各种表情、所有风姿的变迁都拍成了照片，贴在了上面。至少作为对她的思念，我把长久以来沾满灰尘的本子从书箱中拽了出来，按顺序一页一页地翻看起来。因为那是些绝对不能给我本人之外的人看的照片，是自己冲洗和加印的，所以洗得不是很彻底吧，如今已有一些像雀斑一样的斑点浮现出来，完全烙上了时代的印记，拥有着陈旧古老画像的那种朦胧，因此反而更增加了怀念的味道，仿佛追述着十年二十年以前的往事，譬如儿时遥远的梦境一样的感觉。并且，在那里，她当时喜欢的各种衣裳和容颜，奇特的、轻快的、奢侈的、滑稽的，几乎无一疏漏地被拍了下来。某一页上，是穿着天鹅绒的西装，打扮成男装的样子。翻到下一页，是裹着薄纱，宛如雕像一样伫立的身姿。然后是闪闪发光的缎子罩衫上配上缎子的和服，高高地系着窄窄的带子，还有丝带的衬领，呈现在本子中。除此之外，还有各种各样的动作、表情和种种对女明星的模仿——比如，玛丽·碧克馥的笑容啦，格洛里亚·斯旺森①的眼眸，波拉·尼格丽②的狠厉，贝比·丹尼尔斯③的矫揉造作，以及愤然、嫣然、悚然、恍惚的地方，每翻一页她的表情和身体的动作都不同，无一不在说明她对这些是多么的敏感，显得那么聪明和伶俐。

“啊啊，我真傻！竟然放跑了这么了不起的女人。”我的心开始疯狂起来，后悔得直跺脚，继续翻着日记，眼前还是满满的照片。拍摄的方式渐渐地细致入微，有些部分特写的照

---

① 格洛里亚·斯旺森（1899—1983），美国女演员。
② 波拉·尼格丽（1894—1987），波兰女演员。
③ 贝比·丹尼尔斯（1901—1971），美国女演员。

片，鼻子的形状、眼睛的模样、嘴唇的样子、手指的样子、胳膊的曲线、肩的曲线、后背的曲线、腿的曲线，还有手腕、脚腕、肘部、膝盖，甚至脚掌，都拍了下来，仿佛镜头前是希腊的雕像，还是奈良的什么佛像似的。至此奈绪美的身体完全成了艺术品，在我眼里她比奈良的佛像更加完美。我深深地看着她，心里甚至涌起了宗教一般的感动。啊，我到底是为什么拍摄了这么多精密的照片呢？难道是因为我预感到这些东西有朝一日会成为一种令人感伤的纪念品吗？

我对奈绪美的爱慕之心不断强烈起来。天已黑，窗外星星开始闪烁，天气甚至有些微凉。我却从上午十一点开始什么也没吃，也没生火，更没有力气打开灯，在黑暗的家中，一会儿爬上二楼，一会儿又下来，一边喊着“混蛋!”一边敲打着自己的脑袋，面对如同空房子一样寂静的画室的墙壁，大喊“奈绪美，奈绪美”。最后，一直叫喊着她的名字，用额头在地板上蹭来蹭去。无论如何，不管怎么样，我也要把奈绪美找回来，我会无条件地臣服在她面前。她说什么，想要什么，我全部服从……话说回来，她现在在干什么呢？因为带着很多行李走的，从东京站一定是坐车回去的吧？那样的话，到浅草的家里应该也过了五六个小时了。她对家里人坦白地说出自己被赶出来的理由了吗？还是，不肯服输，胡说八道，敷衍一时欺骗姐姐和兄长呢？她特别讨厌说起她在千束町从事低贱行业的娘家，以及自己是那个家的女儿的事，总是把父母和兄弟姐妹当成愚笨的人，很少回去。这一家不和谐的人，现在不知在考虑什么善后的对策？姐姐和哥哥当然会让奈绪美去道歉。“我怎么可能去道歉？不管是谁去把我的行李拿回来。”奈绪美一定会强硬到底。之后，会装得一点都不介意，无所谓地说着笑话，饶有气势地夹杂着英文喋喋不休，也会炫耀自己时髦的服装和东西，宛如贵族小姐到访贫民窟一样逞威风吧……

可是，对于奈绪美来说，总之是发生了大事件，应该有人替她出面。如果本人说了“我才不去道歉”，那么姐姐或哥哥应该会替她来的呀，还是说父母和兄弟姐妹谁也不把她当亲人一样担心呢？正像奈绪美对他们冷淡一样，他们从很久以前就不对她负任何责任了。他们当时对我说“这孩子的一切就拜托你了”，然后就把十五岁的孩子扔给我不管了，一副无所谓的态度，所以这次也任由奈绪美任性，撇开不管了吗？假如是这样，不也该来把行李取走吗？走时，我对奈绪美说过“回去后，马上派个人来，我好把行李交给他”，但到现在还没人来是怎么回事呢？换洗的衣物及身边的必需品大致都带走了，但她视为生命中第二重要的盛装还有几套留在这里。反正她不可能在昏暗的千束町的家里整天闷着，每天都会打扮得花里胡哨，到处招摇，让邻里吃惊的吧？那样的话，就更需要衣服，没有的话，肯定受不了吧？

可是，那天夜里，等了很久，奈绪美的使者也没有来。一直到天全黑下来之前，我都没有点灯，突然想到被误认为家里没人就糟了，所以慌慌张张地点开了家里所有房间的灯，又确认了门牌并没有掉，才把椅子搬到门口，好几个小时地听着外面有没有脚步声。但是，八点变成了九点、十点、十一点……从早到晚一整天，都没有任何音信。我已经跌落到悲观失望的谷底，心中生出捕风捉影的猜测来。奈绪美没有派人来，是不是把事情看轻了，以为过两天就会得到解决，没当回事吧？是不是在想“什么吗？没关系的。他那么迷恋我，如果没有我，他一天也活不下去的。他肯定会来接我的”之类的，和我耍手腕？再说，这么长时间她也习惯了奢侈的生活，也知道自己无法在那样的社会中生存。要是去了别的男人那里，像我这样珍视她，任她随心所欲的人也绝对没有。奈绪美那家伙对此也是一百个知晓，只是嘴上逞强而已，心里是不是也在盼着我去接她呢？还是明早，姐姐或哥哥就会来做调解了呢？他们做的是晚上繁忙的买卖，也许不到早上来不了吧。不管怎样，没有人来，反而令人有一丝期待。到了早上还无音信的话，我就去接。到了这一步，志气体面就全无了。本来就是我因为置气把事情搞砸了，是被她家人笑话也好，还是被她看透了弱点也好，去低头道个歉，拜托姐姐或哥哥帮忙说情，千百次地对奈绪美讲“今生来世只此一次请求，跟我回去吧”，这样她也有面子，就能大摇大摆地回来了吧？

我几乎没有合眼，熬了一宿。等到第二天下午六点，仍是没有什么消息，我实在按捺不住飞跑出了家门，急急忙忙地奔向浅草。想马上见到她，哪怕早一刻也好，看到她的脸就安心了——这是在说坠入情网的现在的我吧？我的心里除了“想见她，想见她”这样的愿望，别无他物。

到达花园后面，处于错综复杂小巷里的千束町奈绪美的家时，大概有七点了吧。因为真的很不好意思，所以我轻轻地打开格子门，站在门附近的地面上小声地说道：

“我是大森来的，奈绪美过来了吗？”

“啊，河合先生。”

姐姐听到我的声音，从另一间房间里探出头，惊讶地说：

“唉，小奈绪美？没回来啊。”

“那就奇怪了。不可能没来啊？昨晚说是回这里的……”

二十一

最初，我以为姐姐是在她的授意下隐瞒我，所以说了一些请求的话，可是听着听着，渐渐发现奈绪美事实上确实没回这里来。

“真是奇怪了……带走了很多行李，那个样子也去不了什么地方啊。”

“咦，拿着行李？”

“拿着篮子啦、包包啦、包袱布啦之类的，拿走了很多。实际上，昨晚为了点小事我们吵了架……”

“所以她本人说要回这儿来？”

“不是她说的，是我这样对她讲的——赶快回到浅草，派个人来。因为我认为，你们来个人就会知道我们是怎么回事了。”

“哦，是这样啊……可是总之没回我们这儿来啊。如果是那样，也许一会儿会过来的吧。”

“但是，要说是从昨晚开始的话，就不一定了吧？”

我们正说着，她哥哥也出来了，插了一句。

“那，你还是去别处找找吧。想想有没有什么她可能去的地方？现在都没来，估计就不会回这儿来了吧？”

“而且，小奈绪美跟我们完全不亲，那个，什么时候来着？已经两个月没见过她的影了。”

“那么，不好意思，如果她回来了，不管她怎么说，请务必马上通知我一声。”

“好，那是当然，我们现在也不会拿她怎么样，回来了会立刻通知你。”

我在横框上坐着，啜饮着端给我的苦茶，一时不知如何是好。听到妹妹出走，哥哥和姐姐好像并不担心，面对这样的他们道出真情，也无济于事。于是，我再一次拜托他们，如果奈绪美回来了，白天就事不宜迟地给我往公司打电话。由于最近时常会休息，所以又叮嘱道，如果我不在公司的话，就马上给大森那边拍电报。那样，我就会来接，我到之前，一定不要让她再离开。我啰里啰唆地拜托了许多，可是我感觉这些家伙似乎并没有当回事。为了慎重起见，又告诉了他们公司的电话号码，又怕他们可能不知道大森家的门牌号，把详细地址写了给他们才出来。

“这下，可怎么办呢？去哪里了呢？”

我几乎要哭出来，不，实际上也许真的哭了。出了千束町的小巷，漫无目的地一边在公园闲逛，一边思考着。从奈绪美没有回父母的家来看，说明事态比想象的要严重得多。

我突然意识到，“她肯定是跑到熊谷那家伙那里去了”。奈绪美昨天走的时候说的话“可是我，那样很为难，很多东西还要马上用呢”，现在想想还是能看出端倪。是的，就是这么回事。打算去熊谷那里，所以才拿了那么多东西。或者以前两人就合计好了，这种时候就这么做。要果真是这样，那可就难办了。首先，我不知道熊谷家在哪里，即使可以查到，但那个家伙不会把奈绪美藏到他父母家吧？他虽然是个不良少年，但父母好像很厉害，自己的儿子出了事不可能不管不顾。不会是他也离开了家，两人藏到什么地方去了吧？不会是抢了父母的钱到哪儿逍遥去了吧？但，不管是啥情况，给我准确消息就好。那样，我就可以去熊谷家进行谈判，请他们进行干预。即使他们不听父母的意见，两个人没钱后无法生活了，终究还是会回到自己家，奈绪美也会回到我这里来。事情也许会这样，可这期间自己的辛苦呢？一个月能结束吗？两个月，三个月，或者花费半年时间？不，如果那样就麻烦了。在处理过程中奈绪美也许就不好回来了，而且也不是不可能出现第二个、第三个男的。不能这么让她拖延下去，离她越远，缘分会越淡，每分每秒她都在与我拉开距离。我呀，一定会好好干，想跑掉，怎么可能让你跑掉？不管如何，我都要把你领回来。都说临时抱佛脚，我虽没有信过神，这时突然想起来，去拜了观音。并且真心祈祷道，“希望尽快知道奈绪美所在的地点，最好明天就能回来”。然后，不知怎的，顺路去了两三家酒吧，喝得酩酊大醉，回到大森的家里已经是夜里十二点多了。尽管醉了，奈绪美的事情还是环绕在脑海，想睡也睡不着。过了一会儿，酒醒了，又开始闷闷不乐地想着事情。怎样才能查明他们的所在地呢？还有是不是和熊谷逃掉了？去他家谈判，如果不是在确认了这些之后，也显得过于轻率。但不雇私家侦探的话，又没有办法……就这样反复思考，却无计可施，一筹莫展，突然脑子里浮现起滨田。对了，对了，不是有滨田这个人吗？我怎么忘了？心想他会成为我的同党的吧。我们在“松浅”道别的时候，我有记下他的住址，明天就马上给他寄信吧？信还是太慢了，要不拍电报？那家伙也有点儿铺张，或许他也有电话，让他打个电话过来，不知怎么样？不，不，不需要他来。有那时间，还不如让他去找熊谷好，现在最重要的就是要知道熊谷的动静。滨田有门路，会马上得到消息的。目前，知道我的苦，能救我的，也就只有他了。这也只能算是“临时抱佛脚”，可是……

第二天早上，我七点就起了床，跑到附近的公用电话亭，翻开电话本，顺利找到了他家的号码。

“啊，是找少爷吗？他还在休息……”

女用人接的电话。

“真的不好意思，因为有急事，麻烦你请他听电话……”

在我的强烈要求下，过了一会儿滨田来接电话了。

“您是河合先生吗？大森的那位？”

他迷迷糊糊地讲道。

“是，是啊，我是大森的河合。前些时候真的给您添麻烦了，今天又这么突然，这个时间打电话，十分抱歉。实际上，是奈绪美跑了……”

当我说到“奈绪美跑了”时，不禁带出了哭声。这是个非常寒冷的冬天的早晨，我睡衣外面只披了一件和式棉袍就出来打电话，所以握着听筒，身体在不住地颤抖。

“啊，奈绪美小姐她？果然是那样啊。”

滨田意外地用很冷静的声音讲道。

“这么说，你知道了？”

“我昨晚遇到她了。”

“呃，见到奈绪美？昨晚你遇到了她？”

这次，我开始全身颤抖，是和刚才完全不一样的颤抖。由于过于激烈，前牙咔地碰到了话筒。

“昨晚，我去埃尔多拉多舞厅，奈绪美小姐也在。虽然我没有打听，但她的样子很奇怪，所以猜是那么回事。”

“她和谁去的？不是和熊谷吧？”

“不只是熊谷，有五六个男人，其中还有洋人。”

“洋人？”

“是，是的，而且穿着很漂亮的洋装呢。”

“她出门时，没有带洋装啊……”

“不管怎么样，当时穿着洋装，并且是非常庄重的晚礼服。”

我糊里糊涂的，开始发起呆来，然后也不知该问些什么，四周仿佛一片黑暗，没有一点头绪。

二十二

“啊，喂，喂，怎么了？河合先生？喂……”

由于我的过分沉默，滨田在那头催促起来。

“啊，喂，喂……”

“啊……”

“河合先生吗?”

“啊……”

“怎么了?”

“啊……不知道怎么办好……”

“可是你这么打着电话怎么考虑啊?”

“我知道这样没用……但是，滨田君，我真的很苦恼，不知道该怎么办。那家伙走以后，夜里几乎睡不着，十分痛苦……”

为了博取滨田的同情，我满怀哀怨地接着讲道：

“……滨田君，这种时候，除了你以外，我没有可以依靠的人，我知道给你添了意想不到的麻烦，可是我，我……无论如何也想知道奈绪美的所在地。是在熊谷那里，还是在其他男人那里?想查清楚。因此，虽然是任性的请求，您能不能帮我查一下?我想，您一定有办法，与其我自己调查，还不如请您帮我查一查呢!”

“是，那倒是。我查的话，也许马上可以知道。”

滨田轻松地说。

“可是，河合先生，你心里就没有什么能猜得到的地方吗?”

“我认为绝对是在熊谷那里。实际上，正因为是你，我才说实话。奈绪美一直背着我和熊谷有联系，最近才被我发现，所以和我吵了架，离家出走了。”

“唉……”

“可是，听你说，和洋人在一起，又穿着洋装，我脑子又混乱了，一点也猜不出来了。但我想你见见熊谷，就应该能知晓大致的情况了。”

“啊，好的，好的。”

滨田好像要结束我牢骚的话语一样，说道：

“那么我就调查一下。”

“那希望你尽快去办。如果今天之内能知道结果，那可是帮了大忙。”

“啊，是吗？也许今天可以知道，到时怎么通知你呢？你最近还是在大井町的公司吧？”

“不，出了这事之后，一直在家休息。我感觉奈绪美也不是不回来了，所以尽量不让家里空着。真的很任性，但打电话不太方便，能见面最好……假如知道了，请你跑一趟我大森的家如何？”

“啊，没关系，反正我成天也都是闲着。”

“啊，谢谢，那样的话，太感谢了。”

我非常希望滨田尽快来，又急急忙忙地问：

“那么，你几点来？两三点时会知道吧？”

“哎呀，可能会弄明白的，可这事不拜访的话，估计也搞不清楚。我会采取最好的办法，不过根据情况或许要花费两三天时间……”

“那，也情有可原。明天，后天，我都会等着你来。”

“好的，详细的事情见面后再谈。那么，再见。”

“啊，喂，喂。”

电话快要断的时候，我慌忙地再一次地叫住了滨田。

“喂，喂……嗯，而且……这个根据当时的情形，你看着办就行。如果你见到了奈绪美，有说话的机会的话，请告诉她……我绝对不会追究她的错误，关于她的堕落，我也有罪，所以我会对自己的错误道歉，她提什么条件都接受，过去的一切既往不咎，请她务必回来。如果不愿意的话，至少见我一次……”

什么条件都接受，这一句之后，说实话，我想说“她要是让我跪下请求，我也会开心地照做。让我往地上蹭额头，我也会蹭。怎么道歉都可以”，可是当着外人怎么也说不出口。

“我如此地思念她的事情，希望您能转达……”

“啊，是吗？有机会的话，我会充分转达。”

“而且，那个……由于她是那种性情，想是想回来，但是可能固执己见。假如是这样，你就说我很沮丧，如果能强行带她回来就更好了……”

“知道了，知道了，这一点我不能保证，但我会尽力的。”

因为我太缠人，滨田的语气带着一丝厌烦。我给他接连打了三通电话，直到蛙嘴式小钱包里面的五分硬币用光。我带着哭腔，颤着声，这么长篇阔论，又厚颜无耻，可能是我人生中第一次吧？打完电话，我并没有完全放松下来，而是开始无比期待滨田的到来。说是或许今天之内来，但来不了该怎么办？不，与其说我该怎么办，不如说我将会伤心成什么样子？自己除了痴心思慕奈绪美，现在没有任何事情可做。睡觉，吃饭，出门，什么也做不了，只是一味地在家闭门不出，束手无策，等着别人为自己奔走，或者带来消息。实际上，人没有比什么也不做更痛苦的了，加上我想奈绪美都想得快死了。备受思念煎熬的我，把命运交给别人，一个劲地看着时钟，想想真是痛苦。即使只是一分钟，“时间”的脚步也惊人地缓慢，感觉无限漫长。如此漫长的一分钟要有六十个才是一个小时，一百二十个才是两小时。如果等三小时，就要忍受这无所事事的、令人无可奈何的一分钟，看着秒针嘀嘀嗒嗒地转足一圈的一分钟，一共一百八十圈。假如不是三小时，而是四小时，或者半天，一天，两天，三天，那我肯定会由于等待和思念而发狂的吧？

但是不管怎么快，滨田来也得是傍晚吧，我做好了思想准备。出乎意料地，距离打电话之后四个小时，也就是十二点左右，门前的门铃大声地响了起来，紧接着听到滨田说道：

“你好!”

听到这意外的声音，我不禁高兴地跳了起来，急急忙忙地去开了门，并用心神不定的语调说道：

“啊，你好。马上开门，上着锁呢。”

一边这么说着，一边想：“没想到这么快就来了。也许没怎么费劲就见到了奈绪美？见了面就讲清楚了，备不住还把奈绪美领了回来？”想到奈绪美能回来，喜悦之情涌上心间，心脏怦怦直跳。

开了门，我以为奈绪美会跟在滨田身后，于是东张西望地看了看，可是没有其他人，滨田一个人孤零零地站在那里。

“哦，你好！先前失礼了。怎么样了？知道她在哪儿了?”

我突然用冲撞的语调问了起来。滨田异常平静，一边怜惜地看着我，一边摇着头果断地说道：

“啊，知道是知道了，可是河合先生，那个人已经不可救药了，你还是放弃比较好。”

“那，那是什么意思?”

“你说为什么？她完全不在我们的理解范围之内。为了你好我才这么说，你干脆忘了奈绪美小姐吧，怎么样?”

“那么说，你见到了奈绪美？见面谈了，但结果叫人绝望，是吗?”

“不，没见到奈绪美小姐，我去了熊谷那里，打听出事情的原委了。而且，由于实在过分，很是吃惊。”

“可是，滨田君，奈绪美现在何处？我想先知道这个。”

“好像并没有固定的住所，到处借住呢。”

“没有那么多可以借住的地方吧？”

“你不知情的奈绪美小姐的男朋友，不知有多少人呢。最初和你吵架的那天，去的就是熊谷家。如果事先打了电话，悄悄地来就好了，她却是拿着行李，驱车直接赶到门口，整得全家都不知来了何人，一片混乱。人家也不能说‘进来吧’，就连熊谷都很为难。”

“嗯，然后呢？”

“于是，没有办法，只能把行李藏在熊谷的房间，两人先跑出来了，说是接着去了奇怪的旅馆。那个旅馆是你们大森家附近的叫什么楼的地方，说是那天早上就是在那里幽会被你发现的。你说真的够大胆了吧？”

“那么，那天又去那里了？”

“唉，他是这么说的。熊谷说得得意洋洋，还夹杂着色情，我听后也很不愉快。”

“那么，那天晚上两人就住在那里了？”

“倒是没有。在那里待到傍晚，然后去银座散步，说是在尾张町的十字路口分手的。”

“可是，那就奇怪了。熊谷那家伙撒谎了吧？”

“不，别急，你听我讲。熊谷走时觉得奈绪美小姐有点可怜，就问她‘你今晚住哪儿?’奈绪美小姐回答说：‘住的地方可多着呢。我一会儿去横滨。’她看起来好像一点儿也不沮丧，急急忙忙地奔向新桥走了。”

“横滨的话，会是谁家呢?”

“就是那一点很奇怪呢。熊谷想奈绪美小姐交际再怎么广，在横滨也没有住的地方吧?想着她虽然嘴上是这么说，估计是回大森了。但是第二天傍晚，奈绪美小姐打来电话说‘我在埃尔多拉多舞厅等你，能马上来吗?’于是熊谷就去了，然后就看到奈绪美小姐穿着鲜艳夺目的晚礼服，拿着孔雀羽毛的扇子，戴着闪闪发光的项链手镯，被洋人在内的一群男人围着，正在大肆喧闹呢。”

滨田的话，宛如恐怖箱一样，令人“哎呀”一惊的事情一个一个跳了出来。也就是说，最初的那个夜晚，奈绪美好像是在洋人那里住的。那个洋人叫威廉·麦克内尔，就是早先第一次和奈绪美去埃尔多拉多舞厅时，他自己没有引见就靠上前来，强势和奈绪美跳舞的那个人，是一个厚颜无耻的、涂着白粉、说话娘娘腔的男人。可是更令人吃惊的是——下面是熊谷的猜测——奈绪美去那个洋人家借宿之前，她跟那个叫麦克内尔的男人并不是什么亲密的关系，好像是奈绪美以前就暗暗喜欢上人家了。不管怎么说，他长着女人喜欢的清秀的面庞，有点像演员一样，跳舞圈的朋友们传说他是“色魔一般的洋人”。奈绪美自己也说过，“那个洋人侧脸真好看，有点像约翰·巴里吧？”约翰·巴里是美国的演员，也就是大家通过无声电影所熟知的约翰·巴里摩尔①。她都这么讲了，所以肯定是早就注意到那个人了，或者时常眉目传情也有可能。于是，麦克内尔也认为“她对我有意”而调戏过她吧？所以不是什么朋友，一定是凭着这么点关系去找他的。而且，去了后麦克内尔会认为来了一只有趣的猎物，“今晚在我这里住下，怎么样？”而奈绪美小姐也回答“住下来也行”。我猜是这样的。

“再怎么样，这说法有点儿不可信。第一次去男人那里，就住下？这也太……”

“但是，河合先生，我觉得奈绪美小姐会满不在乎地做出这种事。麦克内尔也有些觉得不可思议，昨晚还问熊谷‘这个小姐到底是哪里人’来着。”

“都不知道是哪里人就留宿，留宿方也是有错。”

“不只是留宿，还给她穿洋装，给她戴手镯项链，你不觉得非比寻常吗？而且，不过是过了一晚，就变得十分亲密，奈绪美小姐还‘威廉，威廉’地叫着他。”

“那么，洋装项链也是让那个人买的了？”

---

① 约翰·巴里摩尔（1882—1942），美国男演员，美国无声电影最初实验作品《唐璜》的主角。

“好像有的是让他买的，有的嘛，你也知道洋人行事做法独特，似乎是借了朋友女人的衣服，让她一时凑合。因为是奈绪美小姐撒娇说‘明天想穿洋装’，所以男的才讨她喜欢的吧。那洋装不是临时买的，却很合身。鞋子也是法式高跟那种跟很高的，涂瓷釉的脚尖处可能是新的钻石吧？有细小的宝石在闪闪发光。昨晚的奈绪美小姐，宛如童话里的灰姑娘一样。”

听着滨田讲话，想象着灰姑娘的奈绪美该有多么美，心里不自觉地跳动起来。但下一个瞬间，则是吃惊于她的品行，感觉到下流、无耻、懊悔这种无法言语的失望的心情。如果是熊谷也罢了，她却去了不知性情的洋人那里，拖拖拉拉地黏在人家身上，还让人家做衣服给她，这难道是昨天为止还有丈夫的女人应该做的吗？那个和我长期同居的奈绪美，是这种肮脏的、卖淫女一样的女人吗？我到现在都不知她的真面目，我是在做一个愚蠢的梦吗？啊，就像滨田所说，不管我怎么爱慕她，但也必须放弃她了。我因为她真是出了大丑，脸面无光。

“滨田君，有些啰唆，为了慎重起见，我想再确认一下，这些事情都是事实，对吧？这些不仅熊谷能证明，你也能吧？”

滨田看到我眼里涌起的泪水，同情地点了点头，说道：

“你这么说，我更能体谅你的心情，虽很难讲出口，但实际上昨晚我正好在现场，所以我认为熊谷说的应该是真的吧？除此之外，还有很多事，你听了肯定也觉得原来如此啊。可是，请你务必不要再听那些了，相信我，好吗？请你相信我绝不是在半开玩笑地夸大事实……”

“啊，谢谢。知道这些就行了，没有必要再听下去了……”

不知道是什么情况，说到这里的时候，喉咙哽咽，眼泪轻轻地落了下来，暗道“不好，糟了”，突然紧紧地抱住滨田，把脸靠在了他的肩膀上，然后，哇地哭出声来，以不可想象的声音喊道：

“滨田君！我，我……已经干脆、彻底地放弃了那个女人。”

“你做得很对！你这么说无可厚非！”

也不知滨田是不是受我影响，声音嘶哑地讲道：

“说真话，我今天来是想对你说，奈绪美已经没有希望了。她这个性子，不知什么时候也许又会无所谓地出现在你这里。可是，现在事实上没有人把奈绪美当回事。用熊谷那家伙的话讲，大家把她当成了消遣品，甚至还被冠上了没法说出口的过分的绰号。至今，在你不知晓的时间里也不知被她戴上了多少顶绿帽子……”

以前，和我一样恋慕奈绪美的滨田，并且和我一样被她背叛的滨田，这个少年充满悲愤的、为我处处着想的话语，有着如同锋利的手术刀去掉腐肉一样的效果。大家把她当成了消遣品，甚至还被冠上了没法说出口的过分的绰号——这种令人可怕的揭露反而让我心情舒畅。我从疯狂中清醒了过来，肩膀轻松了，连眼泪也止住了。

二十三

“怎么样？河合先生，不要闷在家里，出去散散步换换心情？”滨田这样给我打气。我回道：“请稍等一下。”这两天，口也没漱、胡子也没刮的我，拿起了剃刀，洗了把脸，心情也清爽了。收拾好和滨田一起出门时，已经是大约两点半了。

“这种时候，反而是去郊外散步会比较好些。”滨田说道，我也很赞成。

“那么，往这边吧。”

说着往池上的方向走去。我突然有种不好的感觉，停住了脚步。

“啊，这边不可以，这边是忌讳的方向。”

“啊，为什么？”

“刚才你说的曙楼就在那个方向。”

“啊，那是不行！那怎么办呢？那就去海边，到川崎那边看看吧。”

“是，那好吧。那最安全了。”

于是，滨田一百八十度转弯，向停车场走去。试想一下，那个方向也未必不危险。奈绪美如果还去曙楼的话，也许现在领着熊谷出来了呢。还有，也许会在麦克内尔那个洋人和京滨间往返。不管怎么说，省线轻轨停靠的车站都不行，于是我装着无意的样子，对滨田说：“今天，给你添了意想不到的麻烦了。”

然后走在前面，拐过小巷，试图越过田间小道里的铁路闸口。

“说什么呀？没有关系，早就猜到迟早会有这么一出的。”

“哦，在你眼里我是不是很滑稽？”

“可是，我也是啊，哪有笑话你的资格。我自己冷静下来之后，觉得你很可怜。”

“不过，你还年轻，所以无所谓。像我三十好几，遇到这样的蠢事，简直不可理喻。如果不是你提醒了我，我还不知要做傻事做到何时呢？”

走进田间，晚秋的天空仿佛在安抚我一样，秋高气爽，特别晴朗。风呼呼地吹得厉害，哭过之后肿胀的眼睛边缘在辣辣地疼。远处的铁路上，被我视为忌讳的省线轻轨轰隆隆地穿过田地。

“滨田君，你吃过午饭了吗？”

默默地走了一段后，我问道。

“不，还没有。你呢？”

“我从前天开始，光喝酒，饭几乎没吃，现在感觉肚子饿极了。”

“那肯定饿坏了。还是不要乱来的好，会搞坏身体的呀。”

“不，没关系，托你的福，我开悟了，不会再乱来了。我从明天开始将会是新生的人，而且，打算去上班。”

“啊，那样能分散注意力，好呀。我失恋的时候，为了忘掉她，就拼命地玩音乐来着。”

“会音乐的人，这种时候就有用了。我没有那样的才能，只能兢兢业业地工作了。先不管这些了，不是肚子饿了吗？去哪里吃个饭吧。”

我们两人说着说着就溜达到了六乡一带，一会儿就进了川崎市的一家牛肉店，围着热腾腾的火锅，又像在“松浅”时那样开始推杯换盏起来。

“你，你也，喝一杯？”

“哎呀，你让我这么喝，可现在空腹会受不了的。”

“没关系啦。今天是我除灾的日子，请举起祝贺的酒杯吧！我明天开始也戒酒，但今晚要喝得酩酊大醉，并且畅谈不休。”

“啊，是吗？那祝你健康。”

滨田满是粉刺的脸热得发红，好像咕嘟咕嘟煮沸的牛肉，开始发起光来。这时，我已经大醉，不知道是悲伤还是欢喜。

“可是，滨田君，我还有想问的。”

我看准时机，凑上前问道。

“你说奈绪美有个过分的绰号，是什么绰号啊？”

“不，那可不能说，因为太过分了。”

“再过分也没关系吧？我和她已经是陌路人了，没有必要客气吧？是什么，请告诉我。要是知道了，心里会更爽的。”

“也许你会那样，但我很难讲出口，请饶了我吧。确实是过分的绰号，你想象一下也就明白了，当然讲一讲这个绰号的由来也可以。”

“那么，讲讲吧。”

“可是，河合先生……真为难啊。”

滨田一边挠着头一边说。

“那是个太过分的绰号。你听了，心情会变坏的。”

“没关系，没关系，没事的，你就讲吧。我现在完全是好奇，想知晓那个女人的秘密。”

“那就稍微说说那个秘密吧——你今年夏天去镰仓时，知道奈绪美有几个男人？”

“嗯，据我所知，就你和熊谷，除此之外还有吗？”

“河合先生，你不要吃惊——小关和中村也是。”

我虽然醉了，但是感觉像触了电一样。于是，不自觉地把眼前的酒咕嘟咕嘟喝掉了五六杯之后，才开口。

“那么说，那个时候的伙伴都是？”

“哎，是的。而且，你觉得他们是在哪里幽会的？”

“在那个大久保的别墅？”

“是你租的花匠家的偏房。”

“噢……”

应了一声，我仿佛喘不上气来一样，默默地消沉起来。

“哦，是吗？还真是吃了一惊。”

我发出了呻吟般的声音。

“所以，那个时候最困扰的是花匠家的老板娘吧？因为有熊谷的人情在，又不能请你们搬出去，但是自己家却变成了暗娼的巢穴一般，有各种各样的男人不断出入，在邻居面前也觉得不体面。并且万一被你知道了，那可了不得，她好像很是担心。”

“哈，原来如此。说来有一次，我去问奈绪美的事情，老板娘特别不知所措，一副战战兢兢的样子。原来是这样啊！大森的家成了幽会的地方，花匠家的偏房成了暗娼的巢穴，我却不知道，不，不，真是倒了大霉。”

“啊，河合先生，大森的事说了不提的。如果你要提起，我道歉。”

“啊，什么呀？没事的。不管怎么说，都是过去的事了，没关系了。但是一想到被奈绪美那么巧妙地欺骗了，不，不如说即便被欺骗了却挺痛快的。她的伎俩过于漂亮，我只有佩服的份了。”

“宛如被相扑选手狠狠地来了一个背摔似的。”

“同感，所言极是。然后呢，同伴们都被奈绪美愚弄，互相还不知道？”

“不，是知道的，因为整不好有两个人碰到一起的时候。”

“那样，也不吵架？”

“大家暗中结成同盟，把奈绪美小姐当成共有物了。也就是从那时起，她有了那个过分的绰号，背地里都那么叫她。你不知道兴许更好，我可是深深地觉得可耻，无论如何也想救救奈绪美小姐。跟她说，她反而一副很生气的样子，倒把我当作傻瓜，实在没办法。”

滨田好像回忆起当时的事情，用感伤的语调讲道。

“哎，河合先生，我在‘松浅’见你的时候，没有说到这些吧？”

“那时，你说能随意使唤奈绪美的是熊谷。”

“哎，是那样，当时是那样说的，那也不是谎话。他们两个可能因为是不拘礼节的地方相像，所以最要好。心想，熊谷才是罪魁祸首，坏事都是他教的，所以我才那么说的。但对你没敢说出刚才这些话，因为那时还在祈祷，希望你不要抛弃奈绪美小姐，希望你能把她引导到善良的方向上来。”

“可别说引导她了，我自己都被她影响了。”

“和奈绪美小姐有关联的，无论是什么男人都会变成那样。”

“那个女人有着不可思议的魔力啊。”

“那的确是魔力。我也感受到了，所以才悟到不应该靠近她。靠近的话，反而使我更危险。”

奈绪美，奈绪美，我们两个不知重复了多少遍她的名字，并把它当成了下酒菜，一直喝着酒。那和谐悦耳的发音，好像比牛肉更美味，用舌头品着，用唾液舔着，放在了唇上。

“不过，也不赖嘛，被那种女人欺骗。”

我无限感慨地说着。

“那当然是。不管如何，我也是托她的福，才尝到了初恋的味道。哪怕只是短暂的瞬间，却让我做了一场美梦，想想还真要感谢她。”

“但现在会怎么样呢？那女人的将来？”

“嗯，会不停地堕落下去吧？用熊谷的话讲，在麦克内尔那里也待不长，过两三天会换个地方吧？在他那里放着行李，也许会去拿。难道，奈绪美小姐没有家吗？”

“家是在浅草经营暗娼生意的酒馆，觉得那家伙可怜，所以对谁都没说。”

“啊，是吗？那看来，成长环境的影响真是不可小瞧啊。”

“据奈绪美自己说，先祖是旗本①武士，她出生时住在二

① 旗本，是中世纪到近代的日本武士的一种身份，一般是指在江户时代将军直属武士中领地不满一万石，但有面见将军资格者。

番町一个非常气派的公馆。‘奈绪美’是她祖母给取的名字，据说她祖母是鹿鸣馆[1]时代会跳舞的很时髦的人，但我不知道她说的有多少是真实的。反正她家庭有问题，我如今也是深深地感受到了这点。”

“听你这么说，觉得更恐怖。奈绪美小姐从出生就流淌着淫荡的血液，所以才有如此的命运。好不容易被你收留，可又……”

两个人在那里不停地说了三个小时，离开店家时已是晚上七点多，可是话语还是源源不断。

“滨田君，你坐国铁的电车回去吗？”

一边在川崎的街道上走着，我一边问。

“是啊，走的话太辛苦了。”

“说得也是。我坐京滨私铁电车回去，他们在横滨的话，坐国铁不好，会遇到吧？”

“那我也坐京滨吧。可是奈绪美辗转各处，总有一天会在某处碰到的。”

“那样的话，也不能漫不经心地在外面瞎走了。”

“她一定会频繁出入舞厅等场所，银座附近是最危险的。”

“大森也不是不危险，有横滨，有花月园，还有那个曙

① 鹿鸣馆，是日本明治维新后在东京建的一所类似于沙龙的会馆，供改革西化后的达官贵人们聚会风雅的地方。

楼……看情况，我也许会退掉房子，租房住。最近一段时间，在事态平静下来之前我不想见到她。”

滨田陪我坐了京滨私铁回来，到大森才分了手。

二十四

在我孤独地因失恋而痛苦煎熬的时候，又发生了一件悲伤的事情，故乡的母亲突发脑溢血离去了。

病危电报寄来的时候，正是和滨田见面后的第三天早上。我在公司收到电报后，马上赶到了上野火车站，黄昏时到达了乡下的家。那时，母亲已经失去意识，看到我也不认识，过了两三个小时，就咽了气。

我年幼时失去了父亲，是母亲一手把我养大，所以真是体会到了失去父母的悲伤，何况和母亲的关系超乎世上一般亲子之间的感情。回想过去，反抗母亲、母亲斥责我的回忆，一个也没有。当然也是因为我是那样地尊敬她，不过更是因为她更体贴、更富有慈爱。这世上，儿子长大后，都会离开故乡去城市发展，父母也会多方担心，也会怀疑孩子的品格，因此疏远。但我母亲在我去东京之后，依然相信我，理解我，处处为我着想。我下面只有两个妹妹，放手长子，作为母亲自然会感到寂寞和不安，可是她一次也没发过牢骚，总是祈祷我能出人头地。因此，比起在她膝下，反倒是远离她的时候，我更加觉得她的慈爱是多么深厚。

特别是和奈绪美结婚前后，以及接下来的奈绪美的种种任性，妈妈总是爽快地答应我的诉求，那种温情真的不能不引人落泪。

这样的母亲，如今突然意外地离世，令在遗骸旁边侍奉的我如同在做梦一般。到昨天为止还被奈绪美的美色迷得神魂颠倒的我，和现在在佛前奉献线香的我，这两个世界的“我”，怎么想也感觉是没有关联的。到底昨天的我是真的我，还是今天的我才是真的我？沉浸在叹息、悲伤、惊讶的眼泪之中，反省自身时，不知从哪里传来这样的声音。而且另一方面又可以听到这样的私语：“你母亲死了，不是出于偶然，是为了警戒于你，垂教于你。”于是，我回忆起母亲在世时的风貌，感觉自己做了对不起她的错事，无法忍住悔恨的泪水。由于哭得过于厉害，自己都不好意思，就悄悄登上后山，俯瞰着那充满少年时代回忆的森林、原野上的道路、田地等风景，不停地大声哭泣。

这种莫大的伤悲，不用说，把我净化为玲珑之身，把我身体里每一个不洁的分子都清洗掉了。若没有这种伤悲，或许我现在还忘不了那个肮脏的淫妇，苦恼于失恋的创伤吧？想想这个，母亲的死也不是无意义的事。不，至少我不能把它看作是无意义的事。当时我的想法是，我已经厌倦了都市的空气，说是出人头地，但到了东京只是徒然地过着轻佻浮华的生活，这并不是立身，也不是成功。对于我这种乡下人，最终乡下应该更适合我。自己就这样留在家乡，亲近故乡的泥土吧。而且，一边照顾母亲的墓地，以村里人为伴，做个祖祖辈辈都在这里的农民吧。但叔叔、妹妹、亲戚们的意见是“你下决定太快。目前灰心丧气是自然的，但一个大男人不能因为母亲的死，就轻易埋葬自己美好的未来吧。母亲的离世会让你一时失望，但随着时间的流逝，这种悲伤会淡化的。所以你想那样做也可以，但要慢慢地考虑才比较好吧。并且，突然辞职，对公司也不好吧”。我想说“实际上，不光是因为这事，其实还没有对大家讲，我老婆跑了……”，可话到嘴边，在大家面前实在羞愧，慌乱之中还是没有说（关于奈绪美没有露面一事，我掩饰说她生病了）。头七的佛事结束后，将此后的事拜托给了作为我的代理人帮着管理财产的叔叔夫妻，听了大家的话暂且回到了东京。

但，去了公司也觉得没什么意思。并且，我在公司里的人缘也没有以前那么好了。勤勤恳恳，品性方正，有“正人君子”绰号的我，因为奈绪美的事，完全丢了脸面，在领导同事那里也没了信用，甚至就连这次母亲去世，都有人嘲笑我是不是借口休息。如此一来，我越来越感到厌倦，二十七日回乡住一晚时，甚至向叔叔流露出了“不久可能辞职”的想法。可是叔叔说“哦，再想想”，并没有怎么当真。第二天虽不情愿但还是去了公司。在公司期间还好说，但傍晚到夜里却叫我备受煎熬。因为，是退居乡下，还是坚决留在东京，无法下定决心，所以我没有租房，还是自己一个人守着大森空荡的房子自己睡。

下班后，还是讨厌会遇到奈绪美，所以尽量避开热闹的场所，坐京滨轻轨径直回到大森。然后，到附近吃了简单的菜或荞麦面还是乌冬面等形式上的晚餐，就无事可做了。没有办法，跑到卧室盖上被子，但很少能马上入睡，过了两三个小时头脑依然清醒。说是卧室，其实就是阁楼那间房间，到现在还放着奈绪美的行李，过去五年没有秩序、放荡不羁的生活气息已经浸入到了墙壁和柱子里面，那个气息就是她皮肤的气味。懒惰的她连脏衣服也不洗，团成一团就随处塞着，所以如今这个不通风的房间里面依然弥漫着这种气味。我无法忍受，就到画室的沙发上睡，但依旧是不能轻易地睡着。

母亲去世三周，到了十二月，我最终下了辞职的决心。因为工作交接需要，说好了干到年底。这事事先跟谁也没商量，是我自己选择的，老家那边也还不知道。想着再忍耐一个月就可以了，所以心里有些平静了，闲下来时会读读书，散散步，但绝不靠近危险区域。有一天晚上，无聊透顶的我，走到了品川，为了消磨时间想看松之助的电影，走进无声电影场馆，正好在放映劳埃德①的喜剧。当年轻的美国女演员出现在银幕时，自己还是情不自禁地胡思乱想，当时就想“不再看西洋电影了”。

那是十二月中旬左右，某个星期天的早上。我正在二楼睡觉（我那时因为画室冷，又搬回了阁楼的房间），楼下沙沙直响，像是有人进来了。咦，怪了，外面应该是上着锁的啊……正想着，响起了熟悉的脚步声，噌噌上了楼梯，我心里都没有打寒战的时间，就听到：

“你好啊。”

奈绪美一边用明朗的声音说着，一边突然打开了眼前的门，出现在我面前。

“你好啊。”

她又说了一遍，怅然若失地望着我。

“来干什么?”

我没有从被窝里起来，安静且冷淡地说道。一边在心里吃惊地想，真是厚脸皮，还好意思来啊。

“我？来取行李啊。”

“可以拿行李走。但，你，怎么进来的?”

“从前面的门啊。我有钥匙呀。”

① 哈罗德·劳埃德（1893—1971），美国电影演员及制片人，以演出喜剧默片闻名。

“那么，留下那把钥匙。”

“好，留下。”

然后，我掉转身体用后背向着她，沉默起来。有一段时间，她在我枕边一边弄出哗啦哗啦的声音，一边打着包袱。过了一会儿，我听见解带子的声音，才注意到，她在房间角落，而且是在我视线所及之处，背朝我换起衣服来。刚才在她进来时，我早已注意到她的衣服。那是一件不曾看见过的铭仙布的衣服，也不知是不是每天穿，领子有了污垢，已经很皱皱巴巴的了。她解下带子，脱下有点肮脏的铭仙布衣服，身上就剩下肮脏的平纹薄毛呢的一件长衬衣，然后拿出金纱丝绸的长衬衣，轻轻地裹在肩上，不声不响地把平纹薄毛呢脱下来，换下来的长衬衣毫无阻碍地滑溜溜地落在了榻榻米上。她在换好的长衬衣外面穿上了一件六角形碎白点的大岛的高级纺织品面料的和服，紧紧地系着红白方格的伊达窄腰带，像要把躯干勒死一般勒得很紧。我正想着这下要系宽腰带了吧，她却面向了我，并蹲下身换起了短布袜。

对我来说，看到她光着的脚是很大的诱惑，所以尽量不往那边看，但还是会忍不住瞄上几眼。她当然也意识到了这点，故意把脚整得像鱼鳍一样扭动着，偶尔像试探我一般，悄悄地看一下我的眼神。但穿好后，就麻利地收拾好脱下来的衣服，说了声：

“再见。”

一边把包袱拖向门口。

“喂，不留下钥匙吗？”

这时，我才开口道。

“啊，是啊是啊。”

她说着，从手提包中拿了钥匙出来。

“那么，放在这里了。可是，我一次搬不完行李，可能还会来一次哦。”

“你不来也可以，我给你浅草的家送去。”

“送到浅草会比较麻烦，因为有点情况。”

“那送到哪里好呢？”

“哪里？我还没有固定的地方……”

“这个月之内要是不来，我就会送到浅草那儿。不可能把你的行李总放在这里。”

“哎，好的，马上来拿。”

“另外，先声明一下，租个车派个人来，好一次搬完。你就别过来了。”

“是吗？那么，好吧。”

然后，她走了。

我想这下就放心了，可过了两三天，有一天晚上九点左右，我正在画室读晚报，听到嘎的一声门响，有人把钥匙插进了正面的大门。

二十五

“谁?”

“我呀。”

听到这个声音的同时，门咣当地开了，一个大大的、黑黑的、像熊一样的物体从外面的黑暗中闯进了房间，然后立刻啪地脱掉了黑色的衣服，接着宛如狐狸变身一般露出了白色的肩膀啦胳膊啦。她裹着淡蓝色的法国丝绸礼服，是一个不熟识的西洋年轻妇人。胖瘦正好的脖颈上戴着如彩虹一般闪闪发光的水晶项链，还低低地扣着黑天鹅绒帽子，下面是透露出一种神秘感的、白得惊人的鼻子尖和下颌尖，生动的红色嘴唇更是醒目。

“晚上好!”

那个洋人说着，脱下了帽子。“咦，这个女人是?”我仔细地看了看她，才发现是奈绪美。这么说可能不可思议，但她的装扮和以前不一样了。不，如果仅仅是装扮的改变，怎么也不会看错，是她的面孔欺骗了我的眼睛。也不知施了什么魔法，她的脸庞完全变了，皮肤的颜色、眼睛的表情，甚至轮廓都变了。要不是听到她的声音，即使她脱了帽子，也许还以为是从何处来的陌生的西洋女人呢。以前也说过，她的皮肤特别白皙，从洋装里露出来的丰润肉体，所有部分都如苹果的果实一样白白的。奈绪美作为日本女人不算黑，但也不应该这么白？裸露到肩膀的两只胳膊，怎么看也不像是日本人的。以前某时，在帝国剧院看班德曼①的歌剧时，对西洋女演员的白色胳膊，我曾经看呆了。奈绪美的和那个很像，不，比那个还白。这时，奈绪美轻轻摆动着浅蓝色的轻柔衣服和精致的项链，穿着跟很高的、镶嵌着新钻石的漆皮皮鞋，用脚尖小步地走着。啊，这就是前一阵滨田说的灰姑娘的鞋子吧，我突然想到。她单手叉腰，支开胳膊肘，一边得意地扭转身体，故作娇态，一边朝目瞪口呆的我冷不防不客气地凑了过来。

“让治君，我来拿行李了。”

“我不是说让你别来，派个人来吗？”

“可是，我也没有人可以拜托的啊。”

说话期间，奈绪美的身体一直在动。脸色凝重，很认真的样子，可是双脚一会儿紧紧地贴在一起，一会儿一只脚迈出一步，一会儿用鞋跟砰砰地敲打地板，每次还变换手的位置，耸起肩膀，把全身的肌肉整得像钢丝一样紧张，让每一个部分的运动神经都调动起来。于是，我的视觉神经也跟着紧张了起来，仿佛要看穿她的一举手一投足，身体的每一寸地方。仔细看她的脸，面容的改变也是自然的，她发际处的头发剪短了两

① 莫里斯·E. 班德曼（1872—1922），美国演员、剧场经理，曾在亚洲地区巡演。

三寸，一根根头发梳得很整齐，像中国的少女一般，前额垂下一个发帘。然后，把剩下的头发梳在一起，圆圆地、平平地从头顶部垂下盖在耳朵上，好像财神爷戴的帽子。她以前没有这么梳过，所以脸的轮廓像别人，肯定是由于这发型的变化。再仔细观察，眉毛也不一样了。她天生眉毛粗，且很清楚，颜色又深，但今夜变得细长，画着模糊的弧线，而且弧线周围是剃掉眉毛后留下的发青的痕迹。她的这些变化，我马上就察觉到了，但不明白的是她的眼睛、嘴唇、肤色。眼珠这么像洋人，是由于眉毛吧，可又好像有其他的什么手段。大概是眼睑和睫毛有什么秘密，我这样想，但说不清是什么秘密。嘴唇也是很特别，上唇中间仿佛樱花花瓣般正好裂为两瓣，而且那种红和平时涂的口红不一样，有着生动自然的光泽。至于皮肤的雪白，怎么看都像人本来的皮肤，没有涂了白粉的痕迹。并且，白的不仅是脸，肩膀、胳膊、手指尖都是如此。假如涂了粉，那全身都得涂。我甚至觉得这个不可思议的、不知真身的、可疑的少女——与其说是奈绪美，不如说是她的灵魂，在什么作用下，变成了拥有理想之美的幽灵。

“哎，可以吧？我去二楼拿行李了。”

她说道。这个声音，还是平时的那个奈绪美，不是什么幽灵。

“嗯，可以……那可以……”

我明显很慌张，嗓门儿尖了起来。

“……你，怎么打开的正门？”

“怎么打开的？用钥匙啊。”

“钥匙？上一次不是放在这儿了吗？”

“钥匙嘛，我有好几把，不止一把啊。”

那时，她的红唇突然浮起微笑，眼神立刻变得又像谄媚又像嘲笑。

“我告诉你呀，备用钥匙配了很多呢。所以你要走一把，也不能难住我。”

“可是我为难啊，你这么隔三岔五地来。”

“没关系，只要行李搬完，你叫我来我也不来了。”

然后，她以脚跟为原点转了个身，就又咚咚咚地登上楼梯，跑到阁楼的房间里去了。

接着，不知过了几分钟，我靠在画室的沙发上呆呆地等着她从二楼下来。没到五分钟，还是半小时，抑或是一小时……我不清楚这等待的“时间的长短”。今夜奈绪美的风姿在我的心里掀起了好像听到了美妙的音乐之后才能感受到的恍恍惚惚的快感，并且萦绕不断。这音乐非常高雅、纯净，仿佛从尘世外面的仙境传来的圣洁的女高音歌曲。到了这种境界，我心里既没有情欲，也没有恋爱……能感受到的，是和它们一点关系都没有的、飘渺的陶醉。我几番思考觉得，今夜的奈绪美，和那个肮脏的淫妇，和被很多男人冠以过分绰号的卖淫女，不能画等号，完全是不能并存的。她是一个像我这样的男人只能跪在她面前、除了崇拜以外不能怀有其他什么感情的、尊贵而令人憧憬的存在。如果她用她那雪白的指尖稍微碰一碰我，我何止会欣喜，更会战栗吧？这种心情，要怎么比喻读者才能了解呢？哦，试着这么说吧，乡下的父亲来到东京，有一天，偶然在路上遇见了年少时离家出走的女儿，但她已成了出色的城市妇人，看到脏兮兮的乡下人，也不知道那是自己的父亲。而父亲虽然已经认出，但因身份已不同，无法靠近。他惊愕于这就是自己的女儿，因为羞愧而偷偷逃走。我的心情就如同这时父亲寂寞又感动的心情。再打个比方，被未婚妻抛弃的男人，过了五年、十年，有一天站在横滨的码头上，看到来了一艘商船，然后下来一群归国的人，在这人群中无意间发现了她。她是留学回来的吧？男人心里想，却已然没有接近她的勇气。自己是一直都没有改变的穷书生，可女人，少女时代土气的痕迹荡然无存，是一个已经习惯了巴黎、纽约的奢侈生活的时髦妇人，两人之间如今差之千里了。这时的书生，他自己都看不起被抛弃的自己，觉得她出乎意料的出人头地至少让他感到欣慰。这么说也不一定能讲清楚，但叫我比喻，大概就是这么一种心情吧？无论如何，今夜之前的奈绪美，她无法拭去的过往的污点早已渗入了她的肉体，然而，看今夜的她，那些污点却被纯白的肌肤消去，即使想起都令人讨厌的她，现在完全颠倒了过来，仅仅是触碰到她的指尖，都会觉得惶恐、难能可贵。这究竟是不是梦呢？若不是梦，奈绪美到底是为了什么，又是从哪里学的这种魔法、妖术？两三天前还穿着有点脏的铭仙布衣服的她……

咚咚咚，踩楼梯的脚步声再次响起，她那镶嵌着新钻石的鞋子的脚尖不一会儿工夫就停在了我眼前。

“让治君，过两三天，我还会再来。”

她说道。虽说站在我面前，但我们脸与脸保持着三尺的距离，她也不让像风一样轻巧的衣服下摆触碰到我……

“今晚，只是来拿两三本书。我不可能一个人背个大行李吧，而且你看我这身打扮。”

我的鼻子这时闻到了一种在哪里闻过的微弱的香气。啊，这个香气……让人想起大洋彼岸的国度，世上奇妙的异国花园的气息……这是那时教授舞蹈的舒莱慕斯卡耶伯爵夫人……她身上的香气。奈绪美和她喷着同一种香水……

我不管奈绪美说什么，只是“嗯，嗯”地点头。她的身姿消失在夜幕的黑暗里后，房间中依然飘散着她的香气，但逐渐淡薄，我像追逐梦幻一样，用敏锐的嗅觉追寻着……

二十六

读者各位，读到上回，您可能已经猜出我和奈绪美要破镜重圆——而且认为那一点儿也不意外，是很自然的趋势吧。事实正像您猜想的那样，但使之成为现实却出人意料地经历了一些曲折，我上了当也吃了亏，费了些无用的周折。

从那之后我和奈绪美一下子变得亲密起来，因为她第二天晚上、第三天晚上，之后每天晚上都来拿点什么。来了肯定上二楼，包个东西再下来，不过是些微小的、能够包在丝绸小方巾里面的小东西。

“又来拿什么了？”

问她，她也就暧昧地回答道：

“这个？也不是什么，一点小东西而已。”

“我口渴了，能给杯茶喝吗？”

她一边说着，一边坐在我身旁，每次说个二三十分钟再走。

“你是不是住在附近的什么地方？”

一天晚上，和她隔着桌子，喝着红茶时，我问道。

“为什么问这个？”

“问也没关系吧？”

“可是，为什么？问了又能怎样？”

“也没什么打算，只是好奇而已。哎，住在哪里？告诉我也没什么嘛。”

“不，不说。”

“为何不说?”

“我没有满足让治君好奇心的义务。那么想知道，就跟踪我呀。私家侦探，可是你的长项呢。”

“跟踪，那倒不至于。我想你肯定住在附近什么地方。”

“唉，为什么?”

“因为你每晚不都来拿行李吗?”

“每晚都来，也不一定住在附近啊。有电车，也有汽车呀。”

“那么，是特意从很远的地方来的咯?”

“哎呀，谁知道呢?”

她岔开了话。

“你的意思是，每晚来你不方便?”

她又巧妙地转换了话题。

“也不是说不方便。让你别来，你也会不介意地跑来，事已至此也没办法……”

“那是，我心眼坏，你不让我来，我偏要来。还是说，你很怕我来?”

“嗯，那是……也不是一点都不怕。”

听了我的回答，她仰面朝天，露出雪白的下颌，张开红色的大口，咯咯地捧腹大笑起来。

“不过，没关系，我不会做坏事的。话说回来，我想忘掉以前的事了，今后想和你作为朋友交往呢。哎，行不？这样没什么不方便吧？”

“那也是觉得怪怪的。”

“哪里奇怪？以前是夫妻，成为朋友就奇怪了？那不是旧式的、落后的想法吗？以前的事就当过去了。如果现在想诱惑你，马上也可以呀，我发誓不会那么做的。让治君你好不容易下了决心，再让你动摇就太可怜了。”

“那什么？你觉得我可怜，所以才大发慈悲要和我做朋友？”

“才不是那个意思。让治君你也是，坚强点儿不行吗？免得让人同情。”

“可我也保证不了啊。目前算是坚强，可和你交往了，就不知道会不会动摇啊。”

“你真傻，让治君。那是讨厌做朋友了？”

“啊，是讨厌。”

“如果讨厌的话，我就诱惑你啦。践踏你的决心，把你整得乱七八糟的。”

奈绪美说着，既不像是开玩笑，也不像是认真的样子，用怪怪的眼神默默笑了起来。

“是作为朋友纯洁地交往，还是被诱惑之后倒大霉，这两个你觉得哪个好？我今晚就逼你选择。”

这个女人到底是以什么样的目的要和我做朋友？我考虑了一下。她每晚来，不单纯是为了调戏我，一定是有什么企图。是想先成为朋友，然后再慢慢拉拢，这样就用不着自己先服软，再次成为夫妻？假如是这个意图，她不采用这样的策略，我也会轻易同意吧。因为我不“讨厌”和她再次成为夫妻，在我心里，这种心情早就迫不及待了。

“哎，奈绪美，仅仅成为朋友，不是没什么意义吗？不如再像从前那样结成夫妻？”

根据时间和场合，也可以由我这样提出来。但看今晚奈绪美的样子，即使我打开心扉拜托她，她好像也不会“嗯”一声答应我。

“结成夫妻，我才不要呢，就做一般朋友。”

她一旦看透了我的心，就会得意，说不定还会挖苦我。我的心意要是受到那种待遇，那太不值得了。并且，奈绪美的真心，如果并不是想要成为夫妻，而是站在自己的立场上，捉弄着各种各样的男人，还想把我也作为其中一个，那么我更不能大意地说出来。目前，她连自己的住址都不愿说，备不住是和哪个男人住在一起。如果就这么糊里糊涂地和好了，让她还是做我的妻子，以后还会吃苦头的。

于是，我在短暂思考之后，回答道：

“那，成为朋友也可以，要是被你逼迫，我可受不了。”

我也嗤笑着说道。和她做了朋友以后，渐渐就会知道她的真心吧？如果她对这份感情还有一丝认真的话，到时我再打开心扉，劝她答应重做夫妻，而且可能会以于我更有利的条件让她同意，我心里如此算计着。

“那你是同意了？”

奈绪美说着，好像难为情一样窥视着我的表情。

“说好了，让治君，只是一般朋友哦。”

“啊，当然。”

“下流的事，互相可不要想啊。”

“当然知道。不然，我也为难啊。”

“哼嗯。”

她像以往一样冷笑了下。

这以后，她更频繁地出入我这里了。有时傍晚从公司回来后，她突然像燕子般跳出来，说：

“让治君，今晚请我吃饭好不好？朋友嘛，这点事可以做得到吧？”

我请了西餐，她才吃饱喝足地回去了。有时下雨的深夜，咚咚地敲着我的卧室门，喊：

“晚上好，已经睡了吗？睡了的话，就别起来了。我打算今晚住在这。”

然后，她擅自进到旁边的房间，铺了床铺睡下。又有一次，某一天早上起来一看，发现她又来住了，正呼呼地睡得香呢。另外，她的口头禅就是“朋友嘛，没法子的”。我那时真的深深地感到她是一个天生的淫妇，从哪点说起呢？她天生多情，让很多男人看到她的肌肤她都无所谓，但平时又很注意掩藏肌肤，即使一点点也不让男人无意看到。对谁都以身相许，可是平常却秘而不宣地隐藏、遮掩，我觉得这是淫妇本能地保护自己的心理。为什么呢？淫妇的肌肤对于她来说是非常重要的“本钱”，是“商品”，所以有的时候，比起贞洁烈女她们更注重保护肌肤。不这样的话，她们“本钱”的价值就下降了。奈绪美知晓其中的微妙之处，在我这个前夫面前，更是紧紧地裹着身体。那是不是很谨慎呢？也不尽然。我在的时候，她总是故意换衣服，一换衣服就故意使长衬衣滑落。

“啊。”

一边说着一边用两手捂着裸露的双肩，逃进屋里去。有时，洗过澡后出来，开始在梳妆台前脱衣，然后似乎刚刚意识到一样，说：

“啊，让治君，你怎么在这儿呢？到那边去。”

就赶着我走。

如此这般，仿佛不是特意的，却让你看到了她的一点肌肤，好比脖子周围啦、胳膊肘啦、小腿啦、脚后跟啦等。可这样的只鳞片甲，却让我发现了她的身体比以往更有光泽，并且美得令人嫉妒。我禁不住常常在想象的世界里，扒光她所有的衣服，不厌其烦地凝视她的曲线。

“让治君，看什么看得那么发呆？”

有一次她背对着我，边换衣服边这样问我。

“看你的身体呢。怎么说呢，你好像比以前还水灵了呢。”

“哟，你真讨厌！女士的身体，可不能看呀。”

“没看，但从衣服外面也能看个大概呀。以前就是翘臀，现在更突出了。”

“啊，是啊。臀部越来越大了，但腿还是细长的，不像萝卜那么粗吧。”

“嗯，你的腿从小就很直啊。站着的时候，紧紧地贴在一起，现在也这样吗？”

“对，是贴在一起。”

说着就用衣服裹着身体站了起来。

“你看，贴得紧呢。”

那时，我的脑海中浮起以前不知在哪里的照片中看过的罗丹①雕像。

“让治君，想看我的身体吗？”

“想看就给看吗？”

---

① 奥古斯特·罗丹（1840—1917），法国雕塑家，代表作有《思想者》《加莱义民》等。

“那可不行，我们不是朋友吗？喂，换完衣服之前，你到那边待一会儿吧。”

说着她就像敲打我的后背一样，啪地关上了门。

就这样，奈绪美总是挑动我的情欲，让它越来越火热，叫我情难自禁，然后设置很大的关卡，一步也不让我靠近。我们之间有个玻璃墙，看似很近，实际却无法逾越。不小心去接近的话，就会撞到墙上，怎么焦灼也碰不到她的肌肤。有时，奈绪美会挪开墙壁，正当你想“咦，可以了吧？”想再往前进一步时，那墙依然如故挡在我们中间。

“让治君，你是个好孩子，亲一下。”

她经常半带戏谑地对我说。知道她是戏弄我，但当她把嘴唇凑过来时，我就想吸，差一点成功的时候，她的嘴唇又跑掉了，隔着两三寸的距离向我嘴里吹着气。

“这是朋友之吻啊。”

她轻轻一笑。

这种“朋友之吻”可真是奇怪的寒暄方式——没接上吻，只是吸了气，就不得不满足的接吻——这种接吻之后竟成了习惯。分别时，“那再见了。还会再来哦。”说着她噘起嘴唇冲我凑过来时，我就会凑过脸去，像面对什么吸入器一样，张开大嘴。她往我嘴里呼地吹口气，我就闭着眼睛，深深地、很享受地吸进肺去。她的呼吸带着湿气，微暖，不像是肺里呼出的，宛如甘甜的花朵一样。她为了迷惑我，据说在嘴唇上偷偷擦了香水，当然当时我不知她使了这样的手段。我常常想，像她这样的妖妇，是不是内脏都和普通女人不一样？所以穿过她的体内，她口腔里的空气也有如此妖艳的味道啊？

我的头脑渐渐被迷惑，被她为所欲为地搅乱了。我现在已经没有那份从容，说什么如果不真的结婚就不愿意啦，当成玩具被玩弄会为难啦，等等。说实话，从一开始我就知道，假如怕被她诱惑的话，不交往不就好了。说什么想窥探她的真心啦，等待有利时机啦，都不过是欺骗自己的借口吧？我嘴上说诱惑可怕，可实际上，却是盼着被她诱惑吧？可是奈绪美一直玩着她那无聊的朋友游戏，不再往前进一步。这是她让我着急的策略吧？让我急得不得了，她觉得“时机已到”，就会突然摘下“朋友”的假面，再伸出她的魔爪吧？她即将出手，她绝不是一个不出手的女人。我最多也就是上她的当，像小狗一样，让我“抬手”，我就“抬手”，让我“先别吃”，我就“先不吃”，只要按她的要求做的话，最终就会得到猎物的吧？我心里想着，每天抽动鼻子察言观色，但预想却久久得不到实现。今天她终于要脱掉假面了吧？明天会伸出魔手的吧？可是每每在千钧一发之际，却被她顺利地逃掉了。

这样一来，我真的焦灼起来。“我已经等不下去了。要诱惑的话，快点啊。”我差点就这么说出来，故意让人家看出破绽，暴露弱点，最后还开始邀请对方，但她一点都不搭理我。

“干什么呀？让治君。那样的话，不就违背了我们的约定？”

她用像劝诫孩子一样的眼神看着我，叱责道。

“约定，管它呢，我已经……”

“不行，不行！我们是朋友啊。”

“哎，奈绪美……别这么说嘛。求你了……”

“哎哟，真烦人！说不行就不行！来，给你个吻吧。”

于是，她又吹了口气给我，说道：

“哎，可以了吧？就靠这个忍耐一下吧，这都是超越朋友之上了。因为是你，才特别给的哦。”

但是，这“特别”的爱抚手段完全不能使我平静下来，相反有着更刺激我神经的力量。

“混蛋！今天也不行啊。”

我越来越着急。她忽然如风一般出去之后，我一时什么也干不了，生着自己的气，如同困在牢笼里的猛兽般在房间里四处徘徊，随手抓起东西又摔又撕，发泄心中的不满。

我实际上也非常苦恼，这有点像疯子一样的、男人那种歇斯底里的发作。由于她每天都来，发作也自然是一天一回。另外，我的歇斯底里和一般的发作不同，发作之后，也不会完全轻松愉快起来。心情平静之后，反而比之前更清晰地、更执着地想起奈绪美身体的每一个细小部分。她换衣服时，衣服下摆的下面稍微露出的脚，吹气时无意中靠过来的嘴唇，比起实物，过后在想象中它们更清晰地浮现在我的眼前。沿着她的嘴唇与脚的线条浮想联翩，不可思议的是实际看不到的部分也像冲洗照片底版般渐渐显现，最后竟如大理石的维纳斯雕像一样，猛然出现在我内心深处。我的心是被天鹅绒帷幕围起的舞台，那里有一个叫“奈绪美”的女演员。从四面八方投过来的舞台照明，只是将黑暗中摇曳的她那白色的肉体用强烈的圆光包围了起来。我专心地注视着她，她身体上燃烧般的光亮更为明亮，她身上散发的光有时仿佛要灼烧我的眉毛一般强烈，又好比无声电影里的“特写”一样，部分的细节被非常鲜明地扩大了……那个幻想带着实感压迫着我的感官，和真的东西没有什么不同，不足的只是不能用手触碰这一点，其他的都比实物更生动鲜明。久久凝视之后，最后感觉眩晕，体内的血一起涌上脸庞，心跳得厉害。于是，歇斯底里又开始发作，我一会儿踢飞椅子，一会儿扯掉窗帘，一会儿打碎花瓶。

我的妄想日益狂暴，甚至闭上眼睛暗黑的眼睑里也都是奈绪美。我经常想起她芳香的气息，会面向天空张开嘴，吸起那里的空气来。无论是走路，还是蛰居在房内，想起她的嘴唇时，我就会忽然仰天吸起来。我的眼里全是奈绪美的红唇，仿佛周围所有的空气也都是她的气息。奈绪美就是个充斥在天地之间，包围着我，使我痛苦，一边听着我的呻吟，一边笑着的幽魂般的存在。

“让治君，最近你很奇怪哦，有点不对劲呢。”

有一天晚上，她对我说道。

“是啊，是不太对劲。还不是因为你……”

“噢……”

“噢什么?”

“我，一定要严守约定。”

“守到什么时候?”

“永远。”

“别开玩笑。总这样的话，我会发疯的。”

“那，我教你一个好办法吧。用自来水从头上哗一下浇一浇，就会好了。”

“喂，你这个人真是……”

“你又开始了！因为你是那样的眼神，所以我才更想戏弄你。不要靠近我，离我远点，一根手指头也不许碰我。”

“那好吧，给我一个朋友之吻吧。”

“你老实一点的话，就亲。但过后，不会发疯吧?”

“疯就疯吧，已经顾不了那么多了。”

二十七

那天晚上，奈绪美让我坐在桌子对面以便“一根手指头也不碰”。她一边有趣地看着焦躁的我，一边喋喋不休地说了很多无用的话。十二点钟一响，“让治君，今晚让我住在这里吧？”她又用戏弄人的语调说道。

“啊，住下吧。明天周日，我也一整天在家。”

“可是，说好，即使住下，也不会按你的要求做的。”

“不，不用想那么多，你也不是按我要求做的女人嘛。”

“不过你心里想住下就好了，是不是？”

她嬉笑着撒娇。

“来，你先休息去。不要说梦话哟。”

她把我赶到二楼，然后走进隔壁房间，哗啦一声锁上了门。

我当然是在意隔壁的房间，难以入睡。以前做夫妻时，可没有发生过这种愚蠢的事情，她也在我的枕边，想想过去，心中无比懊悔。隔着一堵墙壁，奈绪美在那边不断地——或者故意地——咣当咣当地把地板弄得直响，铺被褥啦，拿出枕头啦，在做就寝的准备。哦，正在散开头发吧，正在脱衣服换睡衣吧，那情景宛如在眼前一样清清楚楚。然后好像传来啪地掀开被褥的动静，接着听到身体扑通地倒在被子上的声音。

“别搞出那么大动静啊。”

我像自言自语，又像是想让她听见一样说道。

“还没睡？睡不着啊？”

她从墙那头立刻回应道。

“啊，好像很难入睡——我在考虑好多事情呢。”

“呵呵，你考虑的事，不问也大概知道是什么。”

“不过说来可真的奇怪。现在你就睡在墙的对面，我却什么也做不了。”

“一点也不奇怪呀，很久以前不就是如此？我第一次来你这儿时。那时，就是像今夜这样睡的呀。”

听奈绪美这么一讲，啊，也是，也有过那种时候呢。那时，彼此还很纯情。我感伤的眼泪就要流了出来，但这也无法让我的爱欲平静下来，相反痛彻地感受到，两人结合在一起是有着多么深厚的缘分，现如今真的是无法离开她。

“那时，你还很天真呢。”

“如今也很天真，不天真的是你。”

“随你怎么说吧。你无论到哪里，我都会追着你。”

“呵呵。”

“喂！”

我说着，咚地拍了下墙。

“啊，你干什么呀？这里可不是原野里的独门独户，请务必安静呀。”

“这墙碍事，我真想把它敲碎。”

“哎呀，真吵，今晚老鼠真闹。”

“当然要闹了，这个老鼠歇斯底里了。”

“我讨厌爷爷级的老鼠。”

“尽说胡话。我哪里是老头，才三十二岁。”

“我十九啊。对于我来说，三十二就是爷爷了。我不会怨你，你娶其他女人吧。那样，歇斯底里就会好了。”

奈绪美不管我怎么说，只是呵呵地笑着，过一会儿说：

“我要睡了。”

她故意呼呼地打着鼾，不久好像真的睡着了。

第二天早上，睁眼一看，她穿着散乱的睡衣，坐在我枕边。

“怎么啦？让治君，昨晚很难熬吗？”

“嗯，最近时常歇斯底里。害怕了？”

“我觉得有趣，想让你再变成那样。”

“已经没事了，今早完全好了。啊，今天天气真好啊。”

“既然是好天，就起来吧。已经十点多了，我一个小时前就起床了，我都去洗过澡了。”

我边躺着，边仰头看着她浴后的风姿。女人浴后的风姿——那种真正的美，不是刚刚从浴室中出来，而是过个十五分钟或二十分钟后才更夺目。泡在澡堂中，即使是皮肤漂亮的女人，一时间皮肤都会被蒸得过度，指尖红红地发胀，但不久到适当的温度就会冷缩，如蜡油凝固般清澈透亮。奈绪美正是刚从浴池回来，被风吹过，处于出浴后最美的瞬间。那脆弱的、薄薄的肌肤还含着水蒸气，雪白通透，被衣服领子遮住的胸部有着水彩颜料般的紫色影子。她脸庞光滑，仿佛贴着胶膜一般带着光泽，只有眉毛是湿漉漉的。她头上则是无比晴朗的蓝天，透过窗子映照着蓝光。

“怎么啦？一大早就去洗澡。”

“有什么好问的，真是多管闲事。啊，泡澡好舒服。”

她用巴掌啪啪轻轻敲打鼻子两侧，然后突然把脸伸到我眼前。

“喂，好好看看，我长胡子了吗？”

“啊，是长了。”

“刚才我顺便去理发店剃剃胡子就好了。”

“但你不是讨厌剃胡子吗？说西方女人都坚决不剃胡子。”

“可最近美国人流行剃脸毛。哎，看看我的眉毛，美国女人都是剃成这样的。”

“哈哈，是吗？你的面庞从前一阵子开始就变了，眉形也不同，原来是因为你剃成这样的缘故啊？”

“嗯，是啊，怎么现在才发现啊？你真是落伍了。”

奈绪美这样说着，又好像在想着什么别的事。

“让治君，歇斯底里好了？”

突然问道。

“嗯，好了。怎么了？”

“好了的话，有事求你。现在去理发店也太麻烦了，你能不能给我刮一下脸？”

“你这样说，是不是又想让我的歇斯底里发作？”

“啊，那可不是。我是在认真地拜托你，这点儿善意你还是有的吧？不过如果你真的歇斯底里叫我受伤了，那可就糟了。”

“我借给你一个安全的剃刀，自己弄不行吗？”

“不行。光是脸还可以，可要从脖子周围刮到肩膀后面呢。”

“咦，为什么要剃到那里呢？”

“那是因为，如果穿晚礼服的话，肩膀都得露出来。”

然后，故意稍微地露出了一点肩膀。

“看，要剃到这里。自己一个人怎么能办得到？”

说完又慌张地把肩膀缩进衣服里。明知每次都使这个手段，但我实在难挡诱惑。奈绪美这家伙不是要刮脸或什么的，纯粹是为了捉弄我，甚至还去洗了澡。虽然知道是这样，但让我给她刮脸，还真是一个新挑战。今天就能靠近她，清楚地看见她的肌肤，也能触摸她的肌肤。仅仅是想到这些，我也没有勇气拒绝她的请求。

当我用煤气灶烧好水，倒到金属洗脸盆里，换了吉列剃刀的刀片，做着各种准备时，奈绪美把桌子移到窗户边，在上面放个小梳妆镜，便坐了下来，接着把一块大大的白色毛巾围在领子周围。我绕到她的后面，在高露洁的肥皂泡棒上涂上水，正要上手时，“让治君，谢谢你帮我刮，可是有个条件。”她说道。

“条件？”

“嗯，是的，不是什么难的条件。”

“什么呢？”

“不要借着刮脸，用手指摸我这摸我那，我可不喜欢。你刮的时候，不要碰到皮肤好吗？”

“可是你——”

“什么‘可是’？不是可以不碰到也能刮吗？肥皂沫用梳子涂就行，剃刀用吉列……去理发店，好的工匠不会碰到人的皮肤的。”

“和理发店的工匠比，我可比不了啊。”

“真臭美，其实心里巴不得我求你刮呢。你不愿意，就不勉强你了。”

“不是不愿意。别这样啊，让我给你刮吧，准备工作都做好了。”

奈绪美的和服领子压得低低的，露出了后颈，凝视着她的后颈，我毫无选择地说道。

“那，按我的条件来?”

“嗯，好。”

“绝对不可以碰呀。”

“哦，不碰。”

“一旦碰到，就不刮了。左手好好放在膝盖上。”

我照着她的话做了，只用右手，从她嘴的周围开始刮。

她好像陶醉在被剃刀刀刃抚摸着的快感里，眼盯着镜子，安静地让我刮着。耳边是她咝咝的如同睡着一样的呼吸声，眼里是她下颌下面颤动的颈动脉。我们的脸相距很近，她的眼睫毛仿佛就要触碰到我的面颊。窗外异常干燥的空气中，晨光明朗地照着，以至于她的毛孔都历历可数。我从来没有在这么明亮的地方，这样长久地、认真地凝视自己所爱的女人的五官。这么一看，她的美真的有着巨人一样的伟大及威慑力，朝我扑面而来。超长的眼睛，如美观的建筑物一样秀挺的鼻子，从鼻子到嘴唇翘翘的两条线，线下面是湿润而又肉感的红唇。啊，这就是“奈绪美的脸”，一个奇妙的物体?这个物体就是我烦恼的根源?想起来，这真的不可思议。我拿着刷子，往那个物体表面拼命地想搅出肥皂泡。可不管怎么搅和它，它只是静静地、没有抵抗地、柔软地、有弹性地移动着。

我手里的剃刀像银色的虫子在爬一样在奈绪美柔滑的肌肤上滑下，从脖颈一直到肩膀。丰盈漂亮的她的后背，有如雪白的牛奶，大片地、肉乎乎地闯进我的眼帘。她是不是端详过自己的脸？她知道自己的后背有多美吗？估计她恐怕不知道吧？最清楚的应该是我。我曾经每天帮她冲澡、洗背，那时就像现在一样一边搅和着肥皂泡，一边……这里是我恋爱的秘境。我的手、我的指尖都在这绝美的白雪般的后背上高兴地玩耍，自由、快乐地触摸着这里，到现在可能也留有痕迹……

“让治君，你手抖了。小心点……”

奈绪美突然说。我的大脑嗡嗡响，口渴得厉害，身体奇怪地颤抖，这些我自己都知道。猛地回过神来，我觉得自己“疯了”。我拼命地忍耐着，于是脸突然一会儿热，一会儿凉。但是奈绪美的闹剧到此仍没有停止，肩部刮完了，她卷起袖子，高高地举起胳膊肘。

“来，这次腋下。”

她说。

“咦，腋下也要？”

“哎，是啊，要穿洋装腋下也要刮的。要是被别人看见了，岂不失礼？”

“你真的好坏啊。”

“为什么说我坏啊？可笑！洗澡之后都冷了，你快点。”

在那一刹那，我忽地扔下剃刀，扑向她的胳膊肘，与其说是扑，不如说是咬住她。她好像预料到了一般，马上用胳膊肘使劲地反击我。我的手指还是碰到了什么地方，在肥皂泡的作用下哧溜地滑了下去。她又一次用力地把我推向墙壁，尖锐地叫着站起身来。

“你干什么！”

仔细一看，那张脸——我的脸铁青吧，她的脸——不是开玩笑，也是铁青铁青的。

“奈绪美！奈绪美！别再戏弄我了，适可而止吧，好不好？什么都听你的。”

说了什么，我自己都没有知觉，只是心急地、快速地、如同发烧神志不清一样一个劲地说个不停。奈绪美却默默地、目不转睛地、直愣愣地呆站在那里，十分惊讶的样子，她就这样瞪着我。

我匍匐在她脚下，跪着说：

“哎，为什么不说话？说点什么吧！不愿意的话，就杀了我吧。”

“疯子！”

“疯子就不好吗？”

“谁会搭理你这种疯子？”

“那就把我当马吧，像以前那样骑到我背上。如果实在不愿意，就只把我当马骑也行。”

说着，我就趴在那里。

奈绪美在那一瞬间好像以为我疯了。她的脸更加铁青，甚至有点紫黑，定睛看着我的眼眸中露出近似恐怖的神色。

然而，她忽然一副死皮赖脸的大胆表情，扑通一声跨到了我的背上。

“喂，这样可行？”

说话的语气，宛如男人。

“嗯，可以。”

“从今往后什么都听我的？”

“哦，听。”

“以后只要我需要，你多少钱都能给我？”

“给。”

“让我做喜欢的事，什么也不干涉？”

“不干涉。”

“不要叫我‘奈绪美’，要叫‘奈绪美小姐’。”

“好。”

“一定？”

“一定。”

“好，那就不把你当马了，当人对待，好吧？看在你太可怜的分上。”

我和奈绪美整得全身都是肥皂泡。

“……终于又成了夫妻，再不会让你逃掉了。”

我说道。

“我跑了，你真的难过？”

“是啊，难过，一时间以为你不回来了！”

“怎么样？知道我有多恐怖了吧？”

“知道了，彻底知道了。”

“那刚才说的话，你可别忘记啊。说好了，什么都听我的。说是夫妻，我可不愿意做死板的夫妻。不然，我还会逃走。”

“从今以后，我们就‘奈绪美小姐’‘让治君’这样叫，是吧？”

“让我时常去舞厅？”

“嗯。”

“交很多朋友也可以吧？不会像以前那样发牢骚？”

“嗯。”

“我，早就和那个小麻绝交了。”

“哦，和熊谷绝交了？”

“嗯，是啊，没有那么讨厌的家伙了。从今以后，尽量和洋人交往，他们比日本人有趣多了。”

“横滨那个，叫麦克内尔的男人？”

“洋人的朋友我有很多，即使是麦克内尔，我们之间可没有什么呀。”

“唉，谁知道呢？”

“你看，又怀疑人了吧？我这么说，你要信啊，好不？你说，信，还是不信？”

“我信！”

“除此之外还有别的要求。让治君你公司辞了，打算怎么办呢？”

“被你抛弃的话，打算回老家。可是，既然这样了，就不回去了。整理好老家里的财产，换成现金带过来。”

“换成现金能有多少？”

“嗯，能有个二三十万？”

“只有那么点？”

“有这些的话，我们两个人，不也挺多的吗？”

“够我们奢侈地游手好闲吗？”

“那可不够。你可以玩，我是打算开个事务所，自己独立创业。”

“把钱都投到工作中，我可不喜欢。把够我奢侈生活的钱留出来，好吗？”

“啊，好。”

“那，留出一半？三十万的话，留出十五万。二十万的话，十万。”

“要谈这么详细啊。”

“那是，开始就要定好条件。怎么样？知道了？让我做妻子，你要做到这种程度，讨厌不？”

“我说不讨厌了。”

“讨厌的话，就说讨厌，现在还来得及。”

“我说没关系，知道了，知道了。”

“还有呢，既然都这样了，这里不能再住了。我们搬去更美观、更高级的房子吧。”

“听你的。”

“我想住在有洋人的西洋公馆里，住在有漂亮的卧室和厨房的房子里，使唤着厨师啦、男用人啦什么的。”

“那样的房子，东京有吗？”

“东京没有，横滨有。在横滨的山手正好有一座空着的房子，前一阵我去看过。”

这时，我才发现她竟然有着如此深的企图。她最初就有这样的打算，制订了计划，并一步一步引诱了我。

二十八

话说三四年后。

自从上次和好后，我们就搬到横滨，租住在奈绪美事先看好的山手的洋房里。随着奢侈深入她的骨髓，没过多久她就嫌房子狭窄，于是我们又找了一处位于本牧的、原先瑞士人住过的房子，实际上是连屋内的家具一起买了下来。由于关东大地震，山手一带几乎全部烧毁，但本牧留下来的地方却比较多，我们家也只是墙壁裂了缝而已，几乎没有什么损失，想想真不知何为幸福，所以到现在也一直住在这里。

自从那次和奈绪美谈过之后，我就按计划辞去了大井町那家公司的工作，处理了乡下的财产，和学生时代的两三个同学创立了一个以制造和销售电气机器为主的公司。这个公司，因为我是首要出资者，所以实际的工作都是朋友们在做，每天也不必都去事务所，但是奈绪美并不喜欢我一整天都待在家里，所以即使不太情愿，也会一天出去转一下。早上十一点左右，从横滨到东京，到京桥的事务所露个面，待上两三个小时，傍晚四点左右回家。

以前，我算是早起的人，可现在倒好，不到九点半或十点不会起来。起床后，就穿着睡衣，用脚尖轻轻地走到奈绪美的卧室，安静地叩门。可是奈绪美比我更喜欢睡懒觉，那个点儿还在梦中呢。

“嗯?”

有时她轻微地回答，有时她完全不知道我敲过门。有应答的话，我就进去打招呼，没有回答，就在门口折回去，去事务所。

就这样，我们夫妻不知何时分开睡了，这是奈绪美首先提出来的。妇人的闺房是神圣的，丈夫也不能随便侵犯，她如此说，还自己占着大房间，分了一间她房间隔壁的狭小的房间给我。而且，说是隔壁，两间并不相连，中间还有一间夫妻专用的浴室和厕所。也就是两间房互相隔着，从一边去另一边，必须要通过中间那一间。

每天早晨一直到十一点多，奈绪美既不起床也不睡，就在被窝里迷迷糊糊地吸吸烟，看看报纸、杂志之类的。香烟是德米特里诺的细卷烟，报纸是《东京都报》，杂志是《电影画报》和 *VOGUE*。她不读，而是看里面的照片——洋装的设计图案和流行趋势——一页一页仔细地看着。那个房间东面和南面是落地窗，阳台下面就是本牧的大海，早晨很早就会亮堂堂的。奈绪美的房间如按日本房屋计算，相当于二十张榻榻米那么大。她的床就放在了宽敞的房间正中央，而床也不是一般那种便宜的，而是某国驻东京大使馆卖的、带顶的、垂着白色的薄纱一样幔子的床。自从买了这张床之后，奈绪美是睡的时候感觉更好了，还是怎么的，起床起得更晚了。她洗脸之前，会在床上喝红茶与牛奶。那期间，用人会准备好洗澡水。起来后，她首先洗澡，沐浴后还要让人家给她按摩按摩。然后，梳理头发，打磨手指甲，说是七个工具，但何止七个，用几十种药物和器具摆弄她那张脸。衣服也是左选右选，不知穿哪件好，到饭厅时已是一点半左右了。

午饭过后，到晚上为止，都没什么事。晚上，不是被人邀请就是邀请别人，否则就是去宾馆跳舞，没有一天没有安排，所以到了那个点儿，就再一次化妆，更换衣服。晚上有宴会时，就会更麻烦一点，要洗澡，然后让用人帮忙往全身涂满香粉。

奈绪美的朋友换来换去，滨田和熊谷从那以后再也没有出现。有一段时间，倒是那个麦克内尔很受欢迎，马上替代他的是个叫杜根的男人。杜根之后，是尤斯塔斯。这个尤斯塔斯比麦克内尔更叫人讨厌，特别擅长讨奈绪美欢心。有一次，我极度气愤，在舞会上打了他，于是场面非常混乱。而奈绪美却帮着尤斯塔斯，骂我“疯子！”这下我更加疯狂，追着那家伙打。大家都抱着我，大声喊着“乔治！乔治！”我的名字是让治（jouji），洋人按读音以为是George，叫我“乔治！乔治！”因为这件事，尤斯塔斯不再来我家了，借此奈绪美又向我提出了新的条件，我只能服从。

不用说，尤斯塔斯之后，又出现了第二个、第三个尤斯塔斯，但是我不可思议地很老实。人这种动物，遇见一次可怕的事，之后就会变成强迫观念，永远停留在脑海里，我还没有忘记奈绪美逃走时那可怕的经历。“知道我的厉害了吧？”她的这句话到现在仍留在耳边。她的出轨和任性，我早就知道，但去掉这些缺点就没有了她的价值。越是想到这个花心又任性的家伙，就越觉得可爱，不觉陷入了她的圈套，终于明白我越生气就越是输了。

失去了自信就没办法了，目前，我的英语比不上她。她的英语会话能力可能是在实际交往中得到了提升吧，在宴会上，她对着妇人和绅士一边装可爱，一边流利地喋喋不休。本来发音就好的她，说得像极了洋人的腔调，不少地方我甚至听不懂。而且，有时她还会用西式发音叫我“George”。到此，我们夫妻的记录也就结束了。读后觉得我愚蠢的人，就请笑话我吧。感觉能够成为教训的，就请引以为戒吧。别人怎么想我不会介意，谁让我迷上奈绪美了呢？

奈绪美今年二十三，我三十六了。